U0126341

# 徘徊於私語與秩序之間

——日據時期台灣新文學女性創作研究

呂明純 著

國立編譯館◎主編

臺灣 學生書局 印行

二○○七年十月出版

# 徘徊於私語與秩序之間

## 日據時期台灣新文學女性創作研究

# 目　次

# 緒　論

　　本書以深入研究日據時期台灣新文學女性創作為首要目的。長久以來，台灣文學界幾乎未曾注意到日據時期的女性創作，總以知識水平不足來說明當時女作家的缺席。但翻閱當時雜誌文獻，卻發現不僅新詩小說有女性參予創作，在散文隨筆尤有為數頗豐的女性作品，可見「日據時期無女性文學」的認知，其實還值得進一步商榷。故於此先探討日據時期女性文學被邊緣化的原因，再於緒論第二節說明本書的研究架構及研究方法。

## 第一節　被邊緣化的日據女性文學

　　日據時期台灣新文學女性創作稀少，幾乎已是學界「共識」。在一般認定中，楊千鶴是當時唯一的台灣女作家。儘管經過整理，在文獻中可以發現為數不少的女性創作，但她們的創作痕跡，在日後文學史論述中卻被一筆勾消，連片羽飛鴻都沒留下。姑且不論大陸研究者對於日據女性文學的誤解❶；就連台灣老作家王昶雄都曾

---

❶　如古繼堂曾有「可惡的日本帝國主義，不僅奴役台灣五十年，而且整整剝奪了台灣一代女作家的創作生命，製造了三十年台灣文學史上女性文學的空

如此品評日據時期文學創作：

> 公認為最差的一環，便是女作家陣容的薄弱。當時，台灣女
> 作家寥寥無幾，作品是以隨筆、雜文為大宗，舊詩新詩次
> 之，評論也只能說是一種感想文章，當然發生的作用不大，
> 因而通常被定位在「寫小巫的、自娛的、閨情的」文學之
> 列。至於小說類創作，除了一兩像樣的作品而外，真是所謂
> 「踏破鐵鞋無覓處」！（王昶雄：1999：1）

既然明明存在著日據新文學的女性創作，但無論兩岸研究者意識形
態為何，最後卻都在「空白」或「最差」這種態度上達成共識。形
成這種共識的原因為何？這個問題，也許我們該從男性文學成規的
性別偏頗和文學典律形成機制兩個角度，來探討日據女性文學被邊
緣化的原因。

邱貴芬〈台灣（女性）小說史學方法初探〉首先從「性別位
置」的角度，分析台灣女性創作被文壇遺忘的原因：

> 女性作家的創作與她的性別位置脫不了關係；在此情況下，
> 女作家出自女性位置的書寫，男性讀者往往不知如何解讀，
> 便將其視為瑣碎、無關重要的創作。（邱貴芬：1999：7-8）

---

白」的描述，見《台灣小說發展史》頁 172-3，台北，文史哲出版社，1996
年。

從這角度重讀日據時代的台灣文學史，似乎能得到進一步的驗證。男性評論者往往囿於性別經驗，無法深切了解女性文體的特色與價值。從王昶雄的評論，我們可以歸納出：他對整體日據女性創作的不滿大約來自兩方面：一是形式上的鬆散——以隨筆、雜文為大宗，小說也只有一兩樣「像樣」的作品。二是內容上的瑣碎——不過是「寫小巫的、自娛的、閨情的」感想文章，「發生的作用不大」。

　　但可以進一步追問的是：為什麼「隨筆」「散文」的價值就不比「小說」？而最切身、最真實存在的「個人感情」，何以會變成是「小巫」、變得這麼不堪入文？歸根究柢，「公認為最差的一環」，是否只是袞袞諸「公」所「認」定的「公認」，但卻代替了所有性別、成為具有普遍性的價值觀？易言之，我們現有的文學成規，是否蘊含了性別偏頗？女作家可能因為性別風格或物質條件等各種原因，主動或被迫地採取「隨筆散文」的形式和「個人感情」的題材，但，若以男性「公」認的、不包括女性經驗的視角觀察，自然無法了解這些特質或給予正面評價。因此擁有這些特質的女性創作，最後只得被打入「最差的一環」。

　　除了性別位置所造成的邊緣化，我們還可以「文學典律」的生成，來檢視日據女性創作被主流文學史遺忘的原因。對一部作品而言，當代閱讀市場的反應，其實並不代表作品是否能在後世長久流傳，只有當作品的評估，被納入一套如學校課程書單的「社會文化再製機制」、或如文學史、書寫傳統的「閱讀脈絡」裡時，作品才有長期存活的可能性（邱貴芬：1999：8）。因此，就算日據時期的少女作家黃鳳姿曾刊行過三本單行本（甚至在短期之內再版、具有一

定銷售量），但只要沒被納入閱讀脈絡進行文化複製，不過五十年，她一樣得面對文學史上的空白。

然而，到底是何種意識形態，在建構台灣文學史的同時，又排斥掉了日據新文學運動中的女性創作？從本土理論家葉石濤的幾段概括言論，我們可以約略看出主流論述的意識形態：

> 台灣新文學是反殖民、反封建的寫實文學。（葉石濤：1990c：137）

> 台灣新文學的根深繫在被壓迫、被欺凌、被侮蔑的窮苦民眾的現實生活中，控訴了殖民統治的殘暴摧殘力量，鏤刻了台灣民眾的饑餓與襤褸的苦難歲月。（葉石濤：1990b：101-2）

> 一部台灣文學史必須注意台灣人在歷史上的共同經驗，也就是站在被異族的強權欺凌的被壓迫的立場來透視才行。（葉石濤：1990a：99）

反殖民、反帝、反封建，抵抗壓迫欺凌、紮根窮苦大眾。從葉石濤對日據新文學的幾個概括性定義，我們可以得知：本土派台灣文學史的建構，有著強烈的「反殖民」政治性格。如此的史觀策略自然有助於凝聚台灣人民的集體認同，但在強調台灣被殖民經驗、召喚國魂的論述中，與「國族大義」無關的題材，卻只得在史料擇選過程中遭到淘汰。相形之下，題材上多書寫個人感情或生活瑣事的女性文學創作，當場就被打成一種難登檯面不成體統的「自娛」，被

排除在文化複製的脈絡外，隨著時間流逝而被遺忘。

　　各自為了不同的理由和政治目的，兩岸意識形態相左的文學史家，卻殊途同歸地在典律化的過程中排除掉了日據新文學女性創作。本書即是希望透過日據時期新文學女性創作的重讀，重新評價這些在政治版圖夾縫中被消音的日據女作家。暫時撇開具有政治目的的反殖民論述和具有性別偏見的文學成規，我們若以女作家的「性別位置」出發，作為詮釋的另一策略，也許，會得到「公」認所臆想不到的結果。

# 第二節　研究方法與架構

　　本書的研究方法以「女性中心批評」（gynocritics）為主。根據 Showalter 在〈荒野中的女性主義批評〉一文中的觀點，女性主義文學批評有兩種基本模式：第一種是意識形態式的「修正論」，其重點在於把女性主義批評家作為一個讀者，提供作品全新的女性角度閱讀方式 ❷；第二個模式，Showalter 稱之為「女性中心批評」，即研究女性作家的種種，包括女性作品的歷史、文體、主題、文類和結構。女性創造力的心理動因，個人或集體女性經歷的運作軌道、女性文學傳統中的興革和法則等等（張小虹譯：1986：83）。

---

❷　如討論父系文學中僵化定型的女性形象、客體化的文本女性、男性文學批評傳統中對於女性的忽略與誤解等等。但是，在「修正」這些偏頗時，往往得受限於既有男性文學成規的僵化而難有突破，這將使我們延遲了自己理論的進展。

　　不同於修正論的女性主義批評，女性中心批評提供了理論化的機會。正因問題不再是該如何妥協或修正父權意識形態僵局，而在於男女根本上的性別差異，所以女性中心的批評方式往往能夠超越時空，在父系文學史的罅隙中尋找連綴起原始的女性經驗❸，建立屬於自己的文學傳統。只有透過挖掘、保存、研究這些女性作家和作品，並且加以性別的解讀，我們才有可能在被迫以支配秩序語言發聲的女性文本中讀出她們的雙聲敘述，讀出她們在父權許可的形式下偷渡了何種女性觀點，夾帶了何種真實經驗。

　　此外，回到日據時期的時代脈絡，當時島內風起雲湧的各種運動、思潮，確實影響了日據女作家的作品表現。在討論女性文本背後的主題、文類和風格時，這些扣緊時代脈動的思想風氣往往是重要的背景因素。尤其在日據中期，追求兩性平權的自由主義女性主義和深信全人類解放的馬克思主義女性主義，都確實曾在台灣新女性從事創作之際，產生心靈上的影響，故於論及文學表現時，亦參照當時島內的西方思潮。

　　總之，在女性中心批評的大框架下，本文擬從女性的自我心理發展、社會性別秩序、島內時代空氣、女性生命經驗等不同層面，儘量結合各方面領域的研究成果。正如 Showalter 所言：「我相信在探討女性作品的殊異性時，『女性文化模式』的理論結合了女性

---

❸　根據牛津人類學家雪蕾（Shirley）和艾德溫‧阿德納（Edwin Ardener）的女性文化研究，女性構成了一個「無聲團體」，其文化與真實的界限與「支配（男性）團體」相重疊，但又並不完全為支配團體所包含。而這不被男性文化所包含、訴說的女性經驗，正是女性具有生命力的荒野，是無聲的原始區域（張小虹譯：1986：99-102）。

對身體、語言和心理的看法，但是卻能用實際運作的社會格式來加以解釋。」（張小虹譯：1986：96）日據時期台灣女作家的文學表現時有驚人一致，讓人不得不思考在父權秩序中，一種「女性文化」存在的可能性。

　　進一步整理這些日據時期女性文字，可以發現幾個突出的面向：她們作品內容多描寫女性個人的內心狀態，可說是極端注目「小我」，而和自身經驗息息相關。相較於男作家極力批判的殖民社會黑暗面，大多數女作家傾向於向自我內心挖掘。並且格外維護「自我」的完整和「情感」的追尋。而少數向文壇主流靠攏的批判寫實主義女性創作，卻在題材的擇選和切入的角度上和男性有著明顯不同的視野，值得進一步探討。

　　終結上述關懷重點，本書分成五個章節來討論日據時期台灣女性創作。對台灣女性而言，日據可說是個極其特殊的時代環境，傳統儒漢社會禮教的建立在清末方臻高峰，割台後總督府新政和社會主義之下婦女解放運動的激盪，卻又讓島內瀰漫著一股騷動不安的空氣。而這種前所未見的新舊的矛盾衝突，充斥在當時女性創作的字裡行間。故本書第一章，筆者用了較長篇幅來釐清當時台灣女性的生活處境。這種歷史性的時代背景整理，雖和文學內容無直接關聯，但只有重新爬梳文學和時代的互動，才能了解當時女作家創作的心理機制和其潛藏的政治性。

　　本書的二、三、四章，則分別從「女性寫實路線」、「抒情路線」和「批判寫實路線」三大主流，來整理當時新文學女性創作題材上的面貌。在佔當時創作大宗的女性寫實路線中，女作家們細細書寫了她們對個人感情的眷戀，這些極端注目自身的自戀書寫，不

但傳達了向來不被重視的女性生命經驗,而若對照大環境對於新女性的期待,我們則可發現這種強調「小我」的書寫所隱含的顛覆性。

　　而有另一派女作家走的是抒情路線,但抒情之餘,又見其對於「心靈」、「自我」的主體強調。或是從父系文學成規中被書寫的美麗客體轉換成主觀能動的書寫主體,或是透過書寫哲學思維來證明自己的存在,這些女作家們,以主觀書寫重新取回詮釋權,成功地在文本中翻轉了父系文學傳統中對於女性的刻板印象。

　　第四章集中探討女性的批判寫實主義。從辜顏碧霞到黃寶桃,這兩位較向主流文學路線靠攏的女作家,在關懷社會黑暗面時的題材和切入點,卻和男作家有著迥異的面向。本章即在釐清在面對相似創作時,男女作家性別機制的運作。

　　第五章則從形式和內容上的特色,來總結日據時期的台灣女性創作。新文學在形式上的無拘無束,不但承接了日本平安王朝以來的女流文學傳統,也便於容納更多離心的女性經驗。而從內容上看,無論是三大支流中的那一路線,其實關注焦點都共同指向對「自我」與「感情」的追尋。重視感情和人際互動的女性心理,讓自幼沈醉於母女共生狀態的女作家們,在日後進行自我追尋時有更加細微的歧出。不願犧牲小我、不甘忘卻私情,在後期日益緊縮的父權環境中,日據時期的新女性斤斤維護著「小我」與「私情」,透過文學,她們正在爭取女性的自我與主體。

　　此外,關於創作者的性別問題,由於本文以日據時期台灣女性的文字創作為討論文本,而多數作者在被迫消音半世紀後多已生平散佚,故在進一步資料出土前,先以日據時期刊物雜誌中對女性於

姓後加稱「氏」字的舊慣（如「黃氏鳳姿」、「楊氏千鶴」等），
來初步分辨創作者的性別。

　　而關於譯文問題，由於半數以上的引用文本皆為文藝雜誌上的
原始日文資料，在被邊緣化的情形下乏人問津，未見翻譯，故已央
人翻譯成中文者，儘量在引文上以全文呈現，並以「註解」說明原
始出處及譯者；已有前人翻譯者，則以夾註說明譯者、翻譯年份及
引文頁數。

　　總之，本文希望能透過一種從女性本位出發的文學研究，讓日
據時期女性創作得到公正的評價。希望以本書的撰寫填補文學史上
的空白，並以此塑造台灣女性的集體認同和歷史記憶。

· 徘徊於私語與秩序之間 ·

# 第一章
# 日據時期台灣女性生活處境

## 第一節　穩固的父系家庭結構

### 一、沿續清代傳統的儒漢社會

　　清代的台灣社會結構，可說是兩種社會形態的融合：初期是充滿草莽氣息的移墾社會，呈現出活潑粗獷的無限生機；而到了後期，清廷為了移風化俗而建立的文治社會，卻是個保守儒雅的禮教世界❶。從清代中後期開始，隨著清廷的加強控制和台島的開發完成，台灣才逐步轉型為內地化的文治社會。

　　關於清代後期台灣開發狀況，學界向來為了「內地化」或「土

---

❶　根據李國祁的研究，大概到十九世紀中期，清代台灣地方上的領導階層便已經從初期的豪強之士轉變為士紳階級，民間的價值判斷與社會習俗均以儒家道德標準為主。詳李國祁〈清季台灣的政治近代化──開山撫番與建省（1875-1894）〉，收於《中華文化復興月刊》八卷（12期），頁4-16。

著化」的概念爭論不休❷。但若不論及地緣認同而從社會形態變遷來看，社會控制加強、禮教漸入人心，這卻是個不爭的事實。由於政治上的地緣認同為何，並不影響家族制度和社會結構，而後者恰恰是左右傳統婦女一生的重大因素，故在此先不論及這種政治認同觀點上的爭論，而純粹以社會組織形態來討論傳統婦女的地位。

尹章義在討論台灣開發史時，曾經揭舉出「儒漢化」的新概念。尹章義認為，儒家典章制度是一套完整牽連的社會價值，在科舉社群的移入、內聖外王的要求下，對於禮教秩序的追尋，也促進了台灣社會結構的儒漢化（尹章義：1995：527-583）。而且，「儒」清楚標示出台灣的典章制度和文化傳承；「漢」則提示了台島上異於原住民的漢民族血緣上的歸屬。透過「儒漢社會」一詞，我們可以清楚喚出這個社會在政治、社會、經濟、教育、宗教、人倫秩序等諸方面的價值內涵，故本文在此引用尹章義的概念。

漢人的儒教，是一個含涉內容極深極廣的文化體系，它可出可入，可外可內，既是最高的文化價值，同時也是官僚體系的一環，而其中最重要的運作機制便是禮治秩序。在這人際網絡中，講的是君臣、父子、夫婦、長幼、朋友之間的「倫理關係」，而「男尊女卑」的兩性關係，正是此一人倫規範中相當重要的一種分類秩序。清末台灣漢人的社會制度，便是圍繞著這套儒家文化秩序在運轉。

儒家「男尊女卑」的人倫關係，是奠基於數千年前的古老傳

---

❷ 所謂「土著化」，指的是漢人移民社會在地緣意識上認同於台灣的過程，而「內地化」則指漢人移民社會在政治和社會組織形態上漸與中國本土同化。關於土著化與內地化的交互辯證，可參陳其南〈論清代漢人社會的轉型〉及文中所提之相關篇章（陳其南：1987：151-190）。

統。從先秦禮典中大量「陽貴陰賤」、「男尊女卑」、「丈夫雖賤
皆為陽，婦人雖貴皆為陰」等倫理論述看來，婦女的卑賤性透過經
典而被正當化，「男尊女卑」因此成為一套由內而外、潛移默化的
儒家傳統價值觀。清末的台灣婦女，既生存在儒漢文化的分類秩序
中，自然動靜出入亦皆有其定規（楊翠：1993：33-4）。以下，就先就
影響傳統婦女自我定位最深的婚姻，和家庭婦女的社會參與，來探
討儒漢社會中傳統婦女的生活處境。

### ㈠ 傳統儒漢社會中婦女的婚姻

　　若從當代獨立自主的女性觀點看來，「婚姻」自然不是女人生
活的全部。但對於清末以迄日據儒漢社會中的婦女而言，婚姻制度
卻是主宰她們一生禍福吉凶的首要結構性因素。正因為儒漢社會中
的父系繼嗣原則註定了女人的附屬性，處於父系結構中的傳統女性
們，也只得透過婚姻進入另一個父系家庭，才得以確立自己在社會
中的身份地位。

　　關於漢人社會中家族系譜的研究，陳其南曾提出了「房」的概
念，以釐清漢人家族制度中「家、族、宗族」等西方用語所難以說
明的差異性❸。透過這種傳統漢人家族系譜的檢視，我們可以審視
傳統女性被社會結構所置入的位階。

　　大體而言，「房」的中心概念指的是「兒子相對於父親的身

---

❸　漢人「宗祧概念」中的成員資格，並不會因為是否共爨、同居、共財的功能
　　性的團體概念而有所改變。但西方卻多以功能性來判定一個家族。

份」，是構成一個同姓家族制度的內部結構❹。陳其南曾歸納出此
制度的六個原則：

1. 男系的原則：只有男子才稱房，女子無論如何不構成一房。
2. 世代的原則：只有兒子對父親才構成房的關係。（孫子對祖
   父不算）
3. 兄弟分化原則：每一個兒子都能單獨為一房。
4. 從屬的原則：由諸子構成的「房」，永遠只是以父親為主的
   「家族」的次級單位。
5. 擴展的原則：當兒子娶妻生子後，「房」可以擴展為以兒子
   為首的父系團體。
6. 分房的原則：根據「諸子均分」的原則，在每一世代的系譜
   上都會不斷分裂成房。

從這套家族制度中我們可以發現：這套嚴密結構遵循的是父系
原則，完全把女性子嗣排除在外。婚前的女子不具備「房」的社會
身份，女人只有透過婚姻——無論是正常的或冥婚都行——才能被
承認具有「社會人」及別人祖先的地位。因此婚姻對女人的重要性
不言可喻，因為這是傳統女性讓自己身份在社會結構中合法化的唯
一可能。只有如此她才能被納入父家的「房」和家族系統中，死後
也才有資格隨其夫，把她們牌位擺置於夫家之公廳祭壇上。正如楊
翠判斷：

---

❹ 在漢人的家族制度中，「房」是依附在家族的下級單位。如果我們要強調一
　家族內的差異性，便提及房派的關係；如果要強調房派之間的包容性時，則
　多使用家族的指稱來作為對外代表。但在親權無限上綱的台灣儒漢社會裡，
　這種小單位的影響力，卻更能左右台地婦女的生活。

兒子一出生即具有「房份」，日後將留名族譜，由後代子孫
奉侍，而女兒則否，她只有透過出嫁，寫進另一個父系家族
的「公媽牌」中，才能享有清香膜拜。……只有經由婚姻，
她才能在現世得到身份的認可，確認自己的存在位置，也才
能得到宗教上的被祭祀地位；因此，我們可以說，婚姻是儒
漢文化社會中女性尋找與認識自己的必經過渡，它不僅包含
了她此生的一切，還包含著她彼岸的歸宿。（楊翠：1993：
38）

經由婚姻，她在此生才有位置，在來生也才有歸宿。另一方面，透
過當時種種婚姻形式的檢視，我們可以了解在儒漢社會結構中的
「女性」，到底被置放在何種情境。尤其台島初期特殊的移墾環
境，讓台灣女性在婚姻制度上又面臨了額外的性別壓迫，這是在討
論台灣儒漢社會中婦女處境時，不可忽略的地域性因素。

　　一般來說，傳統儒漢社會中的婚姻可分成「正式婚姻」和「變
例婚姻」兩種。正式婚姻就是俗稱的「大娶」，即是指憑父母之命
和媒妁之言、把女子嫁到男方家中。這種儒漢傳統下的正式婚姻，
講求的是雙方門當戶對，但到了台灣，卻有門當戶對之外的額外考
量：即經濟因素的交換。根據卓意雯的研究，由於移墾初期「男
多、女少，匹夫猝難得婦」的影響，造成了「女鮮擇婿而婚姻論
財」的社會風氣，於是男方家中的經濟貧富，能出得起多少聘金，
遂成為民間在嫁女議婚時的重要條件。正如康熙年間的志書記載：
「婚姻之禮，重門戶，不重財帛，古也，台之婚姻，先議聘
儀……」（卓意雯：1993：14）。比起內地的大婚古制，台地的正式

婚姻，從移墾初期以來，就額外具有一種實質利益交換的意味。

　　而從法律的角度來檢視這種買賣性，我們卻也發現：清代官府並沒有禁止這種輕視女子人格的台地陋習。根據沈靜萍《百餘年來台灣聘金制度之法律分析——兼談台灣女性法律地位之變遷》的研究，清代台灣聘金本為官府制定法所肯認，而且一般民間也習慣以金錢為當時女性身價的表現形態（沈靜萍：2001：32-3）。在此情形之下，男方付出大筆聘金，一方面是作為女方家庭養育女兒的經濟補償；一方面是買斷這名女性日後的勞動力。在這種重視經濟效益的思考邏輯之下，她總結清代台地的婚姻制度，認為清代儒漢社會中的台地婚姻實際上形同交易，女性也因此而處於被客體化、物化之地位，形同待價而沽的商品。

　　這種議婚時的買賣性，直至日據結束都沒有完全消失，儘管民間改革聲浪不斷，但殖民政府卻沒有一套嚴格的法律來廢止這種如商品買賣般、傷害女性尊嚴的聘金制度❺。透過這個制度，台灣儒漢社會保留了正式婚姻的金錢買賣性質，讓台地的女性處於商品地位。在娘家時，父母也許盤算著如何把女兒嫁入望族換個好價錢；等到嫁入夫家之後，付費買斷、銀貨兩訖的心態，也常常讓夫家確信對此一女性的人身所有權。一但遇人不淑，這種心態往往是女性

---

❺　日本統治當局雖然曾經透過法院判決，試圖在婚姻的買賣性上改造台灣原有習慣，但由於殖民當局消極地保留（而非根本性地否定）聘金制度，因此僅能在很小限度內改變台灣人民的法律概念與法律文化（沈靜萍：2001：60）。

被夫家蹂躪的背後成因。又或許有些家庭不想賺女兒的聘金❻，會把聘金拿來置辦豐富的嫁妝，一來以豪奢的妝奩來標榜家族財富，二來提升女兒日後在夫家的地位❼。但要特別釐清的是，「嫁妝」本質具有強烈的贈予性，是一種可有可無的饋贈，絕對不是父系社會結構中女兒理直氣壯的合法回報。因此正式婚姻中的聘金制度，並沒有因「嫁妝」可能造成的金錢回收而減少其交易性。「出嫁」對身處於此傳統體系中的婦女而言，依然如同是被「賣」入另一個父系家庭結構中，儘管富戶人家也許會把聘金轉為嫁妝，但在以嫁娶場面豪奢彼此競爭的上層社會，這不過是一種誇示家產的手段。儒漢社會中的台灣女性，她們的婚姻，卻還是不脫一股濃厚的商品買賣氣息。

　　除了男婚女嫁的正式婚姻，台灣尚有極高比例的變例婚姻。變例婚姻即是民間俗稱的「小娶」，是傳統婚制在現實條件不配合時，所衍異出來的變通婚姻制度。如「招婿」、「招夫」、「招出婚」、「養媳」和「蓄妾」等制度，都可說是六禮古制外的小傳統。格外要說明的，是台地特別盛行的兩個變例婚姻形式：「養媳制度」和「蓄妾制度」。這兩個制度雖在儒漢傳統中早已行之有年，但在台灣社會中普遍的程度卻遠高於內地。

---

❻　如胡台麗在研究台灣農村工業化對婦女地位的影響時指出，由於女兒在工廠工作多年的薪資大多交給父親，父親在她出嫁時除非家中真的經濟困難，否則都不想賺女兒的聘金（卓意雯：1993：18）。

❼　比起前註，這種情形在日據時期的上流士紳階層中最為常見。浮華虛榮的嫁娶風氣，正是當時新派人士所批評、所欲改革的對象，但儘管社會上批評聲浪不斷，但這種不當的風氣，似乎並沒有明顯的改善。

根據曾秋美的研究，由於移民初期人口性別比率失調，以及台地婚嫁的金錢買賣取向，許多中下階層的家庭，並無經濟能力去負擔高額的聘金或嫁妝。為了解決婚姻問題，漢人移民遂大幅採用移民原鄉的風俗習慣，即在家中子嗣年紀尚幼時抱養他家幼女，待其成年後再和「頭對」（即養家中自幼預設的丈夫）進行婚配，以傳煙祀，既可解決尋覓婚配對象困難的問題，又可減省婚禮花費，於是在民間競相仿效之下，使得養媳婚成為台地普遍流傳的「變相婚俗」之一（曾秋美：1998：29）。

事實上，「養媳制度」對於男方來說，可說是百利無一害。除了可以減省婚娶花費，養媳本身還兼具多方功能，平時幫忙家務照顧嬰幼，農忙時期又可添增人手，效率幾乎等同於女婢。萬一家子不幸婚前身亡，養媳可以改為養女招贅；如果養媳長大後，不得翁姑喜愛或不合家教，還可以將之另嫁或別賣（曾秋美：1998：35）。這種變例婚姻，對於儒漢社會中的傳統家庭結構來說，可說是相當合乎其運作邏輯。因此發展到了後期，就算是中上階層生活富裕的家庭，女兒自幼送出作他家養媳的情形也相當普遍。事實上，當「重男輕女」已經成為社會普遍的育子態度時，就算生家經濟無虞，但為了避免資源浪費，這種變例婚制也仍有其生存空間❽。

---

❽ 透過一些日據女性的回憶錄和自傳，我們也可約略了解此變例婚姻的普遍性。如范麗卿自傳《天送埤之春》提及，她的生家是宜蘭地方的富豪，但她方才出生兩個月，生母便把她送給貧困的養家，而另去抱養了養媳阿嬌（范麗卿：1993：44-56）。此外，出身富裕的女作家楊千鶴也一度被送人作養女（楊千鶴：1995：41-4）。可見養媳制度不單只是貧苦人家的變例婚制，而是普遍存在於社會各階層，這種變制正是儒漢社會中重男輕女價值觀發展的極致。

　　然而由於養媳的身份充滿彈性，這種變例婚制，卻也開啟了女子人身買賣的方便之門。由於養媳在收養時多有金錢授受，所以女子的收出養行為，實際上已被當作是物品的買賣。楊翠已明白指出，日據時期以「養女」名義收養的女子，其實際的命運，有可能是養女、養媳、婢女或是娼妓。當然其中也不乏養家視如己出、真心疼愛的「媳婦仔王」❾，但這種情形所依賴的是運氣好壞，女子的命運，還是不被社會結構所保障。光就制度而言，女子的人身買賣在某種程度上是被默許的。

　　除了在重男輕女價值觀和嫁娶困難之下大為盛行的養媳制度，「納妾制度」也是台灣傳統社會中一個嚴重的家庭問題。妾通常是以金錢買來，而納妾之風盛行的原因則不外乎子嗣觀念、男性之慾求，以及身份之標榜。日人片岡巖在《台灣風俗誌》中指出：台灣庶民亦多蓄妾，甚至猶有生計窘困的苦力蓄妾。可見台灣男性的納妾之風盛行。不管是為了炫耀及標榜身份的上層階級，還是以生育男嗣為主因的中下層階級，「納妾制度」已是當時極其普遍的民間婚制。這個不良制度，不但造成妻妾間爭風吃醋，更讓各房兄弟面臨資源競爭的難題，連累了一個家庭的和樂，也讓身處其中的人為了這種人性異化而痛苦萬分。

　　總之，考察儒漢社會中的女性婚姻，無論是正式婚姻或變例婚姻，我們都可以更進一步掌握父權體系的思維模式落實到日常生活

---

❾　生於 1921 年的女詩人陳秀喜，在其自傳中有言：「養父母待我，勝過生父母。我在如此無邊如海的慈愛中長成。養父請一位家庭教師來教我讀漢文。」（陳秀喜：1984：4）

中的運作實況。無論大小傳統，就儒漢社會的整體性而言，它們其實是互補互濟的，正式的六禮婚式和變例婚姻兩相結合，正好就是儒漢社會的文化全貌。台灣這個地處孤島的移墾社會，雖然在婚姻家族制度的運作樣式上發展出一些變異，但仍無法鬆動女性早已被設定的限制（楊翠：1993：48）。相反的，這種台地通行變例婚姻的強烈買賣性，更加地突顯出傳統社會對婦女人格的輕視和人權的踐踏。清代移墾初期文治未興時，那種自由活潑、不受禮教拘束的女子形象，到了後期保守的儒漢社會中已不復見，處於重重完整嚴密的禮教規範下，台灣傳統女性對於己身自由的追求，實要等到新式女子教育和社會主義下的婦解運動出現，才算有了新的突破。

## ㈡ 家庭婦女的社會參與

由於儒漢社會中的傳統女性不具備隨意外出的行動自由，所以婦女的社會參與亦相對有限。儘管婦女的活動範圍多侷限於家庭，她們的行為和所受的規範，卻和社會價值息息相關。故在此以家庭婦女的角色，來探討儒漢社會中傳統婦女的社會處境。

正如一般的認知，傳統儒漢社會中的家庭婦女得負責操持所有的家居勞務——除了理中饋、務家事、做女紅等家中的內務外，在農業社會中的台灣婦女，還得負責採樵、種蔬、汲水等農婦的粗活。這些工作本已極為繁重，若遇節慶，則是辛苦加倍。所以，除了出身豪門世族、多有查某嫺供其使喚的上層階級婦女，一般中下階層的家庭婦女，可說是幾乎完全沒有享受生活的餘裕。繁重的家務勞動，不但把她們的時間分割得極為零碎，也限制了她們的視

野❿。她們生活的一切，如人際社交網絡、宗教信仰或禮教規範，也都是圍繞著「家庭」此一生活空間而成形。

　　傳統女性的社交網絡，基本上是以家人親戚和街坊鄰居為主。對於一個傳統女性而言，她和家人的互動關係是否良好，往往左右著她在夫家的地位。尤其在親權高漲的台灣傳統社會中，婆婆具有類似父系尊長的權威，如同卓意雯的觀察，「母權在家庭中具有特殊的意義，能超越男尊女卑的格局而擁有較高的地位。」（卓意雯：1993：74）所以和婆婆、妯娌姑嫂之間良好關係的經營，是傳統女性極為重要的課題之一。此外，清代民間尚頗為興盛一種婦女間的結拜，這也是一種女子之間的交往模式⓫。大體而言，傳統社會中的婦女由於生活被限制在家庭，又沒有行動的自由，所以她們實際社交網絡也極其有限。就算突破了家庭的圍籬，也無法超越地域的限制。

　　但除了這種實際上的社交網絡，儒漢社會中的傳統女性卻還有一些透過文字的人際社交網絡。正如魏愛蓮（Ellen Widmer）在解讀明清才女尺牘時的發現，才女們會透過書信互相交流討論作品，又

---

❿　直到日據時期，才有一些傳統女性在現代化的號召下走出家庭，開拓其社會參予。如從事女工、接線生、車掌行業。詳見游鑑明《日據時期台灣的職業婦女》（游鑑明：1995）。

⓫　這種專屬於女性之間的結拜，主要發生於親屬較少的女子，其結拜的目的，就是害怕落入「死無人哭」這種不堪情境。若生前女子有結拜情誼，死時即不會有此憂慮，甚至結拜者家族之人亡故，亦互相參與啼哭。這種奇特風俗，其結拜的時日和觀音佛祖有密切的關係。通常是舊曆二月十九日的觀音菩薩誕辰、六月十九日的得道日與九月十九日的涅槃。詳見卓意雯（1993：89）。

可以互通心曲彼此關懷❷。台灣儒漢社會中的閨秀才媛，也有相似
的情形。透過往來唱和，少數具有漢文造詣、可以賦詩言志的閨秀
才媛們，得以靠文學營造出另一個社交網絡❸，但這種情形只限於
上層階層的女性，一般連喘息餘裕皆不可得、遑論讀書認字的勞動
婦女，自是無從想像這種柴米油鹽以外的風雅交際。

　　而關於儒漢社會中的傳統女性書房教育，則是幾近空白。在重
男輕女的社會結構中，女性向來缺乏教育機會。台灣社會本有一套
以科舉考試為最終目的的傳統學制，但由於女子不具備科考資格，
能在這套正式學制中就讀的女童極少，而且到了十二三歲，又多輟
學在家，從事縫紉洗濯等事。根據日人的調查，1898 年全島就讀
書房的女生有六十五人，只占書房總人數的 0.2%。而日人佐倉孫
三《臺風雜記》書中，亦提及台人「日用文信及家政帳簿一切成於
男子之手，婦女則不能窺之」（卓意雯：1993：104）。可見這套以科
舉為目的的教育制度，本來就不為「沒有參賽資格」的女性所準
備。

---

❷　據魏愛蓮指出，十七世紀的才女們常圍限門閨，因而發展出以書信為主的連
　　絡網，互相支持鼓勵。魏以為「女性的書信可以超越門限」，才女結社並不
　　需要出遠門，但大抵來說，還是具有家族性和地域性（魏愛蓮：1993：55-
　　75）。而和魏愛蓮有同樣觀察的高彥頤（Dorothy Ko），也認為文學創作擴
　　大女性的網絡，不過她指出，閨秀婦女的交往對象多為家人、親戚和鄰居，
　　惟有職業名妓始有公開社交。轉引自游鑑明（1995：3）。
❸　如台南閨秀石中英、高雄閨秀黃金川或嘉義閨秀張李德和，她們都有為數不
　　少往來酬唱的詩作流傳。而其中的張李德和更定期在居所「琳瑯山閣」主辦
　　詩會，以詩會友，經常高朋滿座（莊永明：2000：31）。她們都可說是成功
　　地以其文學造詣開拓了人際關係網絡。

　　大體而言，在儒漢社會中能受教育的，多是出身中上階層的大家閨秀，但她們受教的管道，其實多為家庭中的教育。清季後期禮治漸興後，官宦之家開始重視女教思想。富紳家庭往往延師設帳，修習《三字經》、《女論語》、《閨則》、《烈女傳》、《孝經》等教導女子溫順貞節的書籍。從這些教科書書單中，我們可以發現：這種家庭教育除了教導女子讀書認字外，最重要的目的是灌輸傳統三從四德的女教思想，涵養婦德，使其貞節柔順，合乎賢妻良母的角色，而不是為了傳授知識（卓意雯：1993：105）。終清一代，女子受教育的機會都極其微渺，真正對於女性智識開展具有全面影響，則要等到總督府在台設置的新式女子教育。

　　大體說來，儘管儒漢社會中的傳統台灣婦女生活多侷限於家庭，但她們仍舊可以透過部分活動，與所處的社會密切相關。以從事副業為例，雖然副業地點多在家庭中，但傳統婦女們卻可以因產品的銷售與外界互動。如大甲、苑裡的藺草品質優良，當地傳統婦女便在家庭中從事藺草編織銷售全台。

　　這些副業通常只是家中剩餘勞動力的充份利用，和殖民政府推動女子出外工作的意義有所不同，但也不能看作是完全和社會公共領域無關的婦女私人活動。雖然表面看來這些傳統女性的生活領域完全侷限於家庭，但晚近有關公私領域的討論，卻已經開始質疑公私二分的西方概念在中國社會的適用性。當「家庭」是層層社會控制中最基本的小單位時，處於家庭中的婦女，絕對不能說是過著與世隔絕、享有高度隱密性的私人生活。婦女在家庭中所從事的行為，其實已然隱含了她的社會處境，和她和社會的互動對話。

　　此外，雖說是平日沒有如男子般自由行動的自由，但儒漢社會

中的婦女還是有些固定機會走出戶外，享受呼朋引伴的歡樂。如清明時節的掃墓踏青，或寺廟佛誕時成群地前往觀戲，這些都是儒漢社會中的傳統婦女合法的公開露面機會。但是，這些自由的行誼，卻也被衛道人士批評為「風之未盡美也」。一個具有婦德的女子，是不被期許如此自由活潑的，她應該要埋首深閨、足不出戶，才符合儒漢社會中對好女人的規畫，即「婦女主中饋免干預外事」（卓意雯：1993：106）。此外，有些婦女則透過「宗教信仰」而和社會有進一步的接觸，甚至獲得受教育的機會❹。

　　整體而言，儒漢社會中的傳統婦女，是深受禮教束縛，幾無獨立人格可言的。從清季中葉文治漸興以後，父系社會結構的日趨完備，讓台地婦女重新被納入儒教體系的規範中。而這個在乙未割台時、禮教之防已然建構嚴密的傳統儒漢社會，在日本文化的強勢壓境下，到底會屈服於殖民母國的大和文化，還是嚴守千百年來儒漢社會的文化結構？這個問題，是接下來討論的重點。

## 二、沿襲舊慣的日據時期

　　若從總督府對於聘金制度、納妾制度的態度來看，日據時期台灣婦女的生活處境，並沒有實際上的改善。一些人類學和法學上的

---

❹　以在清末開展的基督教為例，來台傳教士馬偕，在佈道初期因性別限制而無法直接向漢人婦女傳教。對此困局，馬偕想出的解決之道是設立一所女子學校，來培養女性傳道人員，所以光緒十年他在淡水創立了一所女學堂。雖然在人數和教學目的上和一般女子教育有所不同，但畢竟是台灣新式女子教育的先聲。而淡水女學堂所培養出來的一批女性傳教人員，也讓信仰基督教的台灣傳統婦女慢慢增加、進而參加禮拜。

相關研究，已經說明了：重視國家主義和家庭制度的日本政府，並沒有改革殖民地台灣傳統結構的意圖。從對家庭結構影響最深的民法來說，即使日本國內在明治維新後已經改用較為進步平等的近代法，但在殖民地台灣面對相同問題時，總督府卻仍然以「台地舊慣」、「現行之例」，來做為民事事項判決的依據⓯。可見對於總督府而言，統治上的便利，遠比平等自由的新精神來得重要，為了避免激起民族對立，另一方面也是為了討好在傳統社會中既得利益的士紳階級，日本政府不願輕易撼動維持社會安定的家庭結構。因此，日據時期台灣的實際管理，只要不影響經濟效益或引發管理上的危機，面對台灣固有的風俗信仰和民間傳統，總督府可說是多依照「現行之例」保留了台地的「舊慣」⓰。父系宗嗣原則和重男輕

---

⓯　陳昭如在探討日據時期台灣女性離婚權的形成時，曾有過如下的結論：雖然為了統治安定的考量，日本不肯把明治民法施行於殖民地台灣，但由於司法官僚的近代法訓練理念，卻使得舊慣立法，而表現出近代化的形貌和內涵（陳昭如：2000：218）。可見清代民間的舊慣，到了日據，只在形式上具有現代化風貌，而非新精神的改造。

⓰　「舊慣」一詞，最早出現於水野遵民政局對樺山資紀總督所提出的行政報告書《台灣行政一班》一書，在書中水野遵以「舊慣」、「舊」、「舊制」、「民俗」、「習慣」文字，來論述民政的整體狀況。因此「舊慣」一詞，一方面指涉日本領台當時「台整體之為何物」；另一方面則是作為統治面的新制度與新政策的相對物。本註中關於舊慣的解釋，參見陳昭如（2000：218），若以日據時期婚姻條例來舉例，雖說在法律上，日本政府在領台前即已進行法律西化的工作；然而在統治台灣期間，日本政府卻以所謂的「舊慣」作為婚姻聘金制度存廢之依據，不似刑法及其他民商法，全盤適用於日本內地的西方化法典。統治當局透過舊慣調查工作，對台灣固有習慣進行全面性的瞭解，並加以小幅的修正。但基本上還是尊重以家族主義為中心的傳統中國法，對於聘金所造成的社會問題，並沒有強制性的法規來解決。詳見沈靜萍前引文。

女觀念等儒漢社會對於婦女的規範，依然是傳統女性牢不可破的藩籬。

落實到現實層面，台灣儒漢社會在特殊開發情境中，向來具有如「聘金制度」和「納妾制度」「養媳制度」的婚姻陋習，但在日據時期，總督府於此都沒有太積極的革新。以下就分別探討總督府對於這些民間婚俗的處理方式，來了解日據時期傳統女性在社會結構上面臨的轉變。

如前所述，清代台地的正式婚姻❼，格外有種「女鮮擇婿而婚姻論財」的買賣性。這種買賣性到了日據時期，似乎並沒有太積極的改變。1921 年，時任台南地方法院的日人通譯官片岡巖，便在其《台灣風俗誌》中指出他所觀察到的台灣民間社會狀況：

> 聘金可說是一種身價銀，無論如何無聘金即不能娶妻，致使一生無法娶妻的人也有。所以勞動階級的人很勤勉，所賺的錢都不敢浪費，積蓄起來以備娶妻之用。在台灣不管男子的身份，雖是勞動階級聘金多者，亦得與較有教養的佳人結婚。（片岡巖：1981：24）

從上段敘述，我們發現婚姻的買賣性依舊存在。而且在片岡巖的眼中，這種買賣性似乎還凌駕傳統對於「門當戶對」的要求。可見這

---

❼ 正式婚姻指的是女方嫁到男方家的婚姻；其過程中女子往往處於被動地位，聽憑父母決定，而其選擇的主要依據，則是門當戶對（卓意雯：1993：184）。

種情形，並沒有因新政權的更替而改變，反而有愈演愈烈的趨勢，這和總督府消極的態度，可說是關係密切。

　　根據沈靜萍關於日治時期判決的研究，儘管法院闡明凡是顯屬人身買賣的行為，係違反公序良俗，在法律上皆屬無效；但另一方面，日本殖民政府卻不否定台灣舊慣中的聘金制度，而以日本內地類似的「結納儀式」視之，以期將此一陋習禮物化、去金錢化，削弱其作為女性身價之性質與可能。由此我們可以看出：日本統治當局，雖然有微弱的意願、試圖透過判例來改造一些明顯具有女子人身買賣的陋習，然而，對於具有買賣意味的聘金制度，總督府卻是消極地保留，而非根本性地否定，因此聘金制度於民間社會仍有其一定的、根深蒂固的思想與慣行 (沈靜萍：2001：57-60)。

　　比起聘金制度所暗藏的買賣性，養女制度的買賣性，可說是化暗為明。由於收養時多有金錢授受，所以女子的收出養行為，實際上已被當作是物品的買賣。尤其清代後期，台地變相收養女口以充作女婢使喚或作娼妓營利的情形逐漸增多 (曾秋美：1998：37)。「賣女」與「買女」的風氣一開，歷久蔓延，漸次蛻變成重大的社會問題。到了日據時期，這種傳統的變例婚制，早已不只是單純的婚姻和承繼的收養，甚至有「梟販集團」低價買進女口再高價賣出，以賺取其中的差額。發展至此，養女制度可說開啟了女子人身買賣的方便之門，成為一種牟利的藉口。

　　但若先不管假收養之名、行買賣之實的變相養女，光就有「頭對」的「媳婦仔制度」而言，這種制度在日據時期鬆動的程度似乎較大。比起聘金或納妾制度的穩固如山，到了三〇年代後期，養媳婚的比例有降低的趨勢。但這並不代表養媳的心聲被社會重視，而

是在婚姻自主、戀愛自由的呼聲下,她們的「頭對」(未婚夫)不再願意接受父母的安排,迎娶家中這名自幼存在的女子。根據曾秋美的研究,日治中期以降,接受新式教育或出外工作的男子增多,相對也提高他們認識異性並且發生戀情的機會,而他們所能提供給家庭的經濟能力,也讓這些男人有更多反抗親權、拒絕童養媳婚的籌碼(曾秋美:1998:249)。但我們得特別注意的是,「養媳婚」的明顯下降,只代表有一批男人不願接受安排娶家中的養媳,只代表這些養女沒有依照原先的規劃成為頭對的妻子,絕對不代表這些養女從這個制度中脫身而出。如前文所提示:由於養媳身份深具彈性,當她的「頭對」不願結合時,她所面臨的命運,有可能更加悲慘。戰後初期(1951 年)官方之所以成立「台灣省養女保護運動委員會」,積極推行所謂的「養女保護運動」,其動機就是因為當時的娼妓問題過於嚴重,而深入了解後發現這些娼妓的出身背景多為養女。從日據末期「養媳婚」的下降,到戰後初期養女從娼造成的社會問題,這兩個事件有否直接因果關係,非本文的研究範圍所及,但這至少說明了:「養女」並沒有隨著頭對的拒婚而消失,「養媳婚」的明顯降低,和養女制度的消長,並不存在直接而必然的連結。

值得注意的是,《民俗台灣》曾於 1943 年出版一期「養女、媳婦仔制度的再檢討」特輯,收錄了呂赫若、連溫卿等十四篇文章,以期喚醒大眾對於養媳制度的反省和注意,但正如同對於納妾制度和聘金制度的姑息,總督府對於這種不良婚俗,卻一直以本島的「舊慣」視之,不敢有太明顯的禁制動作。

除了在台地特別盛行的聘金制度和養媳制度,「納妾制度」也

是台灣傳統社會中一個嚴重的家庭問題。早在 1921 年，片岡巖便指出：

> 白虎通曰：「天子娶十二女為象十二月，十二月中萬物繁生」。主要是不使後裔斷絕。……台灣亦倣效中國古來的制度，庶民間亦頗行「一夫多妻」制，即便是販夫走卒為生活奔波的勞動者也有娶姨太太的。（片岡巖：1981：14）

直至日據時期，台灣男性納妾之風仍盛。上層階級也許為了炫耀及標榜身份而家中妻妾成群，但中下層階級為了生育男嗣以免後裔斷絕也不乏納妾者。就殖民政府的法律觀之，儘管日本內地早在 1882 年（明治 15 年）實施的舊刑法即在法制上廢除了妾制，明治民法施行後更以「對妻構成重大侮辱」將夫的通姦（包括妾）納入得請求裁判離婚的事由，但在殖民地台灣，法院卻認為納妾是台灣人舊慣，隨著風俗殊異而應有運作上的彈性空間，「不得謂為違反善良風俗」，而消極地保留了此制度的合法性❶。儘管在 1920 年代初期曾一度有比照內地民法、廢除妾制的爭議，但也許考慮到這個影響的全面性，終其領台五十年，日本總督府還是不敢輕言廢止台地這種變例婚制。

　　雖然殖民政府律法的鬆弛似乎掩蓋掉這個社會問題，然而「納

---

❶　雖然在判例中有以「否認外妾」、「否認婚前納妾」、「不承認妻得自由放逐妾」、「承認妾得自由離開夫不受任何限制」……等方式來盡量限制夫妾關係的成立，但是，就在認為妾制不違反公序良俗的基礎上，法院卻一致認為夫的納妾不構成對妻的重大侮辱。詳見陳昭如（2000：235）。

妾」此一不良習俗，確實造成台地漢人家族制度內部矛盾之進一步深化。妻與妾在禮制、法制、實質權力各方面，經常是站在對立面的，因此無論是因爭寵而來的家庭糾紛，還是因爭奪穩固座標而產生之人性異化，都是傳統女性在家庭中可能面對的人際關係。這個不良制度所牽涉到的當事人，絕對不止是爭風吃醋的成群妻妾，舉凡各房兒女的家用分配、在財產繼承上的排名次序，往往讓各房兄弟為此鬩牆，搞到家庭分崩離析的也所在多有。所以這種變例婚姻，不但讓受到直接衝擊的「妻」、「妾」面臨資源競爭的難題，也往往連累一個家庭的和樂。儘管日本內地早已廢除這一不良風俗，但在殖民地台灣，為了統治上的便利起見，總督府卻不敢比照內地的明治民法、貿然地廢止納妾制度。也許害怕激起台人的反彈，也許害怕得罪多有納妾的台灣社會領導階層，不管原因為何，納妾這種陋習都一直合法存在於台灣的傳統社會。

　　總之，從總督府對於聘金制度、養媳制度和納妾制度的態度看來，這些清季台地盛行的幾種婚姻制度，對於婦女的買賣性和本質上的否定，到了日據時期是沒有太大鬆動的。儘管這些「陋習」在法律上對於日本近代法典來說，是「不文明」的，甚至在內地是早就被明文禁止的，但總督府為了統治上的便利，並不願意輕易在殖民地台灣推行所謂平等自由的現代法，而只是以「台地舊慣」作為一切依據。事實上，行之千年的性別結構，本來就不可能隨著改朝換代而轉眼間轉移；再方面，接手政權的日本殖民政府，本身其實也就是個極其重視倫理秩序、強調國家主義的父權社會。尤其在進入大東亞戰爭的日據末期，為了讓離開家庭上戰場的皇軍得到全力的支持，總督府動員婦女的重點，即是強化婦女犧牲奉獻的精神，

和其可作為家庭後盾的功能。在此情形下，清代儒漢社會中對於婦德的傳統規範，可說是和這種目標不謀而合，再加上中日雙方在性別規範上並無太多的文化衝突，自然這種性別結構得到了殖民當局的暗中支持。正在這種歷史背景之中，清代儒漢社會對於婦女的道德規範，其實在日據時期仍然延續下來。終其日本領台五十年，民間這種規範的力量，都還是深深支配著台灣傳統婦女的生活。

## 三、不曾稍減的禮教規範

　　一般而言，邊陲地區或移墾社會，每因政府控制力的薄弱，或因社會組織系統的尚未確立，而易呈現較為特殊的副文化。在台灣的墾耕初期，由於一切講求實務與成就取向，加上移墾社會初期兩性比例的失衡，因此當時的台灣婦女，可說一度曾得以稍稍逸出傳統父權秩序，而額外享有工作、經濟自主和社會參與的自由（卓意雯：1993：188）。那時的台地婦女，充滿著一種活潑自由的風尚，她們不但多從事家庭副業以貼補家用，閒暇時也常結伴盛裝出遊，無論是拜拜、觀戲甚至聚賭，也都不乏女性成群結黨地參與。

　　但這種活潑開放的情形，在當政者看來，是「風之未盡美也」、「俗之所宜亟變也」或「為之夫者與其父兄實不得辭咎也」。乾隆年間巡視台灣的給事中六十七，即對台地婦女的種種弊風發表了〈通飭慎婚姻重廉恥示〉：

　　　　本院蒞台以來，深察民情，其禮義不愆者固多，而習俗未免淫泆。……嗣後有女之家，務於幼時即行嚴加教訓，僅守閨門禮法。……現今聖朝首重貞節。凡婦女持正守志者，率加

　　旌表。爾等雖居海外，當知秉禮守義，為聲教之所不遺；萬
　　勿狃於惡習，恬不知改。（卓意雯：1993：138-9）

　　為了把台地的婦女「導入正軌」，清廷可說是用心良苦。而透過
「旌表」制的實施，清廷試圖加強對於台地婦女的禮教規範。所謂
的「旌表」，是國家用以維持風教的行政指施。通常對於婦女的考
核方式，是以「貞、孝、節、烈」四個名目的婦德為準。只要婦女
的行為符合上列四種德行，就可以向官方請旌。而旌表婦女的方
式，尋常的節婦則有賜匾、入祀節孝祠等幾種，只有孝義兼全或
是「烈婦」，才能在上述的褒榮之外，額外享有「給銀建坊」的待
遇⓳。

　　這種維持風教的行政措施，有否對台地婦女產生影響呢？也許
我們可以從同治年間的志書得到答案。同志年間的志書有謂：「台
灣舊俗，寬於婦責。近日漸摩禮義，風教聿新。官斯土者，尤宜表
揚貞節，矜式里閭。」從這段記載，我們看見了從乾隆年間到同治
年間，台地風俗的轉變。可見官方的旌表婦女，無論方式是賜匾、
入祀節孝祠，還是給銀建坊，對於民風所趨，的確有其潛移默化的
效果（卓意雯：1993：150）。儘管移墾初期台地婦女有著一種活潑的
風尚，但隨著十九世紀後期內地化的完成和士紳階級的建立，再加
上清廷透過旌表節婦和成立恤嫠局等方式的移風化俗，傳統禮教的
普及，已讓此時的台地婦女和內地婦女所受的規範相去不遠。舉凡

---

⓳　符合建坊條件的婦女行為，有下列幾種情形：守望門寡、強姦不從致死、因
　　被調戲自盡、節婦被逼嫁致死等（卓意雯：1993：144）。

傳統婦女的附屬卑微地位，如婦女的行動限制、對於女性三從四德和貞烈的要求、纏足和婦女買賣的陋習……這些儒家社會中對於女子人格的傷害和輕視，都一樣不缺地出現在文治化後的台島內。所以初期婦女這種生猛、自由的風氣，終究如曇花一現地消失在逐漸內地化的台灣儒漢社會。

　　關於台灣婦女和中國內地婦女地位的比較，論者或者會從移墾初期台地婦女的自由風尚，論及台灣比內地在兩性關係上更為平等。但在此，本文採用楊翠的觀點：她認為這種「假象」只是局勢所造就，而非本質上的平等：

　　　　前清台地婦女之所以呈顯出與內地婦女迥然不同的風貌，原因來自移墾社會的特質——政府控制力薄弱、講求實務與成就取向、兩性失衡與文教未興等，這些原因本身就有可變動的質素存在，我們在其中看不到絲毫可以造成兩性關係在價值方面重整的契機。當時婦女的身體限制之忽然鬆動，其實是相當形式化與工具性的，因為不論是勞動力的需求（講求實務），或者婚姻的需求（兩性失衡），都是一種工具性的「需求」，所以前清台地女性在傳統儒漢社會的軌道中雖然得以有限地逸出，使得她們的生活看起來較具合理性，但我們必須注意，這只不過是工具合理性，而非價值合理性，同時前者並無導向後者的質素，使得這個現象隨時可能改變；當以上的「需求」條件喪失，而婦女背後的整個儒漢社會的運作機制日漸嚴密，婦女的地位就不升反降了。（楊翠：1993：35-6）

的確，隨著文教漸興和台地的儒漢化，局勢後所隱藏的性別結構再度掌控了一切機制，終清一世，傳統儒漢文化中之父系繼嗣的家庭制度仍然影響婦女生活至深，不曾稍做本質性的鬆動。就算到了日據時期，殖民當局認知到台灣社會中的某些傳統制度是不文明的「陋習」，但由於殖民政府對於舊慣的尊重和後期皇民化對於家庭制度的工具性重視，台灣傳統社會的父系家庭結構，仍然沒有多大的改變。終其日治五十年，這都是一套沿襲千年、且不曾稍減的禮教規範。

# 第二節　新文明的誕生──女子教育的開辦

事實上，台灣在清朝末年就曾在傳教士的努力下，開創過新式女子教育。根據游鑑明的研究，早在十九世紀末，基督教長老教會為培養女性傳道人員，就分別在台灣建立了兩所女學校：即 1884 年所建的「淡水女學堂」和 1887 年台南的「新樓女學校」。這兩所教會學校，可說是台地新式女子教育的先聲。

雖然這類由基督教長老教會所設立的女校，興學的目的多是為了佈道，但其新式教育的內容，卻使學生接觸到西方文化，對於隅居島內、不曾接觸過近代文明的台灣傳統女性而言，可說是個全新的衝擊。女學校中學習的課程，不但介紹了基本的自然、人文知識，也使其具備世界觀的概念，和當時女性透過傳統女教所接觸到的世界，自是極大的不同，因此謂其開啟台灣新式教育的窗口絕不為過。然而，由於興學的宗教性濃厚，再加上清末女子就學的風氣未開，故未獲民間的廣泛支持。結果這兩所學校，不但就學人數

少，而且多為平埔族婦人，儒漢社會中的傳統婦女，還是侷限於外在環境的不配合，無法自由地就學[20]。

迨至 1895 年乙未割台，日本政府才在台灣有系統地推行一套新式女子教育。由於日本內地的新式女子教育行之有年[21]，因此殖民地台灣教育制度的創立，可說是有前例可循。儘管日台間的教育體制仍存在著差別待遇，日人並沒有拿出相同誠意來創辦台灣的女子高等教育，但由於總督府對於「教育」這同化島民的工具相當重視，故光就初、中級教育來說，其普及程度和影響的層面，可說是已遠遠超乎清末兩所教會學校。

儘管高等教育制度的建立不夠健全，但這種前所未有的轉變，已然大大改變了台灣傳統婦女的視野。在殖民當局的積極推動和民間仕紳領導階層的配合下，這套女子教育，很快地改變了台灣女性的生活方式。以下便從教育目標、訓育生活等方面，來探討日據時期的新式女子教育，對傳統台灣女性所帶來的生活上的影響和思想上的衝擊。

# 一、教育目標：「國家主義」和 「賢妻良母觀」的結合

殖民地台灣的女子教育制度，可說受日本內地女子教育方針極

---

[20]　造成漢人女性就學率低的主要原因有：學校規定學生不許纏足，而且未設高牆、又規定女學生住校……在清末保守的儒漢社會中，就算女性有意願就學，各方面的條件也未必配合。

[21]　日本自明治維新後即以西方教育制度為目標、且於 1872 年發布新學制，奠定了國內女子教育的礎石（游鑑明：1988：3）。

大影響。而日本內地女子教育目標，其實主要是培養出嫻順淑雅又勤勉自持的「大和撫子」。根據游鑑明的研究，日本內地的新式女子教育，雖導源於西方兩性平等的教育觀念，但實行上卻仍以傳統女子教育模式來建立其教育方針。早在 1887 年，日本文部大臣森有禮便訂立了一套明確的女子教育方針。他強調之所以要重視女子教育，主要是因為這關係著國家安危：

> 教育是國家富強的根本，而教育的根本乃在女子教育，故女子教育之興廢關係著國家的安危。（游鑑明：1988：53）

在確定其重要性後，森有禮接著強調，女子教育的目標是在培養賢妻良母。由此可窺，日本國內的女子教育觀，從確立初期便是一套結合了「國家主義」和「賢妻良母觀」的教育思想，女子受教育不是為了自身的開展，而是要為家庭和國家奉獻自己。所以儘管形式上具備了新式教育樣貌，但其真正內涵，卻仍和西方教育觀念有著根本落差。然而早期這份「政治不正確」的女子教育方針，卻是影響深遠。此後日本國內和台灣的女子教育觀，都不出此一範疇（游鑑明：1988：53）。

到了風氣漸開的 1918 年，為了對抗漸興的自由主義教育觀，日本國內的臨時教育會更在教育政策中進一步強調傳統婦女的優良美德，其中規定：

> 女子教育主要在使學生充份體會有關教育敕語之聖旨，尤其是鞏固國體之觀念，注意涵養淑德節操之精神，進而振興促

連體育，崇尚勤勞之風尚，杜奢侈、戒虛榮，以具備適於我家族制度之未來。（游鑑明：1988：55）

這份文件，更是明白直指日本女子教育的本質：即以養成以家國為先、犧牲奉獻的女性為其教育宗旨。「鞏固國體」、「適於我家族制度」等字眼的正式出現，進一步強化了女性作為家庭國家的輔助者位置，也注定了殖民地台灣的女性在接受表面開明的新式教育時，她們在骨子裡所面臨的真實期待。此後日本國內雖深受女權運動和社會主義影響，但中央仍本諸此一目標推展女子教育，尤其1931 年 12 月文部省發布「關於振興家庭教育訓令」，更將強化家庭教育的觀念深入各學校和社會活動中（游鑑明：1988：55）。儘管各種思潮風起雲湧，但似乎仍撼動不了日本國內對於女子教育目標的保守態度。

　　日本國內的女子教育目標，可說是主在培養嫻淑溫雅的日本女性，以鞏固國體，強化家族制度的未來。等到皇民化時期，更是以「鍊成皇國女性」為教育目的；不但更加強化女子守備後方家庭的功能，更重視女子在國防、生產和生活上的訓練。而這套女子教育的價值觀，在殖民地台灣也是並行不悖，雖然為了配合同化政策，台灣的女子學校中特別增列「精通日語」和「確立日本國民性格」等綱目（游鑑明：1988：55），但大體而言，涵養婦德、培養淑德節操的精神等綱目，可說是成為內台兩地女子教育的基本要求。而從台灣各級女子教育單位所揭櫫的教學目標來看，可以進一步印證這種教育觀在殖民地的普同性。1898 年，專收台人女子的第三附屬女學校規定：各科目的教學目標「宜適合女子德教」。而私立的靜

修女學校，亦於 1916 年以「養成賢妻良母的資格」為其教學標榜（游鑑明：1988：54）。

總之，殖民地台灣的女子教育目標，不出精通日語、培養日本國民性格、涵養婦德和傳授有關知識為主。尤其偏重同化教育和家庭教育，可說是殖民教育政策和日本國內女子教育方針的結合體（游鑑明：1988：58）。儘管目標毫無新意，但至少在同化目標下強力推行的新式女子教育，卻讓一批從未接觸過知識的台灣女性有了接受新文明的機會。而在新式教育過程中所經歷的種種，也是傳統儒漢社會中前所未見的生活方式，這些訓育活動，讓台灣女性第一次走出家庭的藩籬，嘗試去過前所未有的新鮮的生活。

## 二、訓育活動：女學校的生活

「求學」一事，對許多日據時期的台灣女性而言，可說是首度創造了婚前合法地長期離家外宿的可能性。傳統儒漢社會中的家庭婦女在交通、纏足種種限制下，往往終其一生都未曾離開過生長村落，其人際網絡亦是以親人、鄰居為主要對象，生活的視野也離不開家庭中的種種。但隨著新式女子教育的興起和種種外緣條件的配合，有愈來愈多的年輕女子得以離家負笈求學，而寫下她們生命史上嶄新的一頁。

根據游鑑明的研究，由於中等以上的女學校為數不多，所以日據時期女學生負笈至外地求學、住宿，是很普遍的狀況。舉「國語學校附屬女校」（即後來的第三高女、今之中山女中）為例，早在1904 年該校主任本田茂吉遠赴中南部視察，並趁機宣傳校況時，便有十四名來自台南、埔里、嘉義地區的女子就學（游鑑明：1988：

144）。日後知名的閨秀詩人張李德和，即是當時從嘉義遠赴台北第三高女就學的校友。可見在日據初期，這種讓女兒離家就學的風氣就已然開啟，而到了中後期，此種外宿的情況更是普遍。

首度離家和一群年齡相仿的女伴們朝夕共處，這種住校生活，對台灣傳統女性而言，是種新鮮的生活經驗。她們第一次可以脫離家庭禮教的束縛，和一群同齡少女過著熱鬧歡樂的集體生活❷，這種全新的女兒國，簡直就是二十世紀的新式大觀園，這些受新式教育的女學生們，不但在學校課程上可以和同齡女伴有密切互動討論，甚至下了課放了學，她們生活上的點滴也依然可以和女同學們親密共享，一起讀書、遊戲、活動、玩耍。就在朝夕相處的團體生活中，台灣女性第一次得以逸出傳統家庭中女性的規劃，首度嘗試這種新鮮的生活體驗❷。

而出於對群育的注重，一些學校甚至規定採行全體住校的方式，把「住宿」列為集中管理生活的重點項目❷。可見到了中後

---

❷　舉台北的第三高女為例，在剛開始有住宿生的早期，校方即安排了豐富多彩的住宿活動，以抒解學生的思鄉情懷。據 1910 年畢業的張李德和回憶，舍監經常與她們一道遊戲，如打球或跳繩等，使她們在愉快的住宿生活中，暫忘鄉愁（游鑑明：1988：176）。

❷　雖然隨著住宿生的激增，女學校日後也逐漸加強了其生活上的管理（如根據 1916「台灣教育」記者西岡英夫的親訪，此期第三高女的住宿生具有極規律的作息程序），但是這種規律的生活作息，並不妨害女學生集體生活的多元化和多彩多姿。詳見游鑑明（1988：176）。

❷　北三女在設置師範科時，即規定全體師範生一律住校，以培養質素勤勉和躬行實踐的習性。而北一師演習科亦採全體住校方式。顯然的，住宿生活是學校對學生進行統整性教育的重要項目（游鑑明：1988：180）。

期，學校當局也意識到了「集體住宿」對於當時女學生所帶來的全方位影響，而試圖把這一生活方式的效能發揮到極致。雖然學校集中管理的目標，也許只是為了培養勤勉質樸、事必躬親的良好德性，不過為了移風易俗和培養日本國民精神，校方卻也相當重視活動的舉辦，如利用節日舉行民俗活動、介紹節日源流，或舉行郊遊、慶生會、音樂會、茶話會和紀念會等團體活動（游鑑明：1988：177）。可見女校學生這種以培養德性為目標的團體生活，其實還相當豐富。

而大量郊遊、慶生會、茶話會等團體活動，也讓原先處於封閉狀態的傳統女性，有機會和同齡少女開展出一種前所未見的新的人際關係，發展出家族以外的新女性情誼❷❺。根據 Wendy Larson 的研究，在過去中國宗法社會裡，女性關係的造成來自家庭關係和親屬結構，但現代中國女作家卻透過書寫新式教育裡的女學生關係，來表露她們真實的感受❷❻。同樣情形也出現在日據女作家文本中，大量書寫家庭和友情間衝突的文字，正在這種新女性情誼的開展下才得以出現。關於文字書寫將在後章細論，但女學校的集體生活，確實改變了這批新女性的人際關係。

---

❷❺ 除了對於住宿生的集中管理外，關於通學生，學校方面的訓育管理也不含糊。北三女曾對通學生進行半自治的訓育方式，劃分出學區、選出區長，並利用假日展開修養會、懇親會、參拜神社、遠足、游泳、露營或勞動服務等，偶有區友間的球類對抗賽（游鑑明：1988：180）。

❷❻ 這種女女關係的外洩，對立於傳統倚之為繼的女子姻親、妯娌關係。Wendy 認為這種嶄新的書寫經驗恰能使女性主體問題化、並掀動婦女能動性。轉引自蔡玫姿（1998：127）。

　　總而言之，雖然校方規定住宿的目標是集中培養自律勤勉、足以作國家後盾的賢妻良母，但是由於培訓方式的新穎和多元化，故造成了住宿生活的多彩多姿。這種新穎的生活方式，對傳統女性造成極大衝擊，不但「家庭」的界限被打破，她們更得以建立宗法關係之外的、新女性情誼的互動。

　　住宿生活雖然多彩多姿，但論及影響層面，還是不比學校常態性的課外活動。有機會受教育的女童，從初等教育開始，就享有比傳統女性更為開放的社交環境和豐富的課外生活。這些以培養德性為目的的活動，的確在學科之外，為台灣女性帶來新的視野，而這些課外活動，也會隨著女童從公學校進入女學校等受業年齡的增長，在質量上有更寬廣的空間。

　　根據游鑑明的研究，在日據初期，接受完整初等教育的女童比例偏低，有很大的因素是受限於「男女七歲不同席」的傳統觀念❷⑦。為了提升就學率，總督府初期只得在台灣實施男女分班制，直到社會接受男女共學的風氣漸開後，才改為男女合班制❷⑧（游鑑明：1988：94-8）。可見傳統「嚴男女之防」的禮教界限，在教育這冠冕堂皇的理由下，確實得到了些許鬆動的可能。

----

❷⑦　如 1899 年便有男女分班的規定：「凡一校女生在廿人以上，必得和男生分班」。到了 1901 年，基於中國傳統「男女七歲不同席」的觀念，以及論者「恐破壞女子柔和貞淑的美德」的說法，乃於公學校修訂規則中明文規定（游鑑明：1988：60）。

❷⑧　但到了 1943 年，據規定，凡第三年以上，每班學生達編制人數既可分班。女子公學校未再增設，而有改為男女合校者，如 1939 年北港女子公學校增收男生，故與一般公學校無異，顯示大多數人已能接受初等教育男女共學（游鑑明：1988：68）。

而就在這種風氣漸開的情形下，這批受新式教育的女性，已經不再像儒漢社會中的婦女般保守封閉，而得以自由地和男性共學及相處交往。可以說，原先在傳統「男女七歲不同席」「授受不親」觀念下的女性，是幾乎沒有和男性正常合法的交誼，但後期女子教育所實施的共學制，卻為男女間的社交開啟了一個合法而健康的管道，男童女童得以自在地共同就學或參予活動，而不再像儒漢社會中一到七歲就被預設成隨時可能踰越規範的犯人，得用禮教嚴加看護。

除了初步打破這種嚴密的設防外，儒漢社會中無法受教育的女童，在公學校的初等教育中，亦得到了許多異於傳統生活的全新體驗，公學校的訓育，除了帶給女童一些例行的自治訓練和禮儀衛生訓練外，還有許多用以涵養德育和群育精神的課外活動。如參加遠足、修學旅行、運動會、學藝表演、音樂會、演講比賽，乃至組織校外活動團體等（游鑑明：1988：132-5）。這些活動，到了女學校時期更為蓬勃。光就陶冶情操的靜態活動而言，學校會定期召開的有學生音樂會、舞蹈會、學藝會、吟詩會等，另有聘請專家至校表演或率領學生至校外觀賞的各類藝術欣賞會，如音樂會、話劇會等（游鑑明：1988：181）。

除了強調女性藝術才華的靜態活動，「遠足」「運動會」和「修學旅行」這幾項動態的活動，卻值得我們格外注意。對於台灣傳統女性而言，這種動態活動，才的確是舊時代所無法想像的行為。儒漢社會中的大家閨秀，不但得纏足，舉止更要莊重自持，行止稍稍活潑些，就會被指責為不知羞恥，但在解纏運動成功推行後，台灣女性首度有了行的自由，「遠足」這種從前不被鼓勵的行

為，居然也列於學校的課外活動中。

而「運動會」也大大改變了傳統社會中對於女性的衡量標準。游鑑明的研究中有言：

> 隨著公學校及市街庄運動場漸次興建，有關運動會的召開已不再限於少數公學校，加之，運動會具養護和團隊訓練的意義，成為每所學校必有的活動。如彰化女子公學校規定每月須舉行一次體育會，每年須舉辦年度大運動會。……
>
> 此外，派員參加校際和全島運動大賽屢見不鮮，據 1926-1931 年「兒童陸上競技會記錄」，女童參加單人項目包括五十米賽跑、百米賽跑、跳高、跳遠、撐竿跳、三級跳和投籃；團體競賽則有兩百米和四百米接力賽，其中鹿港、彰化和豐原三所女子公學校的成績特別出眾。另據載，1930 年，鹿港女公參加州舉辦的大典記念運動大會，大捷而歸，贏得街民燃炮歡迎，視為地方大事。足見訓育部門推動的女子體育不僅相當普及化，且與地方的榮辱相結合。（游鑑明：1988：133-4）

在殖民政府對於女子體育的注重之下，又加以地方榮辱的推波助瀾，台灣傳統社會中的人民，也開始接受體格強壯、行止活潑的健康女性。由於上述因素，台灣女性開始能夠自在放心地伸展四肢，而不用像傳統女性一樣，因為擔心過於「健康活潑」的行止會悖離社會價值觀，故而不斷自我設限、壓抑自己可能的發展。假如從公學校開始，女童不但能夠習於體能上的鍛鍊，更能視強健體格和活

潑舉止為理所當然，成年後自然不會再扭扭捏捏作小兒女情態，而能自在自信地接受自己的一切。

至此，這些動態課外訓育活動的意義，就浮現出來了：如果說總督府所推行的解纏足運動取下了台灣傳統女性足下的腳鐐，那麼這些女子體育背後所提倡的價值觀，可說是解開了她們心靈上的枷鎖，開發了女性身體潛能。等到女童成長得足以負擔高階體能訓練的中等教育時期，女學校所舉辦「強健身心」的活動更為豐富：遠足、登山、運動會自是不在話下，甚至有些如今看來亦相當嚴苛的訓練項目，如第三高女以基隆、淡水為目的地的強行長程遠足，還有攀登大屯山和玉山的女子登山隊……，在學校的支持下，這些新女性得以挑戰自己生理的極限，開發了傳統女性所不許運用的潛能。

除了女性身體潛能的開發外，學校舉辦的修學旅行，也讓原先生活不脫居家範圍的台灣的傳統女性，得以有冠冕堂皇的理由出遠門，親自去看世界的其他模樣。這種寓教於樂的修學旅行，在公學校時期的舉辦對象多以五六年級的學生為主（游鑑明：1988：128），而在中等教育的女學校時期，則有可能比島內旅行去到更遠的地方，如赴日本內地旅行等。在楊千鶴的回憶錄《人生的三稜鏡》中提及，女學校時期至內地的畢業旅行，是她和同班同學們畢生難忘的美麗回憶，就在由校方帶隊、讓家長放心的管理之下，這批受新式教育的台灣女性，得以親自用足跡去認識大千世界。

而從公學校時期就相當普及的運動會，到了年齡更高的女學校時期，更是熱鬧非凡。游鑑明的研究有言：

據南二女日籍女教師矢口愛回憶，每至運動季節，運動場上常因練習各類運動而熱鬧非凡，尤其逢校際聯會運動會時，為爭取校譽，各項訓練更加嚴格。各校通常備有啦啦隊以提高選手的士氣，如一場南一女和南二女的網球對抗賽，雙方啦啦隊均充份發揮團隊精神，矢口愛描述道：「兩校的啦啦隊列陣於竹圍網球場的堤上。比賽尚未開始，雙方已虎視眈眈，對抗意識高昂；比賽一旦開始，情緒更為激烈，……彼此嘶聲吶喊，拼命聲援。」（游鑑明：1988：183）

場內是揮汗嘶殺的運動選手，場外是吶喊聲援的啦啦隊，也許從矢口愛記憶中的這一幕，我們可以微觀點出新式教育下台灣女性的轉變。受新式教育的她們，不再以活潑好動為恥，也熱衷於發展自己身體的潛能。儘管日本的女子教育政策，旨在培養具有知識和愛國品德的現代賢妻良母，但卻為了加強女子群育、體育和德性的涵養而配合了大量的課外訓育活動。結果這套極重視訓育活動的現代化教學方式，卻讓傳統台灣女性得以自由自在地伸展四肢，不但擴大了女學生有形的生活領域，更讓她們在心靈上有了全新的視野，而這種視野，即將如實反映在她們的文學作品中❷。

---

❷　正如同時代五四時期通行小說中對女校生活的描寫，蔡玫姿的研究有言：「海波（按：人名）的女學生生活寫真寫教會學校女學生上解剖課，相約好友在灘上瀏覽書籍、草地上撿拾落花……，這七篇女學生的生活多樣化又生動，浪漫的教會女學生、嚴謹的女師範、偶與教員、同學間鬧彆扭的學校或宿舍生活，呈現不只一種特定刻板的女學生生活樣貌（蔡玫姿：1998：39）。而同時期日據下的台灣女作家，她們的作品也有相當份量在書寫這種女學生生活。詳見本書第二章。

　　總之，從這些女子教育的內容，我們可以初步勾勒出日據時期受新式教育的女性圖像。在公學校的男女共學中，她們得以突破「七歲不同席」的男女之防，而得以健康地享有社交，而住宿生活也讓女兒們首度脫離了家庭的限制，得以和同齡女伴共享二十世紀女兒國的親密生活。此外，大量的訓育活動不但開拓了女學生的社會參予，也讓她們在心靈上脫離傳統禮教對婦女的行動限制。而學校團體中的半自治組織❸，也讓女學生們透過這些初步的自治、體認到自己是獨立的個體、是團體組織中的一份子。在總督府的強勢規劃下，一個新女性的輪廓已然浮現，儘管終極目標仍是宜室宜家，但在培訓過程中，女性仍有些許突圍的空間。

## 第三節　社會對於女性的新期待

　　就日據時期「新女性的形塑」而言❸，其實經過好幾次的衝擊和轉折。什麼才是「文明、進步」的時代女性呢？該如何達到這種新標準？而標準又該由誰決定？要回答這些問題，我們得先依照島內社會環境的轉變，約略分做三個時期，來觀察在各個不同階段中，大環境對於女性的要求與期待：

---

❸　如北三女有「學級日例會」和「共勵自治會」、南二女有「班級修養會」、台中家政女學校有「自習會」等等（游鑑明：1988：180）。

❸　儘管此節強調「新女性」形象，但絕非預設所有日據女性都在新式文明下成長，而是因為新式文明對新文學女性創作影響甚鉅。當然，日據時期仍然有部分女性依照傳統生活方式在過活，但大體而言新文明的影響已經深入了台灣社會。

# 一、家庭中的新式女性

　　隨著 1895 年日人割台，殖民政府以同化兼現代化政策改造台灣人民，處在邊陲地位的台灣婦女，也同樣被列入改造的行列，殖民政府並以「廢除纏足」和「興辦女學」兩大要點作為同化台灣女性的重要政策，從此局勢大變（游鑑明：1995：253）。在此情形下，清代台灣儒漢社會中的傳統女性，就在日據初期，面臨了前所未有的新期待。

　　由於婦女政策的決定和推動，多取決於殖民政府和士紳階層，在這一個階段中，鮮少女性有參予自身改造的機會，所以，日據初期的新女性形象，其實是男性（總督府／士紳）的期許與投射，女性只是消極地被父權環境要求，而沒有主動轉變自我形象的可能。

　　根據洪郁如的研究，台灣本土士紳階層的女性觀，在時序進入日據後，確實產生了很大的轉變。這種轉變的契機，主要從東遊士紳見識到日本內地女子的現代化而來（洪郁如：2001：225-281）。在總督府的獎勵下，台灣士紳自 1896 年開始，便陸續前往日本內地考察旅行。他們用認真嚴肅的態度觀察了內地文明的種種，而其中最讓他們注目的，就是內地女性迥異於台灣女性的勞動、教育和日常生活。在實際目睹內地女子參與勞動與女子受新式教育的同時，一個評價女性的新基準，也在他們的意識中逐次成形，士紳們開始拿台灣女性與之比較，並表露他們的不滿。之後，台灣士紳開始在各種刊物報紙上發表「東遊歸來」的相關言論，如以下葉文暉〈東遊日記〉的記載：

內地女子，自幼而入學校，學詩書，習禮義。稍長則書畫俱精，兼通算法，又工刺繡，或出心裁。每多製作種種陳列，巧奪天工。想後來配偶以掌家政，則游刃有餘；以處經商，則獨操權算。謂之賢內助，其誰曰不宜？他如台北女子，深居閨閣嬌養成，惟每每好逸而惡勞，只循惡例，朝離寢床，關心纏腳，競效三寸金蓮，私相誇詡，謂日後乘龍，一經品題，身價十倍；即不然而勤勤懇懇，僅學做數領衣裳，繡幾株花木，便稱妙手。除此而外，別無他長，所見太淺，所聞太狹也哉！❸❷

從這段文字，我們可以清楚看出：漢人傳統社會中對於大家閨秀的評價標準，如「深居閨閣」「三寸金蓮」「終日女紅」等，在東遊歸來的士紳葉文暉眼中，已變成「惡例」或「所見太淺、所聞太狹」。而相似的論調，亦隨著東遊考察風潮，一再出現在當時的報刊雜誌。由於看到了內地女性的現代化，士紳們開始期望台灣的傳統閨秀能夠追趕上世界文明的腳步，習得近代的科學和知識，以便做個符合時代要求、能掌理家政，又能協助經商的「賢內助」❸❸。

---

❸❷　原載於《台灣日日新報》1900 年 2 月 23 日，轉引自洪郁如（2001：225-281）。

❸❸　根據洪郁如的研究，當時士紳對於自身階層內外的女性有不一樣的要求。在理解到女性在知識與勞動兩方面所蘊含的可能性之後，他們試圖將街坊的女子勞動力導入生產事業，而將家中的女眷送入學校（洪郁如：2001：225-281）。由於本章所探討的新文學女性作家多屬於被送進學校接受新式教育的上層女性，故著重探討的是這些士紳們所期望的家庭中的新女性，而非被導入生產勞動力的階層外女性。

　　的確，隨著科舉傳統的廢弛和新式知識份子的興起，一個只懂詩畫刺繡、深居閨閣之中的傳統閨秀，已經無法完美盡到「夫唱婦隨」的責任。尤其在殖民政府的強勢主導下，台灣提早進入了現代化階段，無論在經濟上或產業形態上，台灣已漸漸脫離了傳統的農業社會。為了因應大環境的整體轉變，士紳們在自身轉型的同時，同時也改變了對於完美新女性的期許。治理家政固然是女子之所必需，但撥算盤、記帳、招待客人等能夠幫助夫家家業經營的技能，也同時被士紳們所期望，成為女人走入婚姻市場的新條件。於此，洪郁如的結論是：

> 　　男性士紳心目中的新女性形象，絕大多數所指涉的，是同為上層階級的台灣女性。她們被期待扮演一種新的「賢內助」角色，那就是以受教育所得之近代知識協助男性，在士紳的家庭與事業兩方皆能有所貢獻。（洪郁如：2001：281）

　　傳統漢人社會中深居閨閣、足下一雙新月的名門閨秀，已經不敷新時代的需要。在已經進入現代化的日據初期，一個「宜室宜家」的完美新女性，不但得具備治理家務的本領，最好還能接受新式教育，一方面習得記帳、撥算盤、接待客人等治理家族企業所必需的近代知識；一方面也讓自己接受新文明的洗禮，以配合接受新式教育的知識份子，達到一種新時代標準的「夫唱婦隨」。

　　總括的說，日據初期的台灣士紳階層的女性，她們在「解纏足」或「接受新式教育」上，是受到大環境鼓勵的。總督府和傳統士紳，各站在自身利益出發，給予台灣女性進入現代化具體的支

持。初步脫離封建社會中「無才便是德」和「深居閨閣」的限制，
台灣女性在日據初期開始擁有了「知」和「行」的權利。然而，若
我們細察總督府和民間士紳推行「解纏足運動」和「興辦女學」的
最大動機：殖民政府期望的是解纏之後台灣女性所能提供的龐大人
力資源；而士紳們著眼的是一個符合新時代「夫唱婦隨」要求的完
美新女性肖像；歸根究柢，他們重視的，還是女性對於國家社會能
提供的勞動力，以及女性對於家庭所能提供的最高協助。一個真正
站在平等原則出發的男女平權運動，似乎不是他們強調的重點。

　　在此種環境下，女性的「自我」，其實仍然得不到伸張。儘管
知和行的權利都大為提昇，但女性受教育以致於工作的種種前提，
都是要為他人效勞，要以習得的近代知識和解纏足後激增的勞動
力，為國家社會和家庭服務。因此，在台灣進入現代化初期，女性
雖然得以走出閨閣，開始接受新式教育或參予社會公共事務，但前
提卻是：她們得處於一個「協助者」或「賢內助」的角色，而不是
個人化的自我實現或自我追尋。從當時女子教育的內容來看，大量
烹飪、花道、家計、裁縫等課程，強化的，也是為了走入家庭的超
完美新娘職前教育。可以說，當時整個大環境，對於所謂「新女
性」的養成，重視的是工具性的利用，而非女性自我意識的成長。

## 二、投身社運的革命女性

　　時序進入二〇年代的殖民地台灣，由於世界性運動風候和一次
大戰後民主自由和民族自決思潮的推波助瀾，台灣沸沸揚揚地掀起
全島性的社會運動。而台灣首次的婦女解放運動，就在這種時代環
境下應運而生。無論在標榜台灣島民唯一喉舌的《台灣民報》和其

他社運團體的機團報，抑或是文化協會或農民組合所舉辦的演講，都開始出現了女性的身影。可以說，在二〇年代的台灣，湧現了第一批言論激進、戰鬥立場鮮明的進步女性，她們採取和官方對抗的姿態，投入社會改革的行列。

由於多半附屬於反對運動下，這種激進的革命女性形象，自然和初期由官方和士紳們共同打造的溫順得體、宜於家室的新女性肖像有所區隔。她們不但積極參與社會運動，慷然進出牢獄，舉辦演講發表解放言論，甚至激進者（如謝雪紅）尚在戰後悍然投入武裝行列，徹底顛覆了傳統女性「溫婉寬厚」「逆來順受」的刻板印象。尤其值得注意的，是這些女將們，已然具備了初步「男女平權」的性別意識，在婚姻自由、經濟獨立、女子教育和女性參政權等議題上都多所討論，因此她們不但在行為上顛覆了傳統女性的刻板印象，一新台灣人耳目，就連她們的婦女解放言論，也啟蒙了台灣女性的自覺，促進了女性自我意識的生成。

根據楊翠的觀察，這些親身投入婦女解放運動的進步女性，除了在《台灣民報》上大量發表婦解言論的玉鵑、紫鵑、張麗雲等人；在社會運動團體中，尚有謝雪紅、葉陶、簡娥、張玉蘭、林雙隨、郭玉珊、郭翠玉、蔡阿信、許碧珊等人；而本土獨立婦女團體中，亦有吳素貞、潘貞、潘蘊真等人活躍其中（楊翠：1993：456-585）。這些女性，背離了士紳的期待，投身社會運動，自覺地選擇了戰鬥位置，而得到一些同樣從事社會運動的男性的認可和支持。

然而值得深究的是，表面上燒得如火如荼的婦女解放運動，是否真是台灣女性在長期壓迫下「不平則鳴」的憤怒心聲？還是在殖

民地特殊歷史情境下另有其興起的原因和位階？於此，楊翠曾進一步做了深入細緻的爬梳和分析。

　　若從當時標榜「台灣人唯一之言論機關」的《台灣民報》來觀察，當時有關解放運動的言論，傾向於將民族、階級、婦女並列為「三大」解放議題；而從數量上看，光是《台灣民報》上的婦解言論就高達兩三百篇❸，若只從比重上來說，「婦女解放」的確是當時解放運動的重要議題。但是，若從當時所謂「進步婦女」解放言論的內容細究，則可見出一些和當代女權思想相互扞格的怪異處。如在具有最健全的婦女政策和最活躍的女性幹部❸的「農民組合」，其由謝雪紅起草的「婦女部組織提綱」，就開宗明義地寫著：

　　　　我們台灣無產婦女負有努力鬥爭的使命。我們完成此一使命
　　　　的第一步是動員一般無產農工婦女，在無產階級戰線上與宗
　　　　主國的無產階級站在一起，向地主資產階級進攻。同時，與
　　　　反動惡勢力鬥爭。婦女工作人員應清算過去所犯的謬誤，即
　　　　婦女運動與無產運動的分離，以及對男性要求莫名其妙的女
　　　　權。因為這些不過是出於小資產階級婦女的空想的口頭禪而

---

❸　根據楊翠的統計，從 1920-1932 的十二年間，將「婦女」與「解放」合用的
　　言論有 73 篇；介紹日本婦女問題婦女運動的有 44 篇；報導中國的婦女運動
　　的有58篇，而報導世界各地婦女運動的則有42篇（楊翠：1993：100-129）。
❸　楊翠比較了文協、台共和農民組合等當時社運團體的婦女政策後，得到了這
　　樣的結論：「農組在當時的台灣社運團體中，擁有最具實踐性、全面性與大
　　眾化的婦女政策，這點是無庸置疑的。」（楊翠：1993：362）

已。此類口頭禪欺矇人家，不合乎現實。於歐洲，女權運動的發生甚早，至今已達兩世紀，但論其效果，除了俄國以外，沒有一處達成的。甚至在所謂民主的美國，也無法實現。因此我們斷言，若不參加無產階級革命，婦女解放運動絕對不能成功。我們預先打破這種貴族偏見，始能走向有意義的運動。❸❻

從這份提綱的內容，我們可明白看出：在左翼色彩濃厚的「農民組合」內，婦女解放運動其實是隸屬在階級解放運動下的。婦女之所以被號召，目標是要動員廣大無產婦女，一起向資產階級進攻。在這大前提下，若有與無產運動分離的婦女運動，便違犯了極大的謬誤，是「莫名其妙的女權」（謝雪紅語）和空想的貴族偏見，絕對不可能成功。從這份提綱，我們可以充分了解當時農組中婦女運動的工具性和輔助性。

在左翼色彩濃厚的社運團體中，婦女運動是作為無產階級運動的工具；而在民族主義色彩濃厚的解放論述中，婦女運動同樣也不具獨立存在的主體性。從《台灣民報》的兩則社論中，我們可以清楚看到婦女運動在當時的位階：

勿論是經濟的解放運動，或是人格的解放運動，在上面倘若還有民族的差別的黑幕存在的時候，是很難成功的。在一定

---

❸❻　本提綱出自《台灣社會運動史》（台灣總督府警察沿革誌第二篇）第四冊頁110。台北，創造出版社，1989 年。

> 期間後的分裂，這是必然的結果，但是在共同存在的期間
> 內，是絕對的要一致團結的。（《台灣民報》142 號，1927 年）

> 現在台灣的解放運動，雖然有種種的形式，但是勿論婦女、
> 無產者、有產者，都有一層共通的解放運動存在的，就是在
> 異民族的差別統治之下，全台灣人都是站在被壓迫的地位，
> 所以雖然有男女貧富之別，總是在這特別事情下的共同的解
> 放，總要一致團結才是。（《台灣民報》142 號〈評論〉，1927
> 年）

不同於左翼團體所強調的無產階級解放運動，《台灣民報》上的解
放論述，多是把第一位階留給民族解放運動，要團結所有人，對抗
異民族的壓迫。

報紙上的論述如此，投身於社運的女性許月里，似乎也如此定
位她們的婦女運動。隸屬於「工友協助會」的許月里在接受楊翠訪
問時，曾回憶當年的情景：

> 當時的女性，敢出來拋頭露面的很少，女權也確實低落，然
> 而我們做為社運團體的成員，心目中最大的意念是怎麼對抗
> 日本殖民政府，而非對抗父權，並且，對當時的女性而言，
> 投入社運本身即是一種最好的解放了。（楊翠：1993：93）

的確，在女性尚不被認為具有完整獨立人格的二〇年代，能夠「做
為一個人」或「像其他（男）人」地投身社會運動，對抗殖民政

府，已是一個女性了不起的突破。從上述解放論述的內容和社運女
性的自白看來，在二〇年代台灣所掀起的婦女解放運動，對於台灣
女性自覺意識的啟蒙，到底到達什麼程度，其實還值得審慎評估。
雖然「帳面上」存在著數量驚人的婦女解放論述，但其中真正站在
「男女平等」思考基點出發的論述，其比重還值得商榷。殖民地特
殊的歷史情境，讓台灣女性有機會親身參予一場轟轟烈烈的婦女解
放運動，但也同時讓當時的婦解運動有其特殊的先天限制。就彼時
的時代運動氛圍而言，「婦女解放」自身並不被認為是最迫切的要
務，重要的，是經由「婦女解放」所釋放出的能量，能夠為民族、
階級的解放運動增加動能。於此，楊翠分析了這種運作機制：

> 所有運動團體均意識到婦女具有豐富的開發潛力，如若能將
> 佔總人口之半的婦女從家庭牆限中解放出來，使投入己方陣
> 營之中，將是一支極其豐沛之生力軍。這便是為何婦運初生
> 之際即被提升到三大解放運動之列，而在位階上又置於民
> 族、階級之後的原因。（楊翠：1993：16）

換言之，在二〇年代的殖民地台灣，達成社會、民族之整體解放，
方是當時解放運動的總目標。在此意義界定下，婦女解放運動遂被
視為一種「階段性」、「功能性」之運動（楊翠：1993：93），它被
要求要動員婦女走出家庭，一起投身社會改革的行列，而不被期許
獨立發展，向男人爭取什麼「莫名其妙的女權」。楊翠更進一步認
為，《台灣民報》之所以重視婦女問題，頻繁報導世界各地婦女運
動情況，不憚其煩地推動婦女解放運動，其實只是因為將婦女解放

視做殖民地解放的必要條件之一。它積極鼓勵婦女走出家庭牆限，勇敢出來活動，其實期許的，只是要增加社會整體的能動量，以加快解放運動的進行（楊翠：1993：89）。

在此情形下，表面上轟轟烈烈、但骨子裡卻被賦予高度工具性的「婦女解放」運動，其對於女性自覺意識開展為何，的確還有待評估。台灣女性雖被解放運動鼓勵，要勇敢走出封建禮教枷鎖，爭取婚姻自由或經濟獨立，但這並不必然地表示她們會得到獨立的主體性。投身體制外的解放運動後，她們仍然被當作動員的最佳工具，性別身份是否得到公平的對待，似乎並不是當時的重點。

雖然擺脫了父權對女性的利用和宰制，投身社運的女性們，卻也可能面臨了另一重的利用和宰制。解放運動對於女性的終極期待，是要她們先體認身為一個「人」的責任，加入改革社會的行列，而不是在全體解放尚未完成時，就向男性要求什麼平等。就當時的邏輯而言，是只要全人類的解放達成了，那男女、階級、種族、宗教之間的平等就自然達成，所以二〇年代台灣的婦女解放運動，雖讓不少思想進步的女性得以逸出父權體制，在社運歷史上留下熱血、叛逆的驚鴻一瞥，但對於長久以來主宰兩性結構的意識型態，卻沒有太大的鬆動。

雖然當時的婦解存在著上述無可奈何的工具性和輔助性，但卻絕非毫無可取。各時代有其歷史限制，若以女性主義理論發展的後期標準來否定六七十年前的婦女運動，這也未免失之嚴苛。真要評估二〇年代的婦女解放運動對台灣女性所造成的影響，其實可以從兩個方面來看：一是進步女性新典範的樹立；二方面則是婦女解放言論所帶來的啟蒙效果。首先，便是樹立了進步女性的新典範。

　　從少數斷簡殘篇的文獻和佚聞，我們得以略窺當時幾位女性社運者（如謝雪紅、葉陶、簡娥等）的奕奕神采，她們的傲骨和志氣，今日的我們讀後尚為其硬頸風範折服不已，更不用說是躬逢其時、和她們共享相同時空的台灣女性們，受到多大的衝擊。當然，實際投身社會運動的，到底只是少數具備超人勇氣和膽識的前衛女性，但這些少數突破性別限制的女將們，透過積極的行動，卻標示出女性做為獨立完整個體，主動爭取自身權利的可能性。至少，台灣社會的女性開始了解到：除了父權社會所規劃的、宜室宜家的新時代女性外，女人其實還有其他可能。尤其在女性向來沒有置喙餘地的政治公領域中，這些女性取得了一席之地，和男性平起平坐，為了全人類的解放而並肩奮戰。

　　既然選擇了和殖民政權對立的位置，這些思想進步的女性，自然呈現出慷慨激進、為了正義奮不顧身的戰鬥形象。走上街頭、進出監獄、或在演講現場和監視人員對罵，這些在傳統規範下「好女人」不該做的事，不但對於她們來說是家常便飯，更重要的是：這樣的她們，還得到了輿論的支持。《台灣民報》報導她們消息時的用詞遣句，多用肯定讚揚的態度❸。雖然以《民報》編輯群和社運人士的密切關係來看，這種肯定不足為奇，但對於台灣女性而言，這種生龍活虎的「鱸鰻查某」❸形象大受表揚，卻是史無前例。就這層面而言，確實也是一種很大的解放。

---

❸　如報導葉陶在高雄鳳山市場內挺著大肚子和市場監督扭打的事蹟，《台灣新民報》下的標題是：「鳳山市場的男女武劇──女鬥士抵敵老監督！」（詳見《台灣新民報》三百九號（1930.4.19））
❸　這是楊逵對於革命伴侶葉陶的形容詞。

　　總之，女性社運家特殊的戰鬥形象，為台灣女性樹立了進步女性的新典範。不走溫柔敦厚路線的她們，標示了女性獨立自主的另一重可能。尤其在「人類總解放」的大目標下，她們得到男性社運菁英的鼓勵和輿論支持，故這種具有顛覆性的女性形象獲得認可，這對期許女性該賢良溫順的台灣社會，是個不小的衝擊。

　　除了女性社運者以身作則地樹立了進步女性的新典範，當時報刊上大量的婦女解放言論，其實也起了啟蒙的作用，讓台灣女性開始思考性別平等的問題。誠然這些婦解言論具有背後的工具性，但在大力鼓舞女性走出家庭，向不合理的封建禮教挑戰之時，卻能讓台灣女性開始思索傳統習俗對於女性是如何的不公。這些關於性別的思索或自我意識的成形，受限於當時大環境，也許無法明確彰顯在解放運動中，但在私密性和自主性都相對提升的文學創作裡，卻嗅得到蛛絲馬跡。

　　所以，雖然婦女運動在殖民地的解放運動中處於第三位階，具有無可奈何的工具性和輔助性，但透過進步女性典範的樹立和婦女解放言論的啟蒙，台灣女性的確受到不小的衝擊，比起日據初期由總督府和士紳所共同打造的新女性形象，台灣女性的自我觀，卻在此時慢慢地成形。

# 三、皇民化運動中的後方女性

　　以日治時期婦女生存環境的發展來看，三〇年代的社會環境，無疑是較二〇年代更為緊縮的。根據楊翠的研究，時至 1931 年，一方面由於島內社會運動路線轉化——左翼面臨崩解，而右翼接下主導權；再者由於殖民政府全面加強取締打壓，曾經喧騰一時的社

會運動自此日趨困窘，終於在三○年代初期沈寂下來，而依附在政治社會運動下的婦女解放運動，自然也在此情形下失去戰場，走入歷史之中❸。

　　事實上，進入三○年代後，對台灣女性生活產生最深刻影響的，是由殖民地官方所主導的婦女團體。尤其在進入 1937 年後的皇民化時期，這一整組的婦女組織，更是發揮了最大的動員力，全方位滲透了台灣各階層婦女的生活，成為戰時守護後方家庭的主力。

　　根據楊翠的研究，為了將台灣女性有效地納入統治體系，日本官方早在戰前就存在著一套具有層級性的婦女團體，將女性由幼至長，一層一層地納入國家的掌握。如各地均以小、公學校為單位設置的愛國少女團，其他還有少年團女子隊、青年團女子隊、處女會、主婦會，乃至大型的愛國婦人會、台灣婦人慈善會、佛教婦人會、基督教婦人會、神道會婦人會等。這些官方婦女團體，雖隨著歷史時空和團體性質而有些微的殊異處，但是其終極目的卻是相去無幾：不外乎培養生產能力，學習日語、涵養日本國民性、修習日本女性之傳統美德、參予社會事業（楊翠：1993：595）。

　　時至 1937 年的第二次中日戰爭，為了讓殖民地人民心悅臣服

---

❸　雖然除了依附在社運下的婦女解放運動，台灣其實也出現過本土獨立的婦女團體，如香英吟社、諸羅婦女協進會等。但這些團體的組織與活動力似乎並不熱絡，無法和婦女解放運動相抗衡。

投身戰爭行列，殖民當局雷厲風行地推行「皇民化運動」❹，在戰
爭動員與皇民化政策下，之前為了統治便利所設立的官方婦女團
體，就成為動員殖民地女性、以確立非常時期家庭形態的最佳途
徑。

　　根據楊雅慧的研究，台灣在進入戰時體制後，官方婦女團體的
活動就更加地頻繁，成為殖民政府政策活動的推展者，主要的活動
團體，在戰爭前期以「愛國婦人會」為主，後期則是婦人會連結而
成的「大日本婦人會台灣本部」，以及未婚女性的「桔梗俱樂部」
（楊雅慧：1993：73-81）。「愛國婦人會台灣支部」創於明治三十八
年（1905 年），是個歷史悠久的團體，本來的活動內容大抵是從事
社會事業，在 1937 年時局改變後，則擔負起後方婦人奉公的任
務。如：達成軍事輔助事業及分擔生活輔助、慰問出征軍人家族及
遺族，籌備軍事後援資金及救護準備金等。而由各校高女畢業生所
組成的「愛國少女團」，其實可說是愛國婦人會會員的預備訓練，
活動內容則不外是製作慰問袋、寫慰問信給軍人、替軍人洗滌衣物
等後方勞務訓練，務使高女畢業生提前了解皇國婦女的責任。

　　昭和十七年，原本幾個官方婦女團體如愛國婦人會、國防婦人
會、連合婦人會等，在東京結合成「大日本婦人會」，隨即便在台
灣設立了本部。一般而言，「大日本婦人會台灣本部」的活動內

---

❹　所謂皇民化，就是要台灣人以「八紘一宇」團體精神，從物與心兩面，徹底
　　去除從前的思想、信仰、物質等狀態，而成為完完全全的皇國居民。因此台
　　灣人應了解皇國肇國的大義，體會皇國精神，並自動地發起更改以往生活方
　　式與舊有風俗習慣的皇國民同化運動（楊雅慧：1993：69-70）。

容，和之前官方婦女團體並沒有太大分歧❹。但細察其訂定的工作大綱，可以發現：七則中就有三則「涵養國體觀念，修練婦德」、「家庭生活的整備刷新」和「國民的育成，家庭的振興」，是格外強調家庭層面的。可見，在「家庭是戰場，戰勝從家庭」的觀念主導下，皇國婦女的婦道和支撐起家庭的後力，已成為戰時台灣婦女應修習的重點。

　　除了全面性動員的官方婦女團體，殖民當局也推行「女子青年訓練」，透過教育，來培養出篤信官方意識形態的年輕女性。當時的女子訓練，首重戰場精神的涵養，而實際實施的要項有四：

1. 努力於培養敬神崇祖，及對家庭的正確信念，樹立戰時下健全的家風。
2. 努力於徹底認識時局，昂揚戰意。
3. 努力於團體生活訓練的徹底，磨練女子青年規律、秩序、親和、協力的精神，以及在鄉土生活中鄰保相親的風尚作興。
4. 認識戰時經濟的意義，急速實施經濟生活的戰時編成，並圖儲蓄的增強。

「對家庭的正確信念」、「團體生活訓練的徹底」、「規律、秩

---

❹　這些團體在理論上當然具備有將婦女從家庭中解放到社會空間的功能，也具備有將婦女從父權宰制中鬆綁的可能性，然而，楊翠認為：這些活動，究其內質也不過是將婦女從原先父權體制下的「靜態工具性」移轉成殖民與資本主義體系下的「動態工具性」（楊翠：1993：58）。

序、協力的精神」，從這些生活訓練的要件來看，戰時體制對於女性的要求，比起戰前官方婦女團體而言，尤其強化其對於家庭的責任，以及為了戰爭放棄個人利益、投身團體生活的奉獻精神。「犧牲小我」被昇華成皇國女性的最高德性，不但未婚的青年女性要捨棄個人主義、全心投入後方的補給工作（如桔梗俱樂部成員），已婚婦女更是得建立正確的家庭觀念，在戰時守護好後方的家庭，讓前線戰士無後顧之憂地參予聖戰。可見，作為男性戰士背後偉大的女性，才是當時整體社會對於女性的新期待。無論是精神上支持或是實質上救助，在皇民化運動中的台灣女性，格外被要求處於「自我犧牲」的地位，一再強化父權體制下女性應有的溫順忍讓美德。

陳昭如在〈日本時代台灣女性離婚權的形成——權利、性別與殖民主義〉文中論及皇民化運動時的台灣女性處境時有言：

> 當國家掌握了一切權力，同時也就掌握了安排性別秩序的權力，對於本身也極度重視家制度的殖民者日本來說，在殖民地台灣固守家制度的約制（起先是台灣的家族制度，其後是日本式的家制度），毋寧是再自然也不過的事。（陳昭如：2000：225）

的確，在格外需要「家庭」小單位來應付戰時體制的非常時期，女性自然就被強大的國家力量派定了「輔助者」的位階，接受國家所安排的性別秩序。於此，楊雅慧也點明了皇民化運動如此強調皇國女性的理由：

> 已婚婦女／家庭兩者息息相關。女性所以重要的理由，是基
> 於日本政府一向著重家庭、家族。而在戰爭期間，已婚婦女
> 實具有守護後方家庭的重要地位，因此，在經濟戰、思想戰
> 的要求下，確立非常時期家庭形態便成為婦女重要的任務。
>
> （楊雅慧：1993：71）

　　總之，在 1937 年的皇民化運動中，「性別壓迫」被國家權力堂而
皇之地合理化，目的是動員台灣女性守護後方，讓男性義無反顧地
投入聖戰。在大我的家國論述下，總督府的戰爭動員政策，對於女
性的教化，著重女性與家庭的緊密關連，強化其作為皇國婦女的女
性特質，以便把女性作為守護後方家庭的主力❷。殖民政府基於國
家利益，使用國家權力來支配女性，以完成戰爭的目的。雖然為了
動員而大規模地實行了女子青年訓練，但從訓練內容看來，我們卻
不難發現：殖民政府所強調的，仍是女性與家庭的關係，仍然依循
著父權社會的安排，要求女性處於輔助角色，犧牲小我，當個男人
背後堅忍、偉大的女人。在這種由國家安排性別秩序的情形下，台
灣女性只得在種族、性別和家國的三重壓迫下「犧牲小我」，好讓
日本人、讓男性、讓國家「完成大我」，成就千秋大業。

　　歸根究柢，走過日據的台灣女性，無論在哪一時期，都還是不
脫被利用、被支配的工具性命運。既使是在島內接受新文明洗禮
後，父權社會的規劃，還是期待女性以新近習得的現代知識，擔任

---

❷　見陳昭如〈日本時代台灣女性離婚權的形成──權利、性別與殖民主義〉，
　　見《臺灣重層近代化論文集》頁 223-4。

男性的輔助者角色，而不是做個可以主控一切的主體。大環境的要求如此，但日據時期台灣女性在現代化的培訓過程中對於自我的要求和認知也是如此嗎？也許從用以言志、相對而言私密性較高的文學作品，我們可以看到她們真實的心聲。

# 第四節　小　結

　　本章從傳統儒漢社會的性別結構、總督府推行的女子教育新政、大環境對於女性的新期待等幾個方面，試圖釐清這個時空環境之下台灣女性的特殊生活處境。

　　處於古老傳統與現代文明的夾縫中，這批台灣女性親身經歷了兩種文化交鋒時的巨大矛盾。一方面透過禮教規範，父系社會結構對女性的控制力仍相當強大；但另一方面，不輕易撼動台灣舊慣的總督府，卻在「解放纏足」和「女子興學」這兩件事上以懷柔手段得到仕紳支持，進而能在官方民間的雙重配合下強勢推行。而二〇年代後沸沸揚揚掀起的婦女解放運動，雖在社會主義風潮下具有無可奈何的工具性，但其進步的言論和激昂的姿態，也為台灣女性開拓了全新可能，樹立了前所未見的新形象。

　　儘管大環境的性別結構沒有太多的鬆動，但是得以受新式教育的女性，卻在一連串的培訓過程中對於「自我」有極大的覺醒。儘管女子教育目標是培養新時代的賢妻良母，但學校課程中的訓育活動，卻開拓了她們的社會參予，也讓她們在心靈上脫離傳統禮教對婦女的行動限制。

　　可悲的是，這種初初萌發的自由心靈，一旦當她們脫離學校、

重新回到父權社會結構時，往往馬上面臨極大挑戰。大部分新女性只得在現實生活的強勢威迫下妥協，但在文學中，這種心靈上的矛盾，卻在當時女性文本中歷歷可見：

> 雖說那正是我們自己的親身體驗、眼前的感受，但真正要我們觀察出什麼具體形式，或要說出個所以然來，卻是件相當困難的事。只知我們是身處於「沿襲古風」與「趨向新世代」的夾縫中，受到兩者之間的一層強烈的磨擦力所羈絆、綑套。（楊千鶴：2000：15）

處於新舊的夾縫間，受到新文明衝擊的台灣女性，內心自然會有種種傳統女性所無從想像的衝突。這些內心衝突的書寫內容，構成了新文學創作「女性寫實路線」的主流。

# 第二章
# 建立小我敘事的女性寫實路線

　　提到日據時期台灣新文學，常有的論述是將其形塑為「反殖民、反帝、反封建」的寫實文學❶。這種和二十年代社會運動同步發展起來的新文學運動，無可諱言其題材一開始確實集中在抗議層面。儘管時序進入三十年代後，隨著內地文壇影響和資本主義社會發展，台灣文壇的確興起了異於寫實抗議文學的「浪漫主義文學」和「超現實主義詩歌」，但在反殖民意識形態主宰的文學論述下，卻也沒得到研究者太高的重視。

　　此種意識型態落實到文學典範中，關注的題材，自然集中於傳達殖民剝削、充滿血淚控訴的創作內容。正如同葉石濤對日據新文

---

❶　本土理論家葉石濤的概括，可作為這種論述的代表：「日據時代的台灣新文學也是屬於寫實文學。一般說來，台灣新文學是反殖民、反封建的寫實文學。」（葉石濤：1990c：137）「台灣新文學的作品都是短篇居多，所以沒有足夠的篇幅去細細描寫民眾日常生活，它就總括一個時代的歷史的觀點，用較粗大的描寫方式去展開故事。因此，台灣新文學作品都持有同一個觀點──反日、反殖民、反封建去表現台灣民眾的苦難歲月。」（葉石濤：1990c：137-8）

學的概括性描述：「台灣作家這種堅強的現實意識，參與抵抗運動的精神，形成台灣鄉土文學的傳統。而他們的文學必定是有民族風格的寫實文學。」（葉石濤：1979：16）

「堅強的現實意識」、「參與抵抗運動的精神」、「有民族風格的寫實文學」，從這幾個概括性的定義，或許我們能夠從「題材取向」略窺日據女性創作被邊緣化的原因。和大多數朝批判寫實主義路線發展的男作家比較，在題材的選擇上，新文學女作家們顯然私人瑣碎得多。生活點滴、個人纖細情感，才是她們書寫呈現的重點。統而言之，日據女作家們並不是「中性」或「去性別化」地處理整體人民的苦難，而是專注、有意識地，以女性視角來描寫個人週遭的見聞。她們的創作未必憂國憂民，但卻極端注目於自身經驗，並常以一種自我剖白的方式，叨叨絮絮地強調關於「小我」的種種：童年母女關係的眷戀、女性友情的刻畫、女性身份的思索、婚姻生活的擔憂和憧憬⋯⋯諸如此類站在女性視角的生命經歷，構成日據女性創作鮮明的題材傾向。

這種題材傾向，本文姑且稱為「女性寫實」路線，以和標榜抵抗暴政、召喚民族意識的寫實主義文學作區隔。歷來父系文學成規都把這種個人化路線的小我論述視為無關緊要的小情小愛，認為它們沒有文學價值。然而，這正讓女性想起維吉尼亞・吳爾芙（Virginia Woolf）在《自己的屋子》中著名的牢騷：

> 婦女的價值常是不同於另一性別的人所形成的價值⋯⋯然而，男性的價值卻是佔上風。先粗淺的說吧！足球呀，運動呀是重要的，而愛好時髦呀，購製新裝啊，就算是「瑣事」

了。（張秀亞譯：1979：93）

的確，從父權意識形態下衍生的社會價值，本身就包含了許多偏頗。尤其在反抗暴政的思想大旗下，以生活經驗作為題材的女性創作更受到愛國諸公的輕視。如吳爾芙所言：「批評家會斷言，這是本重要的著作，因為它論及戰爭。這是本不重要的作品，因為它論及一個在客廳中的女子的感情。」（張秀亞譯：1979：93）但當柴米油鹽、親情友情構成當時女性生活的大部分時，去指責她們題材無關國計民生，似乎也有失公允。在革命激情和殖民悲情都已然沉澱的新世紀，女性寫實所隱含的顛覆力量，也許值得重新評估❷。本章即想透過這種女性寫實路線的審視，重新定位她們在文學史上的意義。

## 第一節　書寫母愛的眷戀

直接從黃鳳姿、楊千鶴、徐青絹、長谷川美惠（張美惠）等人的創作著手，我們可以很容易發現：對於「童年經驗」的回憶與懷想，是她們在創作時相當重要的主題。不但黃鳳姿 1943 年出版的

---

❷　值得一提的是，就連七八十年代強調台灣意識和寫實文學最力的葉石濤先生，在九六年出版的《台灣文學集》（高雄，春暉，1996）中，也一口氣翻譯了五篇日據女作家的小說。可見葉老不但注意到這種意識型態所造成的偏頗，也透過翻譯和介紹極力在修正。

單行本《台灣的少女》第四部分專門記述童年回憶❸；就連楊千鶴於 1995 年出版的自傳《人生的三稜鏡》〈第一部：在母愛的懷抱裡〉亦用了近全書三分之一篇幅，來追憶半世紀前和母親所共渡幸福美滿的生活❹。如果當時有十七年生命經驗的「少女黃鳳姿」，用近半篇幅來描述童年還不算多，那麼，對「熟年女性」楊千鶴七十餘年的生命經歷，又該如何從比例上來解釋她明顯偏重的「童年經驗」呢？女性作家對童年生活題材的強化，想來其中必有因。

值得注意的，是當這些女作家們在書寫童年經驗時，「情感」與「愛」是個常被強化的主題。尤其是對於「母愛」的沈醉，對於家庭生活點滴的追憶，構成了新文學女作家書寫童年時的重點主題。

「書寫童年時著重母愛和親情」，乍聽之下，是順理成章、並無特別之處的。但若把這些作品置放入同時代的文學脈絡，性別差

---

❸ 第四部分主標題為〈小時候〉，頁數從 143-234，約佔全書四成。事實上，在前三部分（〈台灣通信〉〈艋舺生活〉和〈內地通信〉）的主標題下，文章內容也多所指涉童年生活。

❹ 楊千鶴這本著作刊行 1995 年，是否具有和日據女性創作並列討論的合理性？在此提出三點以《人生的三稜鏡》作為輔助徵引文本的原因：首先，楊千鶴這部自傳寫作，實乃以她日據時期的日記作為大部分基礎（文中曾提及，作者亦曾於採訪中自述）。再者，本書發行年代雖是 1995 年，但大半的文本時間，都在描述作者日據時期的生活。更值得注意的是，此書係以楊千鶴受日本教育時慣用的流暢日文所寫成，1995 年發表時，距離終戰後中文語境的全盤轉換已然過了半個世紀。不論這種發表語言的擇選是否是一種別具意識的強調姿態，可以推測的是，透過語言媒介強勢的運作，楊千鶴在寫作此書時，她的思緒和感覺結構可說都「再現」了日據時代。故而做為日據時期女性創作的輔助徵引文本。

異當下立判。同樣書寫童年生活經歷，在日據新文學的男作家筆下，「情感」和「家庭生活」就絕對不是個值得強調的重點。根據陳雅惠的研究，日據時期台灣文學中觸及童年經驗的作品，主題多半集中在所受的教育問題和族別問題上。無論是台灣兒童的「書房經驗」、「公學校經驗」、「異性經驗」和「族別經驗」，討論主題都不觸及親情的依戀，而多是關於教育、日台認同矛盾等問題❺。這些（男）作家筆下的童年經驗，強調的是孩童與社會秩序互動的經歷，即孩童如何克服種種困難、逐步社會化的過程。但對於新文學女作家而言，童年生活值得追憶的，不是這種「克服」或「進入」的歷程，而是和母親、家庭成員所共享的親密無間的快樂時光。兩相比較，「性別」在主題擇選上的運作便浮現出來了。

　　根據女性主義精神分析學家 Nancy Chodorow（南西·邱德蘿）的看法，小男孩與小女孩的性心理發展，是有其社會涵義的。就小男孩而言，他在進入依底帕斯期、認同父的律法（象徵秩序）時，便與母親產生了徹底分離，為日後進入公領域打下了基礎。但對小女孩而言，這種脫離母體的歷程，卻比小男孩更加困難。Chodorow 指出：由於女兒和母親都是女性，因此女兒的性別感與自我感一直和母親相連不斷。因此，就算到了要脫離母體、追求自主性和獨立性的依底帕斯階段，母女間的共生狀態雖告滅弱，但從未斷裂。而這種與母親相濡以沫、始終不斷的同一性（oneness），使得女性具

---

❺　詳見陳雅惠《日據時代台灣文學的童年經驗》，清大中文所碩論，民國八十九年六月。陳雅惠雖注意到黃鳳姿的作品，但著重的是她對於生活習俗的書寫，並放置在「台灣兒童的生活」這一背景性的章節介紹中帶過。

備了比男性更佳的溝通、連絡能力，也奠定了女性日後在私領域上的基礎（刁筱華譯：1996：268-270）。

由於女兒和母親具有相濡以沫的「同一性」❻，因此比起書寫童年「社會化歷程」的男作家而言，新文學女作家們自然把童年經驗的書寫重點，放置在對親密關係的著墨和依戀。在此階段中，小女孩可以放縱地在母體的完滿感中成長，還可盡情享受其他長輩的溺愛，對於長成後的女性而言，「童年」最值得追憶的，正是對於母親肉體、對於愛、對於親密感情的依戀❼。正是在母體的親密撫觸中、在承載年幼記憶的內在空間或美麗物件中，新文學女作家們，以懷想追憶的方式，書寫了女性在生命最源初的愛戀與情感。

## 一、只有節奏、撫觸、氣味的母性滋育空間

法國女性學者 Kristeva（克莉絲緹娃）在〈聖母頌〉（Stabat Mater）一文中現身說法，描述懷孕和生產會使女人回顧她自己在人生初期與母親的親密關係。關於這段尚在襁褓中的人生初期，克莉絲緹娃認為，小女孩只有空間的記憶，時間不存在，唯有「蜜的香味，形體的渾圓，我的手指下、臉頰上的絲綢與絨布。媽媽。幾乎

---

❻ 關於母女的「同一性」，楊千鶴曾謂：「聽母親述說往事，聽幾次都不會膩；我每次聽這些話，就覺得在分擔著母親的勞苦，甚至陶醉於與母親一起的世界裡。」（楊千鶴：1995：50）這種母女間休戚與共的情感，讓人想起 Chodorow 在前依底帕斯期所特別強調的母女間的共生狀態。

❼ 黃鳳姿曾自述其對於「愛」的重視：「在道德之中尤其崇尚愛的我，將這路燈和香的微弱的光，看成是為了對好兄弟（地獄裡的孤魂野鬼）之一種美麗的愛的光而感到十分親暱。」

無所見——是一具遮蔽光線的形影，將我濡濕或在閃光中消失，她的平靜的存在幾乎沒有聲音」❽。

　　這種初期襁褓的親密記憶，也許正是日據新文學女作家念念不忘的原鄉。和母親持續不斷的同一性和共生狀態，使得她們在書寫童年經驗時，不約而同地陷入柔軟黑暗的泥沼，沈醉在與母體合而為一的完滿感中。在這前依底帕斯期的母性滋育空間中，小女孩感受到的，往往只有撫觸、母體的溫度，只有富韻律感的節奏、和生命源初的氣味。黃鳳姿〈往事〉中便書寫了生命源初母親把她浸入澡盆濡濕的記憶：

> 母親擔心將小小年紀的小孩驟然的往水浸會有什麼不妥，便用溫水潑我胸口，輕輕地用手敲著，口裡也喃喃地為我唸「一、二、三、四，囝仔脫裼無事情，觀音佛祖來保庇」。不知怎的，我對於後一句之「觀音佛祖來保庇」深切地感到母親那無法衡量之偉大無比的母愛。（黃鳳姿：1990：210）

　　潮濕封閉的澡盆、溫暖的水在胸口的流動，肌膚上母親的愛撫，喃喃「一、二、三、四」的節奏……這樣一個莫名鬆馳身心的場景，讓人不禁聯想到生命源頭，子宮中的胎兒在羊水環繞中有韻律地胎動。也許是胎兒時期深層記憶的甦醒吧！對於此情此景，黃鳳姿只能深切地體會到母親無法衡量、偉大無比的愛。

　　把這段關於母親的洗澡記憶和楊千鶴「母親的足鞦韆」相比，

---

❽　此段文字轉引自劉毓秀〈肉身中的女性再現〉（劉毓秀：1998：215-238）。

我們可以馬上發現其中相似性：即她們同樣著迷於和母體親密的感官接觸，也同樣書寫了久遠的韻律和音聲節奏。楊千鶴回憶：母親常坐在椅子上雙腳併攏，讓自己騎在腳背上下擺盪嬉玩，口中一邊唸著台語兒歌：

> 「吁—呼—喂—，載米、載穀來飼雞，飼大隻，請阿舅；阿舅無來，請秀才；秀才吃無了（沒完），剩一枝雞腳爪，給××吃了了（吃得精光）！」當時我不明白歌詞的意思，但在最後一句「給××吃了了」，我的名字會被唱出來；聚精會神地聽到了之後，我就格格地笑開來。（楊千鶴：1995：44-45）

民間口頭文學中流傳下來不少兒歌❾。但對於在學齡前的幼童來說，這些母親所吟唸的兒歌，其實並不具備指涉的意義。楊千鶴當時雖不懂歌詞意義（signified），但這些母親吟唸出、不具意義的、單純的音聲和動力的節奏（signifer），卻讓七十多歲的楊千鶴牢記、懷念至今，成為童年幸福生活的象徵。而正在這種富韻律感的節奏中，楊千鶴描述了配合韻律上下擺盪，伏在母親腳背上搖晃嬉戲的快感，「在那『足鞦韆』搖盪的快感裡，在母親充滿慈愛凝眸中，亮著眼睛而等待著，我沈浸於無邊的幸福。那配合著兒歌，快樂的『足鞦韆』滋味，始終飄盪於我心中，難以忘懷」（楊千

---

❾　有很多「歌謠」與傳說故事是女性長輩在育兒工作時編造成的。詳見陳益源《民俗文化與民間文學》及《台灣民間文學採錄》。

鶴：1995：45）。離地失衡的人類原始恐懼，在與母親的肢體接觸中被悄悄抹去。在母體的音聲節奏和親密撫觸中，小女兒展現了對母親全然的信任。正是這種生命源初和母親合而為一的快感和完滿狀態，讓女作家們沈醉不已。在此先於外在象徵秩序、先於父權律法的母性滋育空間，小女孩得以盡情地享有日後得不到的歡愉。

這種和母親間的親密肉體關係，楊千鶴更是格外沈醉其中，試看她以下的描寫：

> 晚上睡覺時，小小的雙足總是要挾在母親的雙膝之中才能入眠。直到很大了，睡覺時仍然要一邊揉摸著母親厚厚的耳朵；為此睡癖也曾被母親責怪了好幾次。早上醒來，必然反射性地摸摸看母親在不在身旁，嬌嗔地叫喚母親。（楊千鶴：1995：44）

雙足被母體包覆的安全感、母親耳垂溫暖柔軟的撫觸……七十多歲的楊千鶴在憶及童年時，仍耽溺於母體感官的記憶，《人生的三稜鏡》以明顯比重，書寫了童年階段母女親密無間的生活。這種無言的母女肉體關係，使母女融合於那不可言說、無以表達的「一眨眼、一個聲調、一個手勢，一抹色澤，一股氣味」。而成為楊千鶴七十多年生命中永恆的依戀。

除了難忘與母親的親密接觸，楊千鶴在《人生的三稜鏡》中還書寫了五歲時由母親牽著手，往返於父親事務所和基隆車站之間的往事。當時的交通工具是渡輪，而這段短短的旅程卻是楊千鶴終生難忘的美好回憶。走到哪兒都聽得見的波濤節奏、身旁牽著自己的

母親。尤其值得注意的是，楊千鶴畢生唯一一張只有母女兩人合照的相片，正是為了購買渡輪定期券而攝，名符其實是那段親密關係的最佳寫照：

> 被母親牽著手乘坐那時稱為「砰砰蒸汽」的渡輪，此段甜美的記憶，以及基隆的青色海水特別令我難忘。那波濤聲中迴響著我幼時的夢，仍依稀可聞。（楊千鶴：1995：57-8）

那張母女唯一的合照，也成為日後楊千鶴每坐飛機旅行時，必定隨身攜帶的珍貴照片。「那是和母親兩人一起照的唯一照片。即使自己成了人之母、人之祖母的今天，我的戀母情懷依然不變。」（楊千鶴：1995：33）對於新文學女作家楊千鶴而言，在父權象徵秩序形成以前的「肉身母親」，是個終其一生生存動力的來源。而伴隨這母體記憶的，是有韻律的聲音和節奏。因此就算在遠離「前伊底帕斯期」的遙遠日後，能喚起女兒對母親的鄉愁的，往往就是最源初的感官記憶。楊千鶴 1942 年發表的〈購物〉中，就由街上小販搖著波浪鼓的節奏中跌入對母親的懷想：「咚咚咚………這個聲音，代表了媽還在世的少女情懷，——很想念母親還在的日子。」少女徐青絹〈擲筶〉中亦提及年幼時隨母親擲杯筶的聲音記憶：

> 小時候跟母親一起去廟宇，常常幫母親撿杯筶，有時候是爬到桌子下撿。印象最深刻的一次是在龍山寺後殿聽過的那一次杯筶音。我不妨這麼說，在那靜寂的後殿裡，擲杯筶的聲音顯得格外地清脆，令人無以形容。（徐氏青絹：1990d：121）

　　波浪鼓的聲音、波濤的節奏、母親吟唱的歌謠、肢體的輕柔接觸……新文學女作家們，在童年經驗時書寫了母女親密相依的滋育空間；書寫了只有聲音、氣味、撫觸的生命源初所在。不同於「小男孩」對於母體的輕易的割離，「母親」對於小女孩而言具有親密的同一性和共生意義，正因如此，日據新文學女作家們在文本中，充份展現了對母親難以割捨的依戀。

## 二、對於失母的深層恐懼

　　正因對母愛需求是如此無需壓抑和直接，新文學女作家們的童年描述，同時也細細刻畫了孩子害怕失去母親的心情。從母女間特別親密的情感連繫來看，這種書寫主題是順理成章，但若從女性社會地位來思索，這類題材，卻別具特殊的性別運作。

　　法國精神分析學者 Luce Irigary（露絲·依蕊格萊）在強調母女關係之餘，亦格外指出父系文化對於女性系譜的恐懼。在 Irigaray 之前，美國學者 Dorothy Dinnerstein（桃樂絲·丁納思坦）便曾有相似研究。Dinnerstein 指出：父親因為缺乏同嬰孩直接的肉體聯繫，便急不可耐欲肯定一種新關係：或是賦予孩子他們的姓氏，或是熱衷於各種創造儀式。但除了「父子新關係」的建立，Irigaray 更進一步指出，「弒母」，徹底滅除女性系譜，才是父權社會運作的基礎。這又以希臘神話中「奧瑞提斯弒母」為代表：不先除去異己，父權體系無以奠基。只有斬斷了母女連結、除去女性系譜之後，父傳子的父權宗法，才能使得女兒被逐出城市、逐出社會，「將女兒跟母親和家人分開，把她移植到丈夫的系譜，限定她跟他住，姓他的姓，生他的小孩。」（劉毓秀：1997：163）

　　總之，Irigaray 認為，不遺餘力消除母女關係的男性文化，不但驅逐了女性系譜，把女人硬生生從母親、家人身邊帶開，也造成了神話、宗教、法律、制度等層面母女關係再現的闕如（劉毓秀：1997：169-170）。由此看來，新文學女作家們著意書寫「被迫離開母親」的恐懼，同時也是一種對於驅逐女性系譜的父系文化的隱約反抗。

　　黃鳳姿在〈往事〉「清明節」單元中，書寫了三四歲時隨母親上山遊玩，因草木叢生而跟丟母親的迷路經過。這個事件後來雖以母女團圓的喜劇收場，但從她對於迷路當下慌亂心境的描寫，我們卻感受得出一個孩子面對「失去母親」的深層心理恐懼：

> 我始終跟在母親背後玩，但因草木叢生，動不動就好像會與母親脫離一樣，當我們回到山腰的時候，我和母親迷失了。我拼命地叫著母親……最後我哭了，只是拼命地撥開草木，也不管腳被草刺刺到，我拼命地哭，繼續又找，不久來到了一個平廣的地方。（黃氏鳳姿：1990b：200）

　　不顧一切地想回到母親身邊的小女兒，只是拼命地撥開草木、拼命地哭叫，完全無視於刺上稚嫩身軀的草刺。好在最後在善良農家婦人協助下，黃鳳姿暫時回到了母親身邊。然而在〈往事〉「中元」單元中，黃鳳姿卻再度書寫了在人群中害怕與母體分離的心情，可見這種失母的恐懼一直籠罩著她：

> 不過人群實在太多，我握緊母親的手深怕與她分散離

失。……在盛大舉辦普度祭事的那時，我個子不是比桌子還
矮就是剛有桌子高。不可思議的是，比這再長大以後的普度
的情景，我的腦海裡幾乎沒留什麼印象。（黃氏鳳姿：1990b：
208-9）

　　握緊母親的手，在熱鬧人群中看盛大的慶典，成為黃鳳姿腦海
中鮮明的記憶。深怕一不留心就與母親分離散失的情緒，貫串了黃
鳳姿幼小的心靈。在宗法制度運作下，父權社會對於小女孩的教導
常常是：（心靈上的）「弒母」是成長的必要過程，母體必須被棄
卻被摒除。只有確保小女孩的獨立，才方便日後能被成功移植到丈
夫的系譜。但在這些文字中，黃鳳姿卻強化了一種邊緣的女性經
驗：即小女孩對於「脫離母親」的不願和恐懼。「我拼命地叫著母
親……最後我哭了」。不管是源於女兒對母親格外的依戀，還是源
於對拆散母女關係的父系文化的抗拒，黃鳳姿以生動樸實的敘述，
強調了小女孩害怕失去母親的心情。

　　除了黃鳳姿曾有「無意間」和母親迷失的經歷外，楊千鶴真真
實實地擁有差點被宗法制度拆散母女的經驗。楊千鶴的父親在她年
幼時，一度打算把她送人作養女，但年幼的楊千鶴到了養家便整日
使盡力氣拼命哭叫，最後她父親只得作罷，讓楊千鶴重歸母愛懷
抱。楊千鶴日後回想起這個差點影響她一生的事件時曾謂：

　　　　該是集父母之愛於一身而成長的我，至今所能追溯到的我的
　　　人生最初之記憶，卻是在別人家中號啕痛哭的一幕……而兩
　　　個上了年紀的男女正在使盡辦法地哄慰我。也許是那恐懼的

> 泣叫搖撼了幼小的心靈，終致成了揮拭不去的，我人生中最
> 初之記憶。……哭泣喊叫著要母親的心情，貫穿了我的人
> 生。（楊千鶴：1995：38-42）

這件可怕的事件，竟強烈到成為她意識所及中最早的記憶、成
為生命中最源初的恐懼。由於日據時期台灣的儒漢傳統社會仍以父
系宗法為主，在重男輕女的育兒價值觀下，就算家中經濟無虞，也
只能確保兒子的生存地位，女兒往往無法免除走向「養媳」的命
運。所以就算楊千鶴生在非常富裕的家庭，她仍無法完全避免送給
別人作養女的可能性。「哭泣喊叫著要母親的心情，貫穿了我的人
生。」楊千鶴這樣的自白，一方面固然可以從精神分析來說明她對
母親一直懷有的孩子氣的依戀，但一方面，又何嘗不是一個台灣女
兒對於汲汲拆散母系連結的儒漢家庭宗法制度的控訴？「養女事
件」最後雖在楊千鶴的「不合作政策」下圓滿落幕，但楊千鶴仍覺
得：

> 幼時的這個經驗，不能說對我的人生沒有留下陰影，但接下
> 來盡都是與母親在一起的溫馨回憶，所以自認為是度過了幸
> 福的童年時代。（楊千鶴：1995：44）

而且就算是在母愛包圍的童年時代，年幼的楊千鶴仍對母親不在時
的家中特別敏感。有一陣子她的母親每個月得到基隆幾天，協助管
理家中產業，楊千鶴仍清楚記得那種寂寞無助的情緒：

一個月中母親不在家而只有三哥夫婦在家的那幾天，我從學
校一回來就感受到寂寞沁透我幼小的心靈。我益加迫切期待
母親的歸來，而迎接母親歸來時的喜悅也特別大。（楊千
鶴：1995：58-9）

總之，強調「失母」的恐懼，抗拒外來的強制分離，可以說是
新文學女作家在書寫童年生活時的主題。這種書寫，一方面可以視
作母女親密關係的延續，另一方面也是對於父系文化的隱約抗拒。
這種對於母親的直接眷戀，還間接表現投射在其他方面，如對於
「內在空間」或「物品」的迷戀，或對於愛和情感的執著。

## 三、對於「內在空間」和「過渡物品」的迷戀

從精神分析女性主義的客體聯繫理論看來，嬰孩早幾年最初的
任務就是獲得分離和個體化。這是一個雙重的過程，一方面孩子在
心理上與母親分離，另一方面，同時也發展自己的自我意識。然
而，在獨立於母親並產生個體化的過程中，女孩往往較之男孩更為
困難些。

正由於在生理性別和社會身份上對母親產生了強烈認同，格外
依戀著母女共生狀態的小女孩，在進入獨立的個體化過程時，往往
也較小男孩更為困難。這種特別的過渡現象，可以在書寫童年經驗
的新文學女性創作上看出一些端倪：一方面表現在她們對於書寫童
年封閉、內在空間的特殊偏好，另一則是女作家們在回憶童年時對
於特定衣物、玩具所呈現的耽溺。

對於封閉空間的細節描寫，是新文學女作家們書寫童年時不約

而同的興趣。張美惠在〈台灣的家庭生活〉中,便細細描述了她對於祖母房間的懷念:

> 祖母的房間嘛,據我記得的,是保持著典型的房間樣式。比正廳暗些,好像白天也點著電燈,門口狹窄,一個人勉強可以通過,附帶有一個薄紙皮做的拖門,入口處必定有個白色漂布或是紗布為簾,想起來便令人勾起無限的懷思。(張美惠:1995a:29)

陰暗、入口狹窄並有紗簾的小房間,何以能夠「想起來便令人勾起無限的懷思」?於此,張美惠沒有詳細說明。但她在細細描述祖母房內的擺設時,卻把書寫的焦點,集中在對於祖母的寢台(即紅眠床)的懷念:

> 進入房內,映入眼簾的是個大大的裝有上頂的寢台,⋯⋯寢台就是台語所稱的「眠床」了。當時我家除了廳以外的房間大多是榻榻米或者是有西式的 bed,而唯一有傳統色彩的地方就是祖母的房間了。蚊罩(蚊帳的台語名稱)幾乎一年到頭都掛著,白天它有窗簾的功用。(張美惠:1995a:30)

終年披掛著蚊帳的寢台,對於孩童而言,也許正是個具有傳統色彩、安全的內在空間。這一空間不但具備了狹小、封閉、溫暖的特質,也由於直接隸屬於慈愛的祖母,而成為孩童的庇護所。閃亮著雙眼、等待祖母從寢台某個神祕的抽屜角落拿出糕餅糖果,是許多

人共有的童年經驗。而每當做錯事受到責打、哭泣著躲到祖母懷中，也是新文學女作家們日後難忘的一幕❿。而這個和慈愛、包庇一切的「祖母」記憶相連結的，便是這封閉、安全的寢台。黃鳳姿在〈往事〉中，亦抒發了她對於充滿懷古之情的寢台的記憶：

> 屋裡最能引起我懷古之情的就是寢台的棚架了，這個骨架是由中央向兩邊低下去，小時候我常常在這量身高，剛開始很不容易到達旁邊棚架的高度。……我很懷念那段時光，那時我以充滿喜悅和期待的心情迎接各種祭典。（黃鳳姿：1990b：195）

在寢台這一個封閉的空間，小女孩不但眷戀在其中，還以此記錄了自身成長的茁壯。女作家們在書寫自家的童年經驗時，的確留意到了「寢台」這個溫暖、包庇一切的場所。根據心理分析理論，在孩童清晰地界定「真的」和「非真的」之間的界線前，孩子會在特別的「過渡空間」專注地玩想像遊戲。然而，小女孩典型的遊戲主題與小男孩的遊戲便有很大的區別：女孩子總是維護著積木堆成的「內在空間」，而男孩則造就高塔而後再推倒它（陳引馳譯：1995：117-8）。若結合心理分析研究來看，新文學女作家們孜孜書寫封閉、安全的空間（祖母陰暗的小房間、寢台、澡盆等等），並非巧合偶然，而是一種對於「內在空間」心理需求的機制在運作。

　　這種心理需求，可能來自母女特殊的同一性和共生狀態，即是

---

❿　此乃黃鳳姿〈往事〉中對曾祖母的回憶。

Kristeva 所言，對於「母性空間」的格外眷戀：這種屬於前伊底帕斯期的母性滋育空間，先於意義和倫理，黑暗、封閉、溫暖，一如被子宮中的羊水包裹，而僅有聲音和動力的節奏。從小女孩對於母性滋育空間的眷戀，或可解釋新文學女作家們對於「封閉內在空間」的重視與護衛，而將其當作一個女性專屬空間的可能性。

除了對於內在空間的著意書寫，新文學女作家們在記述童年生活時格外有種戀物傾向。對她們而言，一件美麗的衣服、一樣精緻的玩具，往往能夠具體而微地承載整個童年的光華，成為幸福生活的圖騰。從心理分析的客體聯繫理論來說，孩童對於玩具等物件的依戀，是一種進入真實世界前的過渡期。「蹣跚學步的孩童在完全將自己與非我相區別之前，他會變得非常依戀「過渡的對象」，諸如玩具熊或毛毯。」（陳引馳譯：1995：117）女作家們對於「過渡的對象」展露出格外的依戀，適足以說明她們在脫離母親、進入獨立的客體化過程中，確實遭受了比小男孩更大的阻礙。出於一種對母體的眷戀、對母女共生狀態的耽溺，新文學女作家們對於物件或玩具，的確有著超常的興趣。

這種對於物件的耽溺，黃鳳姿可說是箇中翹楚，無論是美麗衣服、桃紅色長衫、燈籠、玩具……黃鳳姿不厭其詳地以超長篇幅的書寫，細述這些物品的外貌和由來：

> 當時曾祖母還在，她拿了一個頭巾，頭巾上裝有一些佛像形狀的金屬裝飾品以及彩色的小玻璃珠，還有不少亮晶晶的白小玉，把它戴在我頭上。（黃鳳姿：1990b：194-5）

> 在那時候，我家幾乎每天都有年紀很大的老媽仔在籃子裡裝
> 了很多的風鼓來賣，……有一次來賣時，碰巧曾祖母也在
> 場，她便一口氣的買了五個給我，我高興的說不出話來。
> ……其他如元宵節的燈籠、端午節曾祖母作給我有很好香味
> 的香包等物，至今猶使我無法忘懷。在冬至節或其他的日子
> 裡，母親在搓湯圓，我便取出粿印（糊模子）把圓子放進
> 去，印成龜或壽桃來玩。（黃鳳姿：1990b：214）

> 母親為我縫製了過年要穿的長衫和紅布鞋。布鞋上用淡桃紅
> 色的繡花線繡了花，我時時把它取出來看看，輕輕地撫摸
> 著，心中湧上了無限的喜悅而不覺發出會心的微笑。
> ……一進自己房間，母親便忽地把我抱起，像往常一樣的吻
> 了我，然後為我解答種種的問題。……然後，母親替我洗滌
> 了手臉，把今天我最樂於等著穿的淡桃色的長衫和紅布鞋拿
> 出來，把我頭髮上也插了二朵紅春花。我樂極了。這是多美
> 好的過年，令我雀躍不已。（黃鳳姿：1990b：217-8）

從上述各段落，我們可以發現：這些讓黃鳳姿日後念念不忘的
美麗物品，意義不僅在於物品本身，也在於其承載了長輩深沈的愛
意。黃鳳姿對於愛、對於情感的眷戀，亦投射在她對於物品的精細
描寫。從心理分析客體聯繫理論來說，玩具熊、毛毯能給予孩童安
全感，故成為孩童脫離母親時的過渡替代品；而對於黃鳳姿而言，
美麗的長衫、風鼓、各種玩具，也由於負載了長輩溫暖的愛意，而
成為小女孩在邁入獨立之後念念不忘的代替品。透過對這些物件不

厭其詳的描寫，黃鳳姿又重新點數了一遍童年的幸福。祖母所贈綴滿白色小玉的美麗頭巾；祖父親手製作的燈籠；曾祖母的香包；過年母親縫製的淡桃色長衫……這些物件，由於和長輩溫暖的愛意作連結，而有了全新的意義。

　　表面上的「戀物」傾向，細讀下我們可以發現：其實黃鳳姿「戀」的仍是愛與情感。正如同新文學女作家們對於「內在空間」的著意書寫，歸根究柢，仍是出於對母性滋育空間的美好依戀。

# 四、對於「愛」、「情感」的懷念

　　小女孩對於母親的依戀，說明了她對於親密關係的耽溺。這種對於愛的重視，可以擴展到她對整體家族長輩的愛與依戀。比起著意書寫孩童在「社會化歷程」中受挫經驗的男作家們，日據新文學女作家描述空間明顯偏重於私領域，重點主題也放在「愛」與「情感」的追憶。當時的少女作家黃鳳姿，在書寫童年經歷時便頻繁提及家族中的長輩：如描述位於新街上的、母親娘家的種種，或是懷念外祖父的神態，以及他親手製作燈籠的甜蜜往事；除了母親，家族中的其他長輩，正是新文學女作家們童年生活的絕大部分。性別在公私領域上的比重劃分，在小女孩的生活中已然浮現差異性。

　　不斷在私領域中強調「愛」與「情感」的新文學女作家，首推黃鳳姿。在她描述童年生活的作品中，極少見她敘述學校生活或族別認同問題，最常出現的場景是家庭，而最常出現的人物則是家庭中的成員。除了前述最常出現的母親外，曾祖母、外祖父、叔母、嬸嬸、妹妹……都是她文章中常出現的人物。透過抒情意味濃厚的文章敘述，我們可以感受到她對於家人深厚的愛與依賴，以及日後

深深的懷念。下列三個段落，都是黃鳳姿回憶已逝的曾祖母的種
種：

> 曾祖母很疼我，幾乎可說是溺愛……曾祖母看到我在哭，就
> 會阻止母親，並會抱起我，眼裡往往含有淚珠。……我現在
> 還很清晰地記往她抱我時的容貌及逝世時的音容。（黃鳳
> 姿：1990b：196-7）

> 曾祖母酷愛花，她在世時四季都遍地開滿各種各樣的花，使
> 我們曉得季節的變化。……含笑花的樹現在還在，每年都綻
> 開花朵吐出香氣，勾起我幼時的回憶。如今，這含笑樹已長
> 成粗壯，每遇開花時節都會使我想起我懷念的曾祖母。（黃
> 鳳姿：1990b：206-7）

> 曾祖母死的時候，我們將麻布條綁在曾祖母生前種的含笑花
> 的樹枝上，表示花也對曾祖母的死感到哀傷。（黃鳳姿：
> 1990f：261-2）

愛花的曾祖母、自己受責難時會提供無條件庇護的、慈愛的曾
祖母。就是出於這份愛與依賴，曾祖母的逝世才會是這麼難忘的記
憶，讓黃鳳姿日後只要一看到曾祖母最愛的含笑花，就馬上憶起關
於曾祖母生前的種種。同樣親愛的情緒，出現在黃鳳姿對於外祖父
的念念不忘，在她的記憶中，為人爽朗、說話聲音洪亮的外祖父，
對於兒孫的寵愛，也有其貼心細膩的一面：

> 接近元宵的時候，外祖父都會用竹骨糊紙做兔子燈或獅仔燈
> 給我們，讓我們驚喜，他做的手工比店家的是要差一些，但
> 不知何故，我比較喜歡這種的。（黃鳳姿：1990b：201）

　　對黃鳳姿而言，外祖父的燈籠，是值得珍藏的美好回憶。在親手製作的過程中，盡情表露的，是外祖父對自己溫暖包容的愛心。這對於重視「愛」和「情感」的黃鳳姿來說，正是童年經歷中比什麼都值得記錄的主題。而在一個描寫中元節街燈的段落中，黃鳳姿亦曾自述其對「愛」的重視：在道德之中尤其崇尚愛的我，將這路燈和香的微弱的光，看成是為了對好兄弟（地獄裡的孤魂野鬼）之一種美麗的愛的光而感到十分親暱（黃鳳姿：1990b：207）。由此可見，她對於「愛」、「情感」等主題的擇選，是有其自覺性的。

　　總之，對於母性空間的眷戀，對於失母的深層恐懼，造就了新文學女性創作題材傾向中「童年生活經歷」的基調。由此延伸，新文學女作家們對「物品」或「內在空間」的依戀，其實都是對於「愛」、「情感」的間接呈現。總之，「愛」，或更精確一點地說，「母愛」，是新文學女作家們在書寫童年時最重要的主題。這樣的題材傾向，可以楊千鶴下列的一段文字作結論：

> 迄今每當要坐飛機旅行時，手提包裡必定塞進兩張照片，一張是家族合照，一張是我五歲時被母親牽著手的褪色照片。
> 那是和母親兩人一起照的唯一照片。即使自己成了人之母、人之祖母的今天，我的戀母情懷依然不變。
> 回想我的一生，豈非只徘徊於思慕、追念母愛？任何時候我

都沒有忘卻母親的存在。如此一直懷抱戀母情懷，所以迄今我依舊有著未成熟的性格吧！（楊千鶴：1995：33）

　　女兒和母親特殊的親密關係，造就了新文學女作家們在生命源初便形成的性別差異。而此階段中她們在私領域上的專注表現，也隱隱然指出一條日後新文學女性創作的發展道路。

# 第二節　親情與友情之間

## 一、和家人間的親情互動描寫

　　延續著向來的情感經驗，新文學女作家們也有大量以女性視角出發、描述「女兒」和家庭成員間親情互動的描寫。這也是在透過創作重建日據女性生活經驗時，值得注目的一部分。在「男主外，女主內」的傳統結構仍為社會主流的日據時期，除非真的需要女眷出外工作以貼補家用，否則在經濟無虞的情況下，大部分家庭還是不期許女眷到公領域拋頭露面。因此，出身背景多為中上家庭的新文學女作家群，在書寫自身時自然易受限於日常經驗，把焦點放在和家庭成員的情感互動上。

　　然而值得提出來探討的，是這些書寫親情互動在題材層面的複雜性。延續向來對於感情的重視，這些新文學女作家們於創作中抒發了感人肺腑的親情描述，甚至不少篇章半世紀後讀來仍令人垂淚。但是，她們的作品絕非單純抽象地歌詠親情無價，而是具體探討「親情」和女性家庭地位的取捨考量。骨肉親情果真不容懷疑？

父母無邊廣闊的愛真能維持到永遠？能保障自己多久？楊千鶴、辜顏碧霞、賴雪紅等女作家們，在書寫溫馨感人的親情故事同時，卻又在文本中留下了一些寂寞的伏筆。

「既愛且懼，患得患失」，這也許可以形容新文學女作家群成年後對於親情的態度。她們既深愛著呵護自己的家人，但又怕這份感情隨著自己出嫁、兄弟另娶等父系家庭結構的重組而產生變化。家人（通常是父母）的疼惜，未必能為女兒家中的地位提供保障，故她們在書寫成年後的親情互動時，雖比書寫童年天真爛漫的愛更加絲絲入扣，但卻多了一股不安和寂寞。這股寂寞，正出於女性在進入象徵秩序後，對於己身地位的認知。

對照大量書寫童年時母愛經驗的楊千鶴的文字，我們可以明顯看出這種基調的改變。做為母親最寵愛的小女兒，楊千鶴很遺憾並沒能在十五歲母親彌留之際把握到最終的相處時刻。當她母親陷入生與死的掙扎時，環繞床側垂淚的家中成員，卻沒有為她留下床邊的位置。終於，彌留之際的母親勉力張眼環顧四週，視線停留在角落的楊千鶴。但也只能伸手向最近的大嫂，虛弱地嚅動一下嘴角，留下句未竟的話語，就匆匆過世了：

> 我被誰連推帶拉地靠近母親身邊，但母親已沒說什麼了。我抓住還有微溫而下垂的母親的手，瘋狂地揮動著，嘶聲呼喊著。……家人都怪我不該站在那地方，責怪聲中我只管慟哭。……
>
> 母親這個臨終的場面，永遠烙在我腦裡，無法忘記。那時，我是多麼想站在母親身旁，但那裡被守護母親臨終的家族重

要成員的父親與哥哥們佔據著，誰肯讓出位子給我這個小女孩呢？在母親溺愛中長大的我，一旦在母親的視線所不及的地方，就像家族中多餘的存在，這是從母親臨終之日起，迫使我深切領受的現實。（楊千鶴：1995：89）

從戀母傾向最深的楊千鶴對母親臨終情景的描述，我們可以發現：在她年少喪母、悲痛難抑之餘，她卻也神智清明地了解到自己在家中地位的改變。母親的溺愛，仍然不足以讓自己在重要時刻和母親說上最後一句話，而成為楊千鶴烙印在腦海中、難以消去的遺憾。和家人良好的親情互動，似乎仍然無助於提升女兒在家中的弱勢地位。「在母親溺愛中長大的我，一旦在母親的視線所不及的地方，就像家族中多餘的存在，這是從母親臨終之日起，迫使我深切領受的事實。」可見她在少女時期的母女關係敘述，已不再是前依底帕斯期對母體親密無間的依戀，而更加進了家庭結構等複雜層面。

這種對親情的渴望與無奈，成為新文學女作家們在書寫家族親情時難以忘懷的矛盾情結。同樣深愛著父親的楊千鶴，卻在傳統父親的威權下變得畏縮不善表達，〈花開時節〉一段惠英的自述中，即描寫了「現代女性」和「傳統父親」間既依戀、又畏懼，明明心底有千絲萬縷的關愛，但表現出來卻是冷淡應答的矛盾情結：

自從母親去世以來，我與父親的關係，可以說，除了當我需要錢而向他開口的時候以外，是缺少了一般父女親情所該有的溫馨對話。這或許是因為父親具有古老的傳統觀念，不想

> 對女兒表露關心。……可不知父親他自己是否也疼愛著我這
> 女兒呢？受著現代教育的我，當然也期望能像其他同學那
> 樣，與自己的父親能相互溝通、親密地自由交談，或者向他
> 撒撒嬌，要東要西的。我多麼渴望父愛能如此表露出來，因
> 此竟連不該置疑的父愛，也沒把握了，而胡鬧猜疑起來。
>
> （楊千鶴：2001：11-12）

　　再怎麼天真任性的女兒，在「總繃著臉、說不出半句親切的
話」的傳統父親前，大概都會有如同楊千鶴的疑慮吧！這樣描述台
灣家庭的父女關係，的確具有相當高的普遍性。尤其父親常代表的
古舊封建思想往往和新女性的自我意識相扞格。如〈新月〉中女兒
那般義無反顧對抗厭貧勢利父親的極端例子，其實並不常見。更常
見的情況，無寧是如同楊千鶴這般，一方面想極力抗拒父權制度的
約束；同時卻又在對父親親情的牽絆和尊敬下施展不開，而在天平
的兩端徘徊。如〈花開時節〉中的惠英，曾一度感受到父親關愛而
打算接受安排、順從出嫁，但在了解自己的二哥的阻止下，卻又安
然渡過了一關。只是日後在一次父親的盛怒下，這件事又重新被翻
出來罵：

> 「你們就是從小就被母親寵慣了，長大也變得不知天高地
> 厚，連惠英這丫頭，儘說些任性的話，將來沒人要，我也不
> 管了。」有一次，哥哥在事業上不知有什麼閃失，父親氣得
> 東吼西吼著，連我的事也提出來罵。我縮著頭、站到邊邊
> 去，心裡直想著：「爸爸，我只不是你可憐的小女兒。爸

爸，你仍然是我親愛的爸爸。」（楊千鶴：2001：14-5）

　　正因為「親情」作祟，面對原想破除的舊有制度，新文學女作家們往往在「抗拒」和「順從」間擺盪。「抗拒」會影響父女親情，順從又違背自我意識。作為家庭中弱勢身份的小女兒，在這種局面下，除了沈默聽訓，也只能在心底呼喊著：「爸爸，我只不是你可憐的小女兒。爸爸，你仍然是我親愛的爸爸」。楊千鶴這段內心獨白，道盡她對於父愛的渴望。

　　做為傳統家庭中的一家之主，父親難免得扮演維繫秩序的角色。而在社會規範的壓力下，為了家庭結構的穩固，有時的確也只得拒絕女兒「任性」的要求。就算清楚知道父親心底的關愛，這些家庭中的女兒卻同樣明白父親的難處與現實考量，在這種局勢中，「親情」就算存在，也未必是義無反顧的後盾。楊千鶴婚後面對了極險惡的環境：挑撥離間的童養媳小姑，苛刻冷漠的婆婆，軟弱怕事的丈夫……在一次和小姑婆婆的爭吵中，為了平息爭端，丈夫只得不分青紅皂白地揮掌摑了她一耳光。從未受過此等委屈的楊千鶴痛哭到天亮直奔娘家尋求庇護，而娘家雖憐惜卻也愛莫能助。結果還是二哥盡力請求和以死相脅**⓫**的雙重攻勢下，她父親才應許她暫留娘家。親情再怎麼血濃於水，也仍受限於父系家庭結構的考量。正如楊千鶴所言：「嫁出去的女兒沒得到對方的承諾而留宿在娘家之事，對舊禮教的父親而言，除非真不得已，是不容許的。」（楊

---

**⓫**　「如果就這樣子讓她回家的話，說不定會想不開而自殺。」二哥對父親說（楊千鶴：1995：232）。

千鶴：1995：232）做為出嫁的女兒，她其實比誰都清楚身為父權秩序
代表的父親的難處。這種對於女性現實處境的理解和洞察，讓楊千
鶴在書寫溫馨的家族親情時，卻夾帶了一絲無所依歸的飄零感。

賴氏雪紅❷ 1942 年發表的小說〈夏日抄〉，亦在女性的心理
描寫上有極其細膩的處理。小說中的主角，是個在出生後不久就因
哥哥的排斥、而被富裕生家寄養在貧苦鄉間的女兒「淑」，小說開
始時已十六歲的她，仍然知足平靜和深愛她的養母阿葉在鄉間過著
勞動刻苦的生活。但，在一次不知偶然還是刻意的邂逅中，她結識
了優雅的青年文秀，進而內心產生了成串的變化，最後在養母阿葉
的極力爭取下，淑的生家終於願意把她接回去住，並且開始接受教
育，而文秀也在門當戶對的情形下，向淑的家裡提親。

在單純的情節安排下，賴雪紅用非常優美寧靜的筆調，細細書
寫了少女淑在面對人生重大轉折時對於親情、友情、愛情等細膩的
心理變化。無論是養女對生家養家間的複雜感情、少女對愛情的期
待、還是對出嫁的不安、對家人的難捨……透過女主角「淑」的心
理描寫，女作家賴雪紅都有相當精采動人的描述。

尤其值得注意的，是淑「養女」身份所帶來的複雜面向，這種
在重男輕女社會結構下相當普遍的民間婚制，把原該和諧一體的

---

❷　關於賴氏雪紅的性別，楊千鶴曾於 1995 年〈殷切期待更慎重的研究態度〉文
　　中懷疑過這是日人男士的筆名。但在葉石濤九六年《台灣文學集 1 》中對賴
　　氏雪紅女性性別的認定，和楊千鶴之後的回應文章〈給葉石濤先生的一封公
　　開信〉中都再也不見其對於賴氏雪紅性別的討論，而楊千鶴 2001 年《花開時
　　節》中，亦不見這種懷疑的進一步申述。故在此仍以姓後加「氏」的日據時
　　期舊慣，初步認定賴氏雪紅為一女作家。

「骨肉親情」與「養育恩情」的對象分而為二。然而，不同於當時多數養女論述對於「養家」的批判立場，賴雪紅著意強調的，卻是少女淑和養母阿葉間深厚動人的感情。日據一般作品中提到的養女形象，多是受到養家虐待或被當作性商品交換利益的薄命女性❸，但閱讀一些當時女性創作，我們卻可以看出：她們夫子自道的養女生活並非單一刻板的苦命形象❹，而生家／養家間的親情矛盾，也存在著許多複雜深刻的面貌。因生家經濟狀況太差，而被賣入養家受苦受難的女性當然不少，但生家經濟無虞，卻在重男輕女觀念下捨棄初生女兒的情形也不在少數。相對的，養家父母也未必全是唯利是圖、毫無血性的刻板印象。把養女視如己出真心憐惜的養家亦所在多有。處於這種制度下的女性，往往懷著寂寞的心緒，在代表骨肉親情的生家和代表養育恩情的養家之間交戰著。

　　從〈夏日抄〉中淑的身世，我們可以得知「養女制度」不只存在於貧苦人家，而是普遍存在於重男輕女的台灣傳統社會。就算像淑生家一樣的富裕家庭，也因怕耽誤對兒子的照顧而將女兒送

---

❸　如賴慶〈納妾風波〉中被養母荼毒又當作搖錢樹的秀鳳；陳華培〈豬祭〉中被未來丈夫毆打凌虐的阿換，龍瑛宗〈不知道的幸福〉中被養母惡毒的憎惡的小說敘述者，還有楊華〈薄命〉中被養家毆打的愛娥表妹，以及張文環〈藝旦之家〉中被當搖錢樹出賣身體的養女采雲等。

❹　范麗卿在戰後發表的日據時期回憶錄《天送埤之春》，亦說明了自己和養家親密無間的感情。而戰後跨越語言的一代的女詩人陳秀喜，童年時也是個備受寵愛的「媳婦王」。相似的情形記載，在《消失中的台灣阿媽》中亦有出現。

人**⑮**。而養家若不富裕，送出去的女兒一樣得跟著大夥兒做粗活：

> 淑隔了好久才想起自己出身那豐裕熱鬧的生活。如呱呱落地
> 過了五個月就被寄養在這個家。把奶媽阿葉叫慣做阿母，被
> 逼做著不是小姐出身的她要做的各種活兒，沒進過學校，已
> 經十六歲了。（賴雪紅：1996：197）

然而雖是處於如此貧困的物質環境，淑卻絲毫沒有嫌貧愛富、
眷戀生家富裕物質條件的心情。面對真心疼惜她、同甘共苦過日子
的養母阿葉，再對比輕視忽略對她只剩下淡淡憐憫的生家而言，她
的情感，無寧是較向養家靠攏的：

> 忽然淑就想起從小在奶媽家長大，同甘共苦的生活。在淑的
> 心中油然湧起一抹淡淡的甜蜜的哀愁。……當她發現出生家
> 的所有人疼她、關懷她只不過是似近「憐憫」時，她的眼前
> 浮上了現在她叫做阿母的奶媽阿葉滿披皺紋，勞苦的痕跡顯
> 著，曬黑的臉……淑沒有拭乾不知來由的淚珠滾下臉頰。

---

**⑮** 事實上，淑的哥哥差了她八歲，但由於是任性的獨生子，年過八歲還不願放
棄吸奶。在他發現初生妹妹要搶母親的奶時，便企圖把妹妹丟入前院噴水池
淹死。終於，淑被送往他處（賴雪紅：1942：198）。而楊千鶴〈女人的命
運〉提到，當時的母親，如果一直不把女兒們送出去做媳婦仔而留在家中自
行養育，她的苦心往往得受到大家的質疑：「那家，女兒不送人留著自己
養，究竟想嫁給什麼樣的人家？」「二個、三個都留著不送出去做媳婦仔，
看來身價不凡。」其他母親時常抱持反感的心態，用奇異眼光注視她。

（賴雪紅：1996：198）

　　奶媽阿葉給予她樸實、真誠的關愛，讓淑在情感上認同這種腳踏實地的勞動生活。值得注意的是，關於養女對生家的情感，賴雪紅並非單面地以「厭棄生家／認同養家」的兩分法來處理。日常勞動中的淑總是不時想起親生母親及生家橋仔頭熱鬧的生活，正說明了她雖對生家遺棄有所怨憤，但卻仍有股血濃於水的眷戀。當她在鄉間的月夜初次和文秀邂逅，文秀曾吟一段幼時的歌給她聽：「玩得盡興時天暗了／懷念起家來時／那座山看來像阿母」（賴雪紅：1996：206）。但這幾句歌詞，讓淑寂寞地思念起生家，不由得熱淚盈眶：

　　　　以前親生母親的臉浮上來不久立刻就變成奶媽溫暖的臉，可
　　　　是今天，許久親生母親的臉並不消失。
　　　　……淑用手掌拭掉險些落下來的淚珠。於是被湧出的溫暖的
　　　　感情所逼迫說出了自己的身世，並且寂寞的笑著說，今天同
　　　　以前不同特別懷念她出生的家。（賴雪紅：1996：206）

　　當然，淑對養家恩情銘感在心，但這並不影響她對生家的懷念。做為一個被輕忽地遺忘掉的女兒，她對於生家親情有種既嚮往又自卑的複雜情緒。一方面她希望被自己的親生家人認同和接受，但一方面卻也自知沒上過學、整日做粗活的自己可能連生家的查某嫻阿蘭都不如（賴雪紅：1996：197）。這種對於生家複雜的內心衝突，賴雪紅透過恬淡的筆調，卻寫得入木三分。

　　除了對生家的微妙情感，關於淑在鄉間成長、生活的種種細節，賴雪紅的著墨亦多。從〈夏日抄〉中的女性勞動生活描寫，我們接觸到的不是布爾喬亞式的文學少女，而是屬於一般的、平民化的勞動少女經驗。——用乾枯的甘蔗葉生火燒飯、餵飼家中牲畜、用楠木嫩枝洗髮、到對岸阿綢姑家討刺繡線……在賴雪紅筆下，一個成長於日據後期鄉間的、平凡少女的日常生活點滴，逐漸呈現在眼前。而鄉間濃濃的人情味，尤其是女性鄰里之間雞犬相聞的生活交往經歷，也為小說帶來極為特別的恬淡情調。

　　關於淑和身邊親友相處的細膩情感描寫，賴雪紅在此著墨甚多。不同於楊千鶴筆下優雅矜持的文學少女；賴雪紅以一種田園牧歌般的情調，書寫鄉間勞動少女的情感和心事。如和養母阿葉同甘共苦的深厚感情；和弟弟「健」無距離的姐弟情誼；和隔鄰阿婆共享美食的廚房經驗，或是和鄉間女伴阿美共同洗衣、撿柴、調笑的勞動經驗。這些生活經驗，賴雪紅寫來是一派的恬淡安適，但卻讓人覺得親切自然。比起對生家微妙複雜的情緒，淑和養家的感情是深厚而不容質疑的，但是再深厚的情感，也終得面對婚姻所帶來的親情割裂，此部分將於後詳述。

　　這種和家人間的親情互動，往往隨著女性進入婚姻、移植到另一父權系譜中而產生變化。就算是再得寵的女兒，出嫁後娘家能給的庇護究竟有限。又如辜顏碧霞《流》中年輕守寡的美鳳，在夫家受盡欺凌，最鍾愛她的娘家父母雖然知道她的處境，但卻也愛莫能助。試看辜顏碧霞這段敘述美鳳父母的對話：

　　　「人言可畏，她一定很委屈吧！還是叫她回來算了。」

「你想怎麼可能呢？還有春子在呀。」（按：春子為美鳳的獨生
女兒）

兩老就這麼嘆著氣，為女兒的命運煩惱到天明。好不容易等
到女兒回娘家，可以好好疼愛，但背後卻有媳婦們不滿的叨
唸：「哼！還不是只疼自己的女兒。」（辜顏碧霞：1999：
133）

　　一旦牽扯到利益分配，和親生家人的親情似乎就打了折扣。就
算父母親再心疼再憐惜，一來宗法制度不會許可美鳳帶著骨肉離開
夫家；再者娘家嫂嫂們也擔心出嫁的小姑要回來爭奪家產。《流》
中美鳳的困境，似乎並沒有因父母關愛而有所改善。

　　雖然在社會結構的限制下，娘家父母的關愛對困境愛莫能助，
但溫暖肯定的力量，至少是股讓出嫁女性勇敢走下去的精神支持。
不過，出嫁的女兒可能還得面對更不堪的場面——即昔日手足親情
的生變。在「出嫁的女兒是潑出去的水」的傳統觀念下，具有直接
利益衝突的兄嫂，自然對回家的女兒戒心重重。在美鳳父親遽逝，
她悲痛欲絕回來奔喪時，老夫人對女兒流露的關愛，卻換來兄嫂的
閒話：「一定是給女兒交待些什麼秘密」（辜顏碧霞：1999：149）。
而當她日後急需用錢向哥哥求助時，也得到無情的回應。被拒的美
鳳想起昔日的兄妹之情，不禁悲從中來：

即使是兄妹，一談到金錢，就變得如此冷淡無情嗎？她深切
地感到人間的冷酷，淌下了淚珠。……
淚濕衣袖時，方知世風無情。

> 美鳳低聲吟著，想到歌詞與自己現今的境遇如此相似，一時
> 心酸又哭了起來。她真想奔向母親的懷裡大哭一場。（辜顏
> 碧霞：1999：180）

　　母親已沒能給自己提供多少保護，而在家族中是合法利益繼承者的哥哥亦對自己深懷戒心。更令美鳳傷心的，是曾經親愛地一起長大的妹妹美惠，也在嫁給有錢人、在父權社會取得新身份後，擺出高高在上的貴婦人姿態，「宛如不同的人種那麼疏離，遠遠被幾道牆隔開似的無法接近」（辜顏碧霞：1999：151）。在美鳳出嫁以後，隨著父系家庭結構的重組和安定，親生家人間的親情已經是過往雲煙，就算還有最後一絲微弱的關懷，力道也不足以改變她惡劣的處境。

　　總之，從女性出發、關於家人親情互動的描寫，並非單面地歌詠親情的偉大，而是討論了親情和女性家庭中處境間的消長平衡。父系社會的結構並不保障女兒的福利，在愛家人的同時，這些新文學女作家們又有一絲疑慮和淡淡的不安。再良好的親情互動都未必保障女性的將來。在楊千鶴筆下，母親的溺愛無法改變女兒在家庭中的邊緣地位；而在辜顏碧霞描述中，父母的偏袒也難以抑止兄嫂們不悅的流言。更不必說賴雪紅筆下那直接被生家遺棄的淑，她內心的哀愁和寂寞了。

　　在書寫成年後的親情時，新文學女作家們在意識上普遍有著一股淡淡的無奈。也許在父系的家庭結構中，這種家人對女兒的關愛只是額外的福利，而不是女性應享的權利。出於女性對於己身地位的認知，在和家人的單純溫馨的親情互動外，新文學女作家們書寫

了這股無所依歸的飄零感，在親情層面上，她們正是父系社會的零餘者。

## 二、新女性情誼的描寫

在人際關係的互動上，女性向來具有較佳的溝通和聯結能力。而父系社會中相同的邊緣位階，格外也讓女性有著相濡以沫的同理情懷。正在這種女性真實經驗的運作下，新文學女作家們秉持向來對「愛」和「情感」的重視，花費了相當篇幅，細細書寫了她們和女性友人間的親密情誼。

這些女性情誼的描寫，首先便是對女學校生活和同學間親密感情的特意著墨。如前章所述，殖民當局開辦的女子教育讓許多女性的交際網絡擴大到學院層面，得以在學校中結識一群年齡相彷的女性友人。

而這種在現實生活中因求學經驗而產生的女性情誼，也是新文學女作家群書寫焦點之一。這種少女情誼，和傳統街坊鄰居間雞犬相聞的女性情誼是大異其趣的。對於多數具有女學校生活的她們而言，和同班同學親密無間地分享青春期的煩惱與甜蜜，是非常新穎的情感體驗，然而隨著外在物質條件的不配合，這種親密情誼的維持也相對不易，黃寶桃的〈憶起〉和〈離別〉，寫的便是對於女學生時代的共同求學回憶：

> 憶起
> 心血來潮翻起舊課本時，
> 突然瞧見物理課本中夾著的是，

去年──那個充滿回憶的校門邊、正盛開的杜鵑花。

押扁褪色的杜鵑花的枝柳呀！
讓我憶起那令人懷念的學校裡的友人們
現在，也不過是日後回憶的一顆種子❶

　離別
離別了，時日飛逝
說不寂寞，只因賭氣
終究我還是撒了謊
在那彷彿要將人吞入的同學的目光下
我總是在心底哭泣著。❶

　　這兩首詩描述的都是對於學校生活和友人的懷想，和黃寶桃日後具有強烈社會意識的作品相比，算是個清新鮮明的面向。值得注意的是：詩中代表女學校美好時光的、校門口盛開的杜鵑花，在一年後卻隨光陰過隙而變得「押扁褪色」，這是否代表了：不管女學校時代和友人有再親密、再美好的感情，隨著各自畢業找尋各自的歸宿，這份感情也只能被保存淡化，成為「日後回憶的一顆種子」呢？三春去後諸芳盡，各自須尋各自門。即使女學校的共同生活再

---

❶　原發表於 1936 年 5 月 4 日的《台灣新文學》，陳俐雯譯。後收入《中國女性文學研究室學刊》第四期，台北，2002 年，頁 9。

❶　同上註。

美好，到底也不過是短暫的新式大觀園，姐妹們仍然得隨著畢業而離開，重新回歸父權生活秩序。黃寶桃在此以精簡的文字，一方面追憶了「令人懷念的、學校的友人們」，一方面卻也暗示出學院友誼日後維繫之不易。

〈離別〉一詩書寫的場景，讓人聯想起女學校的畢業典禮。雖然在表面上裝得倔強而蠻不在乎，但敘述者「我」的心底卻明確知道：此番離別，正是寂寞的開始。若把上兩首詩的時空回溯到當時社會狀況，也許更能理解女作家們書寫「新女性情誼」的心理變化：走出傳統婦女社交網絡的她們，雖然得以在新式校園中開展嶄新的社交網絡，結交志同道合的密友，但是，如同前章所述，由總督府和仕紳共同推動的新式女子教育，其最終目的仍是培養宜室宜家、操持現代家務的新式完美新娘。在此前提下，日據女性雖能受教育，雖有機會在學院中體驗前所未有的「新女性情誼」，但這份少女時代的友情卻不易維繫，隨著畢業後各人被成功移植到父權系譜，美好的學校生活與友人，往往只是「日後回憶的一顆種子」。

這種對「新女性情誼」既依戀、又沒把握的矛盾情懷，在楊千鶴的作品中表現得最明顯。從楊千鶴〈花開時節〉中的細膩描寫，我們可見到日據末期這些背景良好、出身優渥的文學少女們的學校生活實況：或是在草地上三三兩兩地躺著，朗誦著莫洛亞的書篇；或是在音樂課堂上因練習畢業歌而全班黯然神傷……在楊千鶴的筆下，我們幾乎感受不到戰火燎原的緊張氣氛（即使此文發表於大東亞戰爭正烈的 1942 年），只感受得到學院中的少女們憧憬未來、對人生充滿夢幻的單純心境。然而比學院生活更值得注目的，是楊千鶴對於少女細緻的心理描寫：敘述者「我」和翠苑、朱映「三人

小組」親密無間的少女情誼，約定即使在畢業後有任何一人先結了婚也不許改變三人情誼，是全文讓人印象深刻的部分。

　　但是，儘管楊千鶴細細書寫了對友人的親密感情，但文中卻同時呈現著一股對友情充滿變數的不確定性。試看這段畢業前夕充滿感傷情懷的心理描寫：

> 這回一旦踏出校門，大家勢必得依各自的命運去面對結婚或其他現實人生中的種種境遇。因此而引發出的不安與哀愁，雖然誰也沒說出口，但一直盤踞在每個人心底的深處。
>
> 「○○，妳結了婚以後，在街上碰到我們，不會裝不認識而揮袖一去吧？」
>
> 「××，再過一個月，妳就要成為醫生太太了吧！」
>
> 被問的人顯得難為情，而問話的人倒是一本正經，而且還摻雜著幾絲喟嘆。（楊千鶴：2001：143）

　　「友情」和「婚姻」的衝突，在人際關係限於家人鄰里的傳統婦女身上並不明顯，但在自我意識萌生、社交網絡擴大的日據新女性身上，卻已然浮現。女學校的同學屬於家庭層面以外的人際關係，當所謂「新女性」畢業後的發展也只限於家庭時，處於社會結構外的少女友情便極易遭到扼殺。正如同楊千鶴對於莫洛亞書篇的思索：「或許，始料未及的，結婚之日突然來臨。如果婚姻美滿、成功的話，至少在某段時期內，少女之間的友情將為結婚所扼殺。因為兩份同樣強烈的感情是很難雙全並立的。」（楊千鶴：2001：147）作為有幸擁有第一代新女性嶄新情感經驗的女作家，楊千鶴

的的確確在文本中爬梳了這種對友情既依戀、又不安的矛盾情結。

　　日據第一代新女性開始擁有家庭關係以外的感情經驗，不過在社會價值和人際網絡還是以家庭為基礎的前提下，親密的「友情」似乎只限於學院生活的少女時代，畢業後要維繫並不容易。〈花開時節〉中的惠英、朱映和翠苑，在畢業後的情感交集便起了變化，如惠英所述：「彼此見面的機會要比原來所預期的少了很多，總覺得是一項缺憾。但是，能有這樣的聚會，已經著實滋潤了我的生活。」（楊千鶴：2001：154）隨著畢業後各人回歸各人家庭，這些女兒們似乎終究也得臣服於傳統規範的制約。學院時期和友人間推心置腹的分享分擔，很快便面臨了考驗：即使親密如「三人小組」，其中那自我意識最弱、不常表達意見的朱映也在沒和另兩人討論的情形下，匆匆決定了人生大事：「然而這次朱映的婚事，我們尚無置喙的餘地，便已迅速地次第進展下去。」（楊千鶴：2001：159）更遑論畢業兩年後才久別重逢的謝同學，和惠英聊起天來會「變得不太順暢，好像總是找不到話緒。不時還插了些客套話來。」（楊千鶴：2001：164）現實條件的不配合，讓昔日曾朝夕相處、互相信賴的少女情誼受到一定程度的考驗。

　　這種對於新女性情誼和家庭間衝突的細膩描寫，在〈花開時節〉下面這段有著最深刻的著墨。文中以倒述的手法，追憶在朱映結束少女時代前，三人小組到沙崙海水浴場的一次出遊。那天的三人，內心都充滿波濤洶湧的情感，試看敘述者「我」的內心獨白：

　　　　不是對那即將要出嫁而離去的友人有所不滿，少女之間的友
　　　情，必然是抵擋不住結婚浪潮的沖擊，而一下子就動搖，真

> 是脆弱得可憐，令人心裡難過。（楊千鶴：2001：168）

　　對於少女時代友情的結束，惠英是非常自覺的。婚後柴米酒鹽的家務、生兒育女的責任，都必然會影響這份曾經親密無間、分享所有的女性情誼。未必是背叛，但由於大環境並不支持這種不問人間憂苦的友情，婚後的女性友人自然會被現實影響，受限於家庭而變得逐漸疏遠。除非這份親密相依的感情能轉化成合乎家庭結構的女性人際網絡，否則要維繫極其困難。

　　關於少女對友情的追求重視，文中對迎風在沙灘上遠眺的敘述者「我」和朱映，有著下段動人的描寫：

> 我好像禁不住要奮力做點傻事不可，突然間開始一個勁兒踢著腳邊的石子。踢著、踢著，結果變成是用腳的大姆指在沙灘上寫「友」字，下面又加了個「情」字。並且兩眼也牢牢地盯著這兩字看。但是，這兩個字不一會兒就被強風吹得消失了蹤影。於是，不知不覺，我們兩人便與風競賽也似地，一遍又一遍地猛在沙地上寫起「友情」這兩個字來。（楊千鶴：2001：169）

　　孩子般淘氣的小動作，卻適切地以象徵手法，表現了日據新女性內心對「友情」的薛西弗斯式的追求。走出了雞犬相聞的傳統婦女生活樣式，日據新女性第一次有機會發展社交網絡，擁有和女學校同學間嶄新的情感經驗。但隨著對女性「回歸家庭」的社會價值要求，這種在家庭結構外的「友」「情」，卻不停地被強風刮得無

影無蹤，與風競賽的兩個少女，正就是在這樣的歷史脈絡下，和社會結構做著悲壯的反抗。

　　相對於〈花開時節〉中對友情的呼喊與追求，辜顏碧霞《流》中所描述的女性情誼，就恬淡安適得多。正由於小說的發生背景是傳統社會中的大家族，而書中提及的女性，亦全是或近或遠的家族成員，並未超越傳統婦女人際關係的疆界，因此楊千鶴筆下家庭和友誼的衝突，在此並未出現。值得注意的是，對於文中「美鳳」這樣受過新式女子教育、出身富裕人家的日據女性而言，雖然在婚後沒能保留住少女時代的密友，但女學校求學的經驗，卻共同形塑了家中新生代女眷們的思維模式，成為她們在大家族中溝通交往的橋樑。如家中年少任性的瑞珠是冬蜜夫人的女兒，在家族各房的利益爭奪中本該和美鳳處於對立面。但共同的女學校經驗，卻讓瑞珠特別親近這位在大家族中受盡欺淩的阿嫂，整天跟著她說東說西。相同的情形，也出現在雪娥、波子、素琴等家族中的未婚少女身上。下段關於中秋節的敘述，便描寫少女們在花園找著了落寞賞月的美鳳，並以肢體動作在無言中傳達了鼓舞之情：

　　　　就讀女校四年級頗得美鳳疼惜的雪娥，冷不防地往美鳳的肩膀一拍，然後伸手摟她瞪了一眼。她們始終把美鳳當成自己的密友。
　　　　美鳳落寞地微笑著。裊裊飄升的焚香薰煙，以及盡情沈醉在觀賞名月的靜寂氛圍，被她們的喧鬧聲劃破了。整個花園也瀰漫在她們釀成的甜美笑語中。（辜顏碧霞：1999：34）

在《流》中勾心鬥角的人際關係角力中，這些和美鳳一樣受過新式教育，天真無邪的未婚少女，可說是書中少數幾個較為友善的成員。共同的求學經驗，讓她們往往忘了本身的利益衝突，而對該是「對手」的美鳳產生格外的親切感。在花園賞月之後，這群家族中少女，又熱鬧地嚷嚷著要去划學校教過的「淑女遊艇」，這也許可以解讀成女校經驗在家族生活中的餘緒。

做為一個認命走入家庭的新女性，辜顏碧霞並沒有在創作中表現出「友情」和「婚姻」間的衝突。但《流》中啾啾桑和瑞珠的情形，也許可以做為女性友誼和家庭結構折衷的最佳範例。啾啾桑和瑞珠本是女學校的同班同學，後來瑞珠的哥哥敬原娶了啾啾，她們才從家庭結構外的「女性友情」進步到「姑嫂關係」。透過姻親關係，這份在學校生活培養起來的新女性情誼得以延續下來，而也由於之前感情，啾啾和瑞珠在家族中一直維持著良好關係，瑞珠甚至不稱呼她二嫂，而直呼其「啾啾姐」（辜顏碧霞：1999：91）。在現實生活中，這種例子在日據後期似乎並不少見⓲，也許這是追求獨立友情、但又無所逃於家庭結構的日據新女性所能走的折衷道路吧！

處於新舊世代夾縫中的新文學女作家們，在創作中細膩書寫了走出傳統婦女生活範圍的「新女性情誼」。女學校的生活給了她們全新的視野，而在學校共享青春的甜美憂傷的女性友人，也提供她們嶄新的情感體驗。但是，由於日據中期的整體社會結構仍以「家庭」作為女性的最終歸宿，家庭結構外的新女性情誼往往在畢業後

---

⓲ 在楊千鶴《人生的三稜鏡》一書中就提到極多這樣的情形：即家中新生代女眷都是女學校的同班同學。

不敵現實強大的壓力而逐漸消褪，因此新文學女作家們在歌詠少女親密相依的友情時，卻總是難掩一股對於感情維繫的不安定感。回到當時的社會脈絡，我們也許能夠更為了解這種矛盾情結的歷史成因。

# 第三節　女性的婚姻與愛情

## 一、從女性角度出發的自由戀愛描寫

　　除了少女的家庭情感經驗和學院情感經驗外，對「自由戀愛」的憧憬和幻想，也是新文學女作家們在描寫少女生活經歷時很重要的面向。這些從女性角度出發的愛情描寫，細膩地呈現女性婉轉的情思，出乎了男性視野的愛情觀照。尤其是以抒情為主的女性新詩創作，有相當的題材，都是在描寫熱烈的戀愛經歷。趙氏靜眸〈我們的道路〉，即以奔放浪漫的筆調，傳達擺脫束縛的自由戀人心聲：

　　　〈我們的道路〉（給戀人）
　　　伸展吧！伸展吧！
　　　山林的樹叢也充滿著青春活力！
　　　我們無時無刻地
　　　在洋溢香氣的山野林蔭裡長談
　　　我們起誓立約。
　　　「剛強勇敢，爽朗的戰鬥」

　　然後緊緊相擁熱吻。

　　我用心在可以培育我們情感的每一個言語上。

　　為了自由的愛

　　我如火一般地燃燒前行。

　　在封閉的舊殼內受苦的不止我們。

　　所以伸展吧！在仍舊年少的歲月中

　　斬斷一切束縛，攜手共進！**⓳**


　　值得注意的是，這首情詩與其說是戀愛心聲的吐露，不如說是種對於自由戀愛的強力號召。尤其「爽朗的戰鬥」一句，更看得出鼓吹、號召的戰鬥色彩。隨著西方思潮的傳入，日據初期刊物如《台灣民報》上已然出現一些打倒封建婚姻、鼓吹自由戀愛的進步言論。針對只憑媒妁之言、更兼有利益交換性質的舊式婚姻，提出了強力的抨擊。趙氏靜眸這首詩，可看作這種政治主張落實文藝創作的最佳代表。尤其「在封閉的舊殼內受苦的不止我們」，「斬斷一切束縛，攜手共進！」兩句，不但暗喻了對傳統封建禮教的挑戰，並且號召了所有青年兒女們一起投入反傳統的革命行列。

　　對比於小說中女性情感的細膩含蓄，這些女性新詩創作對於戀愛的奔放態度，的確和小說創作是大相逕庭的。也許是詩向來的抒情、言志傳統，讓新文學女作家們在面對這樣的文體時較能暢所欲言，直抒胸臆。不但如同趙氏靜眸這種以女性身份挺身號召戀愛自由的內容得以出現，就連一般女性小說創作中較少觸及的單戀、失

---

**⓳**　　1936 年發表在《台灣文藝》，羅淑薇譯（未刊稿）。

戀情緒，在新詩中都可見到。林氏百合子❷⓪的〈病葉〉，即是以象
徵手法，抒寫在病中思念過往情人的女性情思：

> 泉水滄茫的水面上
> 無聲無息散落的病葉
> 搖搖晃晃地在嘆息　在四五個波紋中
> 在過往的平靜歲月中
> 劃破心坎　熾熱灼痛的是你的眼神
> 散落水面的病葉
> 似我在長時間傷痛後依然無法抑止的思念❷⓵

　　透過散落水面的病葉，林氏百合子暗喻了表面若無其事，實際
卻哀惋悽苦的苦戀心境。如同在平靜水面上激起波紋的病葉，能在
心海中劃破平靜表象的，正是情人熾熱的眼神。然而這種熾熱卻是
灼痛人心的，即使在一段時間後，傷痛亦然、思念亦然。在此，林
氏百合子以女性特有的纖細，點出女性對於過往戀情的難捨和傷
痛。

　　若把此詩置回時空脈絡，回顧當時的保守價值觀，就能明白：
這種熾熱灼痛、戀情挫折的細緻心理描寫，其實和當時主流價值中

---

❷⓪　林氏百合子應是台灣女性。日本雖有「林」姓（如女作家林芙美子），但姓
　　後加「林」氏乃日人稱台人女性之舊慣，「百合子」有可能是為了因應全面
　　皇民化政策所改的日名。

❷⓵　原發表於《文藝台灣》第四卷第三號（1942.06.20），羅淑薇譯，後見《中國
　　女性文學研究室學刊》第四期（台北，2002 年），頁 14。

「優雅」「矜持」的大和女性形象相悖，故在現實生活中並沒有太多的抒發管道。然而，得不到完美結局的愛情往往最淒美難忘，林氏百合子把心象具象化，藉由飄落泉水面的病葉，在詩中書寫了對於過往戀人的強烈思念。

除了林氏百合子對於逝去戀情的追憶，柯劉氏蘭的〈相剋〉，不但追憶了過往和戀人的愉快時光，更進一步點出造成兩人戀情破裂原因：

> 說謊的心　　無知的心
> 逝去的美　　追逐的夢
> 疲乏困倦女子的心
> 少女的愉悅　　無止盡延伸
> 過往　　山青翠　　樹木茂密生長
> 在柔和的海水中
> 給我和思念的人乘船共渡的夢
> 雖然
> 虛謊的過往　　幻滅的悲哀
> 我們步行過那野間的薔薇
> 我們在炊煙裊裊的家門口和三人的小孩嬉戲
> 啊！他是太陽我就是風
> 他若是海　　我就成為山
> 啊！獨行孤單的身影

心裡想念的人在驛動的城市中成為紳士[22]

　　這首詩的聲吻，讓人聯想起家鄉等侯的、青梅竹馬的愛人。尤其最後「啊！獨行孤單的身影／心裡想念的人在驛動的城市中成為紳士」，除了無奈與嘲諷，更明白指出：曾經山盟海誓的單純戀情，終究在城鄉差距和時間阻隔下被迫終結；而留在家鄉的困倦女子，只能在過往甜美和今日幻滅的悲哀中無法自拔。柯劉氏蘭的〈相剋〉，正說明了這種因環境改變所造成的，戀情上的根本衝突。事實上，隨著資本主義入侵和農村社會型態轉型，台灣的「都市」逐漸形成。到現代化的都市謀求發展（無論是求學或就業），成為鄉村青年的一個時髦新選擇。但，就算在經濟許可的條件下，當時女性亦不具備和男性程度相當的移動遷徙自由，故只得扮演在家鄉苦候的悲情角色。而隨著城鄉差距，雙方距離拉大戀情破滅，似乎也是當時不算少見的社會現象[23]。柯劉氏蘭在詩中點出了這些被社會結構邊緣化的弱勢女性心聲，以過往鄉間生活兩人的甜蜜回憶，來對照夢碎後的淒涼與難堪。「虛謊的過往／幻滅的悲哀」正說明了昔日之種種，適成今日之諷刺。

---

[22]　原發表於《華麗島》創刊號（1939.12.01）羅淑薇譯，後見《中國女性文學研究室學刊》第四期（台北，2002 年），頁 12。

[23]　當時不少知識青年都是在負笈求學後，教養相距過大，故不願回鄉迎娶原先訂下的親事。如男作家毓文的 1935 年發表於《台灣文藝》二卷八號的〈玉兒的悲哀〉，就是描寫鄉下女性被進城後的愛人無情拋棄的故事。詳見李南衡主編《日據下台灣新文學明集 3——小說選集 2》，頁 209-224。台北，明潭，1979。

而在這些耽溺於愛情的狂熱情詩中，趙氏靜眸於 1935 年發表的〈別離〉，則是首值得注意的、在出嫁前夕給情人的告別詩：

> A
> 和你有說有笑
> 但我今天出嫁
> 受到週遭人的祝福
> 但心中的憂愁卻揮之不去
> B
> 離去之日尋訪的那山
> 茂密林蔭下的葉子
> 綠波般的草地
> 將如流雲般一同飛逝
> C
> 多年前和你的誓言
> 如今要向你道別
> 岸邊的勿忘草
> 被流著流著
> 流走了❷❹

為了某些詩中沒說明的原因，詩中的「我」滿懷著心底的憂

---

❷❹ 原發表於《台灣文藝》第二卷第四號（1935.04.01），羅淑薇譯，後見《中國女性文學研究室學刊》第四期（台北，2002 年），頁 1。

· 114 ·

傷，在週遭不知情友人的祝福下出嫁了，但「我」心中仍念念不忘多年前在叢木樹蔭下，和細草、流雲共存的，和「你」之間的誓言，最後詩人使用了被流水流走的勿忘草意象，來說明心中的惆悵。這種不得長相廝守的愛情，傳達了當時一定程度的女性經驗。在「戀愛自由」停留在鼓吹階段、尚未成為社會普及風氣之前，這樣一首憂傷惆悵的情詩，也許比浪漫奔放的情詩，更貼近當時少女真實的心靈。總之，比起男性視野，女作家們在新詩中的愛情觀照是較為扣緊生活經驗的，除了趙氏靜眸〈我們的道路〉是抽象地號召自由戀愛，其他作品都落實到了具體生活層面，在狂熱的愛戀之外，還傳達了當時女性戀愛時所會面臨到的種種現象：如表面平靜內心傷痛的單戀心情、被嚮往都市的情人所棄的失戀心情、被迫離開情人另嫁他者的無奈心情……等等。這些雖具有濃烈的抒情傾向，但由於並非抽象描述而是具體生活經驗，故置於女性寫實傳統一併討論。

　　關於少女戀愛的心路歷程，在小說中的敘述是更為絲絲入扣的。張碧華 1934 年發表的小說〈新月〉，著墨的便是跨越階級、追求自由戀愛的男女愛情故事。地主楊大英反對女兒玉惠和長工進原的戀愛，打算誣賴進原通姦，強把女僕紅梅許配給他。但他們的戀情得到了玉惠母親秀村的支持，故兩人決定鼓起勇氣，一起承擔社會的壓力。

　　值得注意的是，玉惠在做出私訂終身的決定時，是完全不顧資本家父親的態度，而一心一意只要求母親的諒解。母親秀村在答應女兒婚事後馬上便擔心起丈夫的反應，可是女兒玉惠卻反過來安慰母親：

「好，可是父親那邊就⋯⋯」秀村好似忘去了剛才所煩惱的社會底嘲笑，此次煩惱起丈夫的事。

「不！我很高興。爸爸只要形式上答應下來就行，只要媽答應了，其餘就不需要了。現在已經沒有任何牽掛，媽，妳放心吧⋯⋯」（張碧華：1996：175）

對富家女兒玉惠而言，「母親的支持」是她對抗世界的重大憑藉。只要母親首肯，就算面對權威父親的反對，她也完全不放在心上。對於女兒玉惠而言，「父權」和「封建思想」「階級分野觀念」一樣，都是該挺身反抗的不合理制度，而母女間的深厚情感和彼此對家庭中女性處境的了然，正能提供她最需要的精神支持。

對柔弱母親的精神支持的依賴態度，在玉惠和情人進原對話時亦清楚可見：

進原皺起眉頭凝視了玉惠。

「玉惠桑，你真的相信我吧？」

「是啊，我已經下定決心了。」

「你父親呢？」

「不管他了。我至今掛念的不是父親，而是把我當作唯一依靠的軟弱的母親。可是母親卻爽快的答應了。正如我相信你一樣，母親也信任你。」

「親戚方面不會反對吧？」他（進原）握住放在膝蓋上的玉惠潔白的手問道。

「用不著煩惱。母親雖然柔弱，對我們卻是強有力的伙伴。

愛是絕對性的。母親為了我們，任何犧牲都願意。對我們的
真相，不！對真正的愛不了解的社會人士一定嘲笑我們的
愛，但我只需要母親強烈的愛和理解之外，什麼也不需
要。」（張碧華：1996：177）

　　只要有愛和理解，柔弱的母親也足以提供對抗社會的憑藉。也
許對當時的女作家而言，在家庭中同屬弱勢地位的母女，除了感情
上的親密相依，在地位上亦多了一分同病相憐的連結。秀村在婚
姻、家庭中長期處於弱勢，這種經年累月的精神痛苦，讓她有勇氣
違背丈夫，支持女兒「大逆不道」的行為，如以下這段秀村和女兒
的貼心話：

　　「……媽已經經驗過了，絕沒有意思把你嫁給有錢人。」
　　「是啊！媽！我看到媽時常流下苦悶的淚水就很明白隱藏在
有錢、幸福背面的生活的艱苦，所以我不願明知而冒著危險
過這種只顧名義的生活。」（張碧華：1996：174）

　　正因為深深明白無愛的婚姻對女性的精神折磨，向來軟弱的秀
村，最後還是選擇支持這對與社會相對抗的戀人。女作家張碧華以
「女性力量」來作為這股對抗父權／資本家邪惡力量的背後憑藉，
想來並非偶然。從女性在家庭的從屬地位切入，也許更能說明女作
家何以特意強調「母親的愛」所能提供的動力。
　　對比於母親秀村的開明態度，〈新月〉中的父親們，則都是出
於經濟或權勢的考量，打壓這對戀人的愛情。嫌貧愛富的地主楊大

英（「傲慢的布爾喬亞大爺」）的嘴臉自不待言，就連進原父親高
炎，一開始也抱持著不贊同的態度，企圖說服兒子接受優渥的條
件，把女僕紅梅娶進門：

> 「進原，不要聘金就送給你，這不是個一樁好事？奶奶這樣
> 老，我又過了五十歲，娶進來替代我煮飯怎樣？奶奶這樣老
> 不知何時會去世，她要早一點看到孫媳婦的臉呢！」（張碧
> 華：1996：171）

後來在兒子的堅持下，高炎只得出門為兒子設法，只留下老祖
母遺憾地抱怨。但從高炎和兒子的談話中，我們其實感受得到：在
當時這樣一個中下階層的貧窮家庭中，「真愛」不過是個有錢人的
奢侈玩意兒。父親高炎最後的讓步，與其說是認同兒子對愛情的理
念，不如說是出於未能提供兒子資源的歉疚：

> 「總之，如果你哥哥還在，起碼也可以讓你讀到中學畢
> 業。」高炎滿是皺紋的臉上又加深了，吐了一口嘆息。（張
> 碧華：1996：171）

兒子進原以「沒有愛情的結婚是罪惡的」為由，拒絕地主「免
費奉送」的女僕紅梅，這行為在父親和祖母看來，簡直就是天方夜
譚。在他們眼中，「媳婦」是個可以被量化成聘金有無、被工具化
成家事機器的抽象概念。可見在相對邊緣化的長工進原家中，這種
對於「女性」、對於「愛情」的認知，似乎並沒有因為其弱勢身份

而有所寬容。

對於真愛絕對性的強調，對於無愛婚姻的控訴，對於父權／資本家的抵抗，可說是〈新月〉中幾個重要主題。然而值得注意的是，在女作家張碧華筆下，日據時期向來具備工具性、輔助性，只佔據第三位階的婦解運動，似乎被提昇至可以和父權／資本家分庭抗禮的地位。在對自由戀愛追求／與社會力量對抗這雙位一體的事件上，張碧華一再強調的，是平時柔弱的母親秀村所能提供的巨大精神憑藉。作為女作家，性別身份影響下的視野自和男作家不同，延續向來對於母親的依戀，「母系力量」正是女作家們在追求真愛時最終的靠山。

上述這些從女性角度出發的戀愛描寫，具體地呈現了當時少女在愛情生活中的細膩心理實況。雖說戀愛經歷的描寫可說是種言志抒情，但在抽象的抒情言志外，新文學女作家們多半落實到具體情境，把這種抒情和女性的實際生活體驗做了結合。回歸當時的歷史脈絡，尤其可看出特殊的時空意義。

## 二、對婚姻猶疑的少女情懷描寫

對於愛情的憧憬，並不代表新文學女作家們對於婚姻的態度是同樣追求歌詠的。處於新舊時代夾縫中的新文學女作家們，對於「婚姻」，往往表現出懷疑、欲拒還迎的猶疑態度。這些對婚姻的思索可分成兩部分來探討：一是針對傳統婚姻對女性自我的扼殺，一是針對自由戀愛後得自行負責的選擇所產生的不安。

對「女性自我」的堅持，可以受過島內最高等女子教育、又曾在職場上叱吒風雲的女作家楊千鶴為代表。透過小說中的敘述者，

楊千鶴在〈花開時節〉裡，對於班上那些早早出嫁的同學，曾表露出這樣的看法：

> 雖然我也頗能理解她們那安份知足地、僅求片隅幸福的心願，然而也難免覺得她們太過於單純了。（這樣說或許會遭致責怪之語，但無論如何，我個人的想法確是如此。）那麼倉促、輕易地就嫁人了，我總覺得這樣的人生像是短缺了些什麼似的，有點遺憾。（楊千鶴：2001：9）

對於接受高等教育、擁有完整自我意識的現代少女惠英來說，順從傳統婦德的規範，走入家庭相夫教子，無異把在高等學院習得的學識拿來作裝飾。這樣的人生，的確是缺少了什麼、有所遺憾的。小說中的惠英，幾番掙扎後還是暫時拒絕了阿姑安排的婚事，決心先去「找尋自我的情感與意志」。在惠英的自忖中，她所要對抗的，是社會加諸於女人的宿命：

> 女人的一生，從懵懵無知的初生嬰兒時期開始，經過幼年時代，然後便是一個學校接一個學校唸下去，尚且無暇喘口氣的時候，又緊接著被催促要出嫁，然後在生兒育女之中，轉眼間就衰老而死了。在這過程中，難道就真的可以撇開個人的感情與意志，而將自己完全託負給命運，任意受安排的嗎？……在茫然的心境下，哪能將終身大事給決定了呢？我渴望能靜一靜，有喘息的時間與空間，來瞭解我自己，好好審視我自己。（楊千鶴：2001：11）

　　由這些話，我們可以深切感受到：當時受現代教育的知識女性，對於傳統父權社會對女人的生命規劃，所產生的猶疑之情。當然楊千鶴所言的女性生命歷程不能涵括一般身受經濟性別雙重壓迫、勞苦奔波的女性，但在經濟學識上佔優勢、對於男女地位差異有進一步思考的知識女性們，在少奶奶幸福生活的表象下，卻得面對那比起一般女性而言、「相對強大」的自我遭受到壓抑的苦楚。在好友朱映的婚禮上，惠英有一段具代表性的想像，正說明了知識階層女性對自我意識的堅持和敏感：

> 一百——，二百——……。朱映的親戚——大概就是嬸嬸吧，正幫忙著清點聘禮的數量。她那機械性、不帶任何感情的聲音，相當大而刺耳。隨著一層層疊高了的物品，朱映的人也好像是一節節被取走了，我禁不住有這樣的一種錯覺。
>
> （楊千鶴：2001：20）

　　層層堆高的聘禮，節節被取走的女性自我，從〈花開時節〉的字裡行間，我們可以感到惠英等人對婚姻制度的最大質疑來自「喪失自我」。無怪乎她們會以窺探的心情去拜訪已婚的同學，再偷偷拿少女時期的品味標準來審視她們的興趣、衣著和言談。新式教育和女學校集體生活，讓她們擁有自在發展「自我意識」的空間；但傳統台灣上層家庭對於女兒「嫁得好歸宿」的終極要求，卻讓她們的自我發展處於矛盾的狀態中。楊千鶴 1942 年在《民俗台灣》上發表的隨筆〈待嫁女兒心〉，亦說出了她不肯接受命運安排時的猶疑：「台灣的女性是躲在暖和的殼裡面，受人安排輕易的嫁出去，

大致也會獲得平靜的幸福，這是一種我並不能完全了解的幸福，是不是因為我是半新半舊時代的怪胎呢？」㉕而面對此衝突思索最多的楊千鶴，最後提出了這樣的理解：

> 我們又真正以什麼樣的心情看待這「待字閨中」的少女歲月、姑娘時代呢？……我們是身處於「沿襲古風」與「趨向新世代」的夾縫中，受到兩者之間的一層強烈的磨擦力所羈絆、綑套。（楊千鶴：2001：15）

　　的確，對富裕的布爾喬亞少女而言，一路身處於得以自由發展的求學環境，但在步出校門之後，卻得馬上面臨傳統家庭對女兒婚姻的安排。難怪她們對婚姻抱持著猶疑的態度，步步護衛著對「自我」的追尋。

　　楊千鶴在畢業後雖成功抗拒了傳統婚姻安排，但工作一陣子後，她卻也和她後來的伴侶墜入愛河，進而論及婚嫁。比起傳統只憑父母之命媒妁之言的婚姻，這種新式的自由戀愛，的確得以讓兩人在婚前有足夠的交往認識。但在爭取婚姻自由的同時，新時代的女性卻也得開始學習自行承擔婚姻的風險，為自己的選擇負責任。楊千鶴《人生的三稜鏡》中所摘錄的幾則婚前日記，正可看出當時「新女性」在面對這種沒有社會結構背書的自由婚姻時，所產生的「新苦惱」。這些兩人決定結婚後的日記，記錄了約會時的對話和心情。從這些文字的字裡行間，我們可以明顯感受到楊千鶴猶疑不

---

㉕　此段引文根據 1990 年出版《民俗台灣》中文譯本（楊千鶴：1990b：49）。

安的情緒：

> 坐在旁邊的這個人，就是我要託付一生的人！他的動作、甚
> 至呼吸都重新給我一種不同的感覺。這個人將成為我的丈
> 夫，我彷彿重新發覺這事實而心中震盪不已。是因為我過去
> 對結婚只以抽象的概念來想的緣故吧。……
> 「要與我共建人生，你真的有把握我們會幸福嗎？」
> 「那樣的事不是現在可說的，應該是要視兩人努力的結果而
> 定的。」
> 或許是那樣吧！但像今夜這樣心情特別不安、沒有自信的時
> 候，我真期待能聽到他更堅強、肯定的話。（楊千鶴：1995：
> 199）

　　不同於家長決定的婚姻，楊千鶴有更多機會去思索自己的決定
將為人生所帶來的重大轉變。而更由於一切都是自由意志的選擇，
她也得比其他順從安排的女性面對更多的不安和惶恐。對於受過新
式教育、自我意識強烈的楊千鶴而言，舊式婚姻固然是她清楚地要
抗拒的，一旦面對自己所爭取到的婚姻，心中卻也對未知充滿了不
安。如日記中婚前兩人這段談話：

> 「但總是茫然不知而甚覺不安……也無法做什麼計劃。」我
> 說。
> 「那就請開始計劃吧！」意料不到地，他以堅強的口氣反應
> 過來。

「但是，將展開怎樣的生活呢？一點概念也沒有呀！」

「大致是像妳嫂嫂們那樣的普通的結婚生活吧！」

「那樣的生活我可不要。該有目標、夢想，活得充實，有蓬勃的希望，有向上的精神，這樣的生活才有意義。」（楊千鶴：1995：200）

有目標、充實、有希望。這些空泛的形容詞，一者說明了新女性對所謂「理想」婚姻生活的期待，另一方面也說明了她們的「無從想像」。在新舊觀念夾縫間的楊千鶴，雖不願過著像嫂嫂一般相夫教子的普通婚姻生活，但現實生活中，似乎也找不著理想婚姻生活的「新典範」讓她去計劃、去遵循。就在這種現實情形下，不安、猶疑、期待、害怕的複雜情緒，自然充滿了楊千鶴婚前作品的字裡行間。

雖然對未知新生活感到不安，但選擇逸出家庭安排的婚姻模式的楊千鶴，卻得對此決定全盤負責，而沒有其他抒發管道。當他們互許終生的決定傳回家裡時，向來最疼愛她的二哥曾把她叫去問話：

好像正在喝酒的二哥，突然接下去以嚴肅的口氣說非要問我一些事不可。

「妳是因為想離開家，或因朋友都結婚了，還是因為怕不出嫁會讓父親操心，才如此草率地決定要嫁給他嗎？……如果妳只是以那樣單純，沒責任似的，那麼這椿婚事應該擱下來，再好好考慮。」（二哥見過他，大概認為他太軟弱，不

可靠。）

二哥開門見山訓誨我，並要問清楚我決定要跟他結婚的真
意。……我要跟他結婚的動機，除了是因為自以為能夠救他
的人非己莫屬，其他的理由大抵都給二哥說中了。……

「沒關係，我會去擔當的。」我回答了哥哥的問話後立刻上
了二樓，不禁一個人哭個不停。既然自己決定要嫁給他了，
今後非自己負責到底不可了。（楊千鶴：1995：203-4）

　　兄長出於關愛的質疑，卻句句敲入心坎。堅持自由戀愛的婚
姻，同時也意味著得自己承擔一切成敗。雖然仍有不安猶疑，但在
局勢下被迫說出「沒關係，我會去擔當的」以讓家人安心的楊千
鶴，卻也只能在回房後一人哭個不停。可見當時拒絕買辦婚姻的新
女性，她們在實際層面得遭受到多大的社會壓力。

　　相較於代表島內知識新女性的楊千鶴，另一女作家賴雪紅就不
把書寫重點放在婚姻／自我的兩難。透過〈夏日抄〉中的勞動少女
「淑」，賴雪紅著重書寫的，是少女對於「出嫁」一事的複雜心
情：她雖依戀養母阿葉，捨不得千絲萬縷的恩情，但一方面卻又被
深愛她的阿葉推著，想藉著「婚姻」讓淑走向更富裕、更優渥的生
活。而阿葉雖處心積慮安排女兒的婚事；淑雖然也對文秀這優雅青
年動心，但面對接下來可能有的發展，母女兩人卻非單純以辦喜事
的心情面對，而是有股難以言喻的寂寞。試看賴雪紅這段淑在赴文
秀約會前的、細膩動人的描寫：

當傍晚的金星出現時，遵照阿母的吩咐換上長衫的淑，特別

覺得寂寞。雖然阿葉也勤快地幫忙她，可是也顯得寂寞。淑
立刻體會了阿葉的寂寞，自己也覺得寂寞，她想，如果互相
能夠傾訴一切那多好。淑感到忽然互相分開了。可是也感到
雖然分開，可是互相含淚呼叫的一顆心。（賴雪紅：1996：
211）

　　沒有對「自我」的堅持，只有對母親的眷戀和不捨。面對婚
姻，每個少女各有不同的苦惱。然而，母親對女兒婚事這種既期待
又難捨的矛盾心情，卻是不同階層女性所具有的共同經驗。正如楊
千鶴在隨筆〈待嫁女兒心〉中所提及：「女孩到了適婚年齡，仍在
家裡閒著，做母親的必會焦急地央三托四，四處找人配親事，但一
旦真要出閣了，做母親的卻又好似千刀萬割地，心中會有一股莫名
的哀傷。」的確，女作家特殊的視野，才會注意到母親在「希望女
兒出嫁」和「不願女兒離開」兩種心情中間的擺盪。婚姻對於女性
而言，本是種生命歷程的斷裂。進入婚姻，往往意味著要向原生家
庭的種種親情告別，開啟人生的新頁。賴雪紅在此，正是細膩地以
女性視角，照顧到母女雙方面對「親情斷裂」時的寂寞心情。
　　特別值得注意的是，「進入婚姻」對女性生命經歷而言，雖同
時具備「離家」的層面，但在父權制度下，這種離別的情緒本來就
不被期許強化㉖。所以母親對女兒的不捨、女兒對原生家庭的依
戀，這些真實的女性經驗，在父權語系中卻找不到自己的語言。

㉖　父權另一個打壓的方法是把「出嫁」視為「于歸」。告訴妳「那裡」才是妳
　　真正的家。

「淑立刻體會了阿葉的寂寞，自己也覺得寂寞，她想，如果互相能夠傾訴一切那多好。」寂寞所為何來？寂寞，正因女性心中的感觸不被許可說出啊！這種被父權語言邊緣化的情緒，只能透過母女間心有靈犀的「體會」。只能透過感覺，去想像母女雖然分開、但卻含淚呼叫的一顆心。

但諷刺的是，淑這種面對（因文秀出現而可能造成的）分離時的寂寞心境❷，在之後約會時被文秀察覺時，卻換來一頓結結實實的說教：

> 「淑姑娘為什麼比別的少女消沉！太過寂寞的樣子，令人覺得不忍。」
> 淑聽到出乎意料之外的話，驚地抬起頭來。
> 「淑姑娘太過孤芳的樣子。似乎缺乏忍耐、戰鬥到底的進取力量。躲在自己的寂寞裡，一步也不願走出。外面的美和尊貴的東西避免去看，不是聰明的做法。」
> 淑聽起來那每一句話都是尖刻的冷諷熱嘲。雖然在心裡對每一句話都予以反駁著，可是臉卻發熱，快要窒息了。（賴雪

---

❷ 一般詮釋這篇小說中淑和奶媽阿葉的分離，可能都傾向於以兩人出身背景的差異作解釋。但從社會性別結構來說，這種分離卻是出於婚姻，而非階級因素。結局中淑雖得以重回橋仔頭生家識字讀書，但只是儀式性地重新取得小姐身份，為門當戶對地嫁給文秀作準備。可以說，淑的終極目的是婚姻，而不是橋仔頭的富裕生活。賴雪紅在此不斷強調「階級」「身份」，也許因為只有在此議題掩護下，「婚姻」造成母女分離的痛苦才得以曲折歪斜地說出。

紅：1996：212）

　　父權語言說不出來的「女性經驗」，一旦試著說出，卻面對這
樣的曲解。身為女性的淑，也只能在心底無聲地辯駁著。

　　總之，面對「婚姻」這件影響女性至深的大事，新文學女作家
們各有各的苦惱和猶疑。尤其是正巧生逢新舊觀念夾縫中的她們，
除了「良人是否可靠」的亙古擔憂和「親情斷裂」的寂寞外，還得
自己承擔自由戀愛下婚姻成敗的社會壓力。在不願沿襲古風、而新
典範尚未出現的時代，台灣第一批追求自我實現的新文學女作家，
她們書寫的對於婚姻的態度，可說是猶疑多於期待，不安多於幻想
的。

## 三、婚姻中的女性處境描寫

　　新文學女作家們在創作時觸及婚姻生活題材的作品為數不少，
然而值得玩味的，卻是她們面對此題材時所採取的態度。面對婚
姻，幾乎大部份的新文學女作家都是用「揭露」、「批判」的態度
處理，而非單純、正面地肯定婚姻對女性生命的價值。從女性視角
出發，新文學女作家們看到的婚姻，絕對不只是狹義的和夫婿的私
情或養育兒女的喜樂，而是一種更廣義、更全方位的顯示。

　　在當時三代同堂的家庭型態中，一旦女性走入婚姻，這不只意
味著她嫁給一個男人，而更意味著她嫁入一整個家族。就算夫妻倆
在婚前已有深厚的感情基礎，也未必能保證其他家族成員對於新媳
婦的態度。《流》中的美鳳和敬敏感情甚篤，但一場急病結束了敬
敏的生命，也開始了她在王家的悲慘生活；楊千鶴雖有自由戀愛作

婚姻的基礎，但婚後丈夫卻也不得不顧忌親人目光而對她疏離。於是，在幸福美滿的婚姻表象下，女性往往得獨立面對大家庭的黑暗面。

不同於集中火力於制度層面改革的批判寫實主義，辜顏碧霞《流》中書寫的重點有二：一是透過小說中的新知識份子，她提出了對於傳統習俗制度的批判；一是從女性身份出發，抒發大家庭中新寡媳婦的險惡處境。但她極盡關注的焦點，無寧更是後者的辛酸血淚。對照辜顏碧霞傳奇的生平，書中美鳳的代言身份呼之欲出。這些看似個人發牢騷、吐苦水的部分，卻在不可臆想的層面，留下了真實的記錄。

美鳳在王家的困境，主要來自她週遭充斥的、不友善的家人。在龐大的家產爭奪下，骨肉親情都被排除在外，只有無止盡的歹毒和怨恨。由於身為長媳又生育有兒女，這種理所當然的繼承者身份，引來了家族成員的眼紅。

雖說美鳳在家族中的困境多是由財產爭奪所造成，然而她的年輕貌美，讓人有說閒話的可能性；而「喪夫」這弱勢身份，也讓人更方便排擠和打壓。「性別身份」雖不是她在家族中受到壓迫的主因，但在此卻提供了所有怨恨她的人最佳媒介。如這段已出嫁的小姑瑞雲，在懷孕歸家時意有所指的話：

> 「這次我一定要回娘家安產，這一點美鳳比我好命，對不
> 　對？只沒了丈夫，既不必煮飯，也不用洗衣，還可存私房
> 　錢。」
> 「說真的，美鳳要不心存感謝的話，真要天打雷劈。瑞雲在

家的時候，要是什麼事都不必做，那該有多好。」

美鳳面紅耳赤，在娘家愉悅用餐的情景忽然掠過腦際。面對
這種局面，她總得說上幾句，她一直按捺住哭泣的情緒，稍
過片刻才說：

「大家這麼疼惜我，我非常感激，九泉之下的敬敏也會很高
興的。」（辜顏碧霞：1999：7-8）

不必服待丈夫（事實上是已經沒有丈夫可服待）卻能在大家庭
中每月領有日用金，這事成為家中成員冷嘲熱諷的重點項，完全不
顧及她喪夫的悲苦心情。面對大家不斷惡意提醒「沒了丈夫」的痛
苦事實，美鳳卻還得強顏歡笑、表達對大家的感激。她的寡婦身
份，在此的確很方便地為家中妒恨她的人找到情緒宣洩的出口。再
看這段二姨、瑞雲和冬蜜夫人背後的閒話：

「姊姊，那麼年輕漂亮的寡婦肯守一輩子活寡嗎？平時笑臉
迎人，挺開朗的嘛？而且還撲白膨粉，劃腮紅點胭脂，實在
令人起疑。」

「送錢給年輕的寡婦花用，簡直是鼓勵她做壞事。」

「表面上說想做點工作，其實是想到外面風騷吧！」

「妳這麼一說，四、五天前，我遠遠看見一個身穿時髦洋
裝、頭戴漂亮帽子，跟男人走在街上的，一定是美鳳。」

瑞雲說得氣憤，冬蜜夫人卻不吭一聲，因為她知道這一星
期，美鳳沒出大門一步。不過，她並非替美鳳解圍。她私下
算計的是，應該透過誰儘快把美鳳的出軌行逕告訴丈夫。

（辜顏碧霞：1999：56）

　　生得年輕貌美，就讓人有說閒話的可能，在捕風捉影的閒談中，美鳳又被莫須有地冠上出軌的罪名。這場家庭中的戰爭，說穿了爭的不過是財產，但一個寡婦的貞節與否，卻是大家庭中財產繼承的衡量標準，故也成為對手們打擊她的策略。只要把美鳳解釋成雖領家中日用金，但卻早將亡夫忘得乾乾淨淨、整日在外招搖的寡婦，她就有可能被取消財產繼承權。正是在這種「忠臣不事二君，烈女不嫁二夫」（辜顏碧霞：1999：135）的道德標準下，受過新式女子教育的美鳳，也只能安份守己待在家中，換取幼女春子的未來。

　　美鳳在婚姻生活中的困境，還不只在夫家的委屈。隨著姐妹相繼出嫁和兄長各娶，昔日的娘家親情也產生了變化。成親後不久猶對月想家流淚的美鳳，還會央求當時在世的丈夫讓她回娘家看看掛念的兄弟姐妹（辜顏碧霞：1999：3），但幾年後父親過世，美鳳悲痛地回家奔喪，母親流露出對女兒的關愛時，卻換來了兄嫂的閒話：「一定是給女兒交待些什麼秘密」（辜顏碧霞：1999：149）。做為一個嘗遍人情冷暖的「未亡人」，女作家辜顏碧霞比誰都清楚：女性出嫁後在夫家的困境，並不會因娘家親情而有多大的改善。隨著新一代家庭結構的成型，昔日的娘家，今日已沒有休憩之地了。

　　以二十出頭的芳齡，帶著幼女孤獨地在大家庭的惡性爭奪中求生存。女性在現實婚姻處境中的淒苦，以《流》中的美鳳為最。相較起來，楊千鶴筆下的婚姻生活情境就好得太多了。雖然和美鳳一樣，她也有個令人膽寒的婆婆，但較幸運的是，在一次無可挽回的劇烈爭吵後，楊千鶴小倆口終於得以搬出來住，從此脫離婆婆的掌

控。

　　婚後那段短暫和婆婆相處的生命經驗，想必是楊千鶴難以忘懷的人生經歷。自小就在母愛中無憂無慮成長的她，從訂婚之日，就開始了一連串艱苦的試煉：比如在訂婚時，即將成為婆婆嬸嬸的人用力把她手掌扳開，像買東西般地查看她的手相（楊千鶴：1995：206）；新婚之日被強行灌入壓制新娘的符咒，純白別緻的禮服被沾上不忍目睹的污漬（楊千鶴：1995：213）；新婚之夜婆婆仍以「為兒子蓋被」為由、持續的夜間巡視（楊千鶴：1995：215）；或是在新婚後幾日，「像老鷹覓食般目不轉睛地在我洗濯的衣物中找尋」，監視著被單是否有血跡（楊千鶴：1995：217）……不同於《流》中冬蜜夫人出於利益衝突的對立，《人生的三稜鏡》中的婆婆，是個性格偏差的女性。在家中本已是人人懼而遠之的狠角色，再加上和楊千鶴這門親事，是兒子拒娶母親屬意的養女妹妹後力爭得來的，自然在小事上對這不合意的媳婦刻意刁難。婚後繁重的家務，重覆又重覆的例行公事，讓楊千鶴飽受精神虐待，始終提心吊膽恐懼著婆婆的冷眼監視（楊千鶴：1995：219）。「受到自己母親的寵愛、關懷，無所畏懼地自由生長大的我，到了這個婆婆的跟前，就好似成了被蛇瞪住的青蛙」（楊千鶴：1995：210）。透過「被蛇瞪住的青蛙」這個精確生動的比喻，半世紀後的讀者猶能感受到這種鎮日提心吊膽的心情。婚前是個富家嬌寵女兒的楊千鶴，自然怎樣也無法想像這種生活！正如同她自言：「我從自由自在的讀書三昧的世界，突然被強制過這種每天機械似地不斷勞動的日子，一想起就難過。」（楊千鶴：1995：221）

　　作為富裕的自耕農，農家勤苦儉約、勞動至上的生活習慣，仍

然留存在楊千鶴的夫家中。從未吃過苦的楊千鶴，在婚後日記曾有如下的書寫：

> （一九四三年）六月二十二日　星期二
>
> 結婚，就是把女人的生涯、生活做了一百八十度的大轉變！
> 不能看書令人沮喪。每日只被家務迫趕著，絲毫沒有思考生
> 命意義的餘地。
>
> ……
>
> 有如莫泊桑的短篇小說〈家庭〉中「患了慢性掃除病的女
> 人」一般的婆婆，一塵不染地打掃房子、以及將她稀薄的頭
> 髮一絲不苟地梳成小髮髻，便好似是她人生的全部。……非
> 等她打掃完樓下，又把髮髻梳得滿意，否則你是休想能夠吃
> 早飯的。（楊千鶴：1995：221-2）

　　婚前婚後兩種完全不同的家庭生活，簡直就是一種生命的斷裂。從整天讀書作夢的富家大小姐，跌落到被家務勞動所急急驅趕的小媳婦，楊千鶴的轉變真可謂從天堂掉進泥淖，難怪她筆下總是不停抱怨家務勞動對女性自我的異化。

　　此外，革命家葉陶的小說〈愛的結晶〉，點出就算是因真愛結合的美滿婚姻，落實到日常生活的柴米油鹽，最後終究得面對貧困、無力就醫的殘酷事實；張碧華〈新月〉中的母親秀村，也是在受盡婚姻的苦楚後，才決定鼓起勇氣反抗丈夫，支持女兒玉惠和長工進原的自由戀愛，這些新文學女作家著重書寫的，似乎都是揭露婚姻的黑暗面。

　　而在新詩創作中，除了蔡德音先生夫人月珠曾大膽點明了「同床異夢」的婚姻狀況，黃寶桃 1935 年發表的〈秋天的女人聲音〉，寫的則是年輕媽媽對逝去青春的喟嘆和啜泣。不同於父權制度對「神聖母職」的期許和歌詠，黃寶桃書寫的，是女人一但進入婚姻、生兒育女後，即將會面臨的對「自我」的冷落和青春年華的逝去。詩一起始，便以秋水、黃昏淡光、枯草幾個頹敗的意象和隱約傳來的搖籃曲並列，標示了整首詩憂傷自憐的基調：

　　　　遠遠地　　隱約傳來
　　　　搖籃曲
　　　　枯草之間　　低低
　　　　漂著睡醒顏色的秋水
　　　　在黃昏淡光消失
　　　　處女日子的憂愁
　　　　回憶著青春日子啜泣

　　在黃昏的淡光中，年輕媽媽懷想著青春時光而不禁淚下，在此，哄嬰孩入睡的搖籃曲不再甜蜜單純，而被置入一種從女性本位出發、思索過去現在差異性的情境。「啊　回憶流逝日子的／悲嘆之聲／是秋天的女人聲音／悄然／悄然／把睡覺的孩子的夢／悄然／悄然／撫摸柔嫩面頰／淚珠之歌／細細持續瘦長的搖籃曲／」比較流逝過往的處女日子和現今生活情境，年輕媽媽不禁把搖籃曲唱成「淚珠之歌」，一邊啜泣一邊細細哼下去。
　　「輕哼　媽媽　自覺冷落／自我　鼻酸／年輕母親的寂寞嘆

息」。在養兒育女的「神聖」母職背後，其實隱藏了女性對自我的讓步和犧牲，黃寶桃筆下這位年輕的媽媽，正是不甘心自我遭受到冷落，而在黃昏的淡光中抱著嬰兒寂寞地嘆息，「秋天」「黃昏」等外在蕭瑟的情景，正貼切地反映出她的心境：「若隱若現咿呀樹枝沉靜了／連心坎都逐漸黃昏了／遠遠地　隱約傳來／那首搖籃曲／（媽媽　媽媽　為著嬰孩／年輕媽媽獨自哭泣著／想起年輕日子就哭泣）」。

在這首詩中，黃寶桃強調了年輕媽媽對多愁善感的處女生活的懷念。從萬事仰仗父母、不解人事的少女，過渡到承擔責任、肩負另一生命成長的少婦，這兩種截然不同的生命階段，本就是個難以跨越的斷裂。但是對當時普遍早婚、婚後又得馬上承擔生育責任的女性來說，父權社會的規劃，並不許可她們有太長的調適期來從容面對不同生命歷程，難怪年輕媽媽在回想起明明不久但卻恍如隔世的少女生涯時，會產生人事全非的喟嘆和感傷。

黃寶桃這首詩，非常真實又細緻地說出了年輕媽媽在婚姻生活中的幽微情感。尤其面對新生嬰兒，父系創作成規向來傾向於謳歌新生命的清新和珍貴。但黃寶桃以女性身份注意到的，是在「孕育新生命」和「神聖母職」背後，女人必得付出的沈重代價。「輕哼媽媽　自覺冷落／自我　鼻酸／」，懷抱新生嬰兒，一邊哼著搖籃曲的媽媽，並非如男人一廂情願的想像、歡欣鼓舞地洋溢著母愛的光輝，而是為了「自我」被育兒責任冷落，而獨自傷心啜泣，在黃昏裡發抖悲嘆。然而，這種年輕母親的寂寞嘆息，卻是極其隱微、不被期許說出的女性經驗，最後只能夠「悄然／悄然／悄然　悄然」地，在黃昏淡光中消失。

從上述描寫婚姻中女性生活經歷的詩作，我們可以發現其女性經驗的多元化。或是思念舊情人、指陳同床異夢的現實生活；或是抱怨新生兒對於「自我」的冷落和阻礙……這些不同的觀察角度，豐富了我們對當時女性婚姻生活的追想和重建，亦在一定程度上傳達了婚姻中處於發言弱勢的女性另類心聲。不願描寫傳統觀念下的賢妻良母，也不選擇「鳴機課子圖」中的女性形象來呈現，日據新文學女作家在處理此類題材時的書寫，似乎隱含了對傳統婚姻制度的潛在反叛性。總之，「創作時多採取批判位置」，是日據時期新文學女作家在處理婚姻生活題材時的基本態度。姑且不論她們描述的夫妻感情如何，女性進入大家庭、進入婚姻體制後所面臨的整體生存困境，才是她們更關注的焦點。自由戀愛只是兩個人的事，但進入婚姻卻是社會結構的一部分。從女性角度出發，這種分野格外具有性別上的意涵。

# 第四節　小　結

承前三節，本章探討了新文學女作家傳達生命經驗的個人論述。她們以「女性寫實」來重構異於男性視野的新女性形象，為自身存在留下真實的記錄。

乍見之下，新文學女性創作中這種強調個人、無關宏旨的「小我」論述，除了傳遞女性真實經驗之外，似乎看不出太多進步的女性意識運作。難道二○年代《台灣民報》上喧騰一時的婦女解放論述只是紙上文章，對於女性自覺的提升不見成效？還是三○年代後期湧現的新文學女性創作，和之前的婦女解放運動存在著歷史斷

裂？要回答這些問題，就得回歸日據當時的歷史情境，才能以公正標準，來檢視各期女性意識的論述尺度。

　　如第一章所言，日據時期的台灣女性，其實面臨了三次不同的新期待。無論是初期由總督府和仕紳所共同打造的宜室宜家的新女性，到中期依附於社運下的激進女性，到皇民化時期作為後方家庭守護的皇國女性，這三種形象，其實對於女性的自我都是非常壓抑的。她們也許被期待作為新知識份子的賢內助，被期待作為輔助人類解放運動的女性健將，或是作為皇軍偉大的母親妻子，但就是不會被期待做「她們自己」。社會派定的角色或要求，也許隨著時代不同的需求而與時推移，但終究脫離不了一個輔助者的身份。終其日治五十年，傳統社會「男主外女主內」、「男尊女卑」、「男強女弱」的社會性別結構都不曾稍作鬆動。就算是從「傳統女性」過渡到「新女性」的形貌，這種性別秩序都沒有得到重新安排的契機。

　　了解當時整體環境對於「新女性」的期許，再來重看新文學女性創作中對「小我」的依戀和對「個人」的追求，才能明白她們作品中潛在的顛覆性和政治意義。從日據初期總督府對於新女性的期待，到二〇年代處於第三位階的婦女解放運動，再到皇民化運動被要求守護後方的台灣女性。日據時期的整體生活環境，女性其實都不被期許什麼「追求自我」或「自我實現」❷❸。可以說，日據時期

---

❷❸　前中後三期的「新女性」，其「自我」和「小我」部分，其實都得不到發展：初期殖民政府的「廢除纏足」和「興辦女學」，重視的是「人力資源」和「現代賢內助」的培養；中期社運中的婦解運動，也在民族解放、階級解放的光環下居於第三順位；而皇民化的婦女動員，強調的更是堅忍溫順的傳統婦女美德。

的「新女性形象」的形塑，並非由婦女針對兩性間的不平等，積極自發地組成團體或謀求改變，而是外在大環境的要求和期許。在早期，這種「現代」女性，是殖民政府的利用和新知識份子的投射想像；到了中期，在社會運動的光環下，開始湧現了第一批勇於挺身反抗殖民體制的社運女性；而在皇民化運動中，由官方所打造的皇國婦女形象，其工具性更是不言可喻。

然而值得注意的是，日據中期的婦女解放運動，雖然具有殖民地無可奈何的工具性和輔助性，然而大量的婦解言論，卻啟蒙了台灣女性的性別意識，讓一些女性的「自我」得到甦醒。誠如楊翠的觀察：女性確認自己存在意義的既定模式已有鬆動，她們不再從週邊的男性身上尋找自己的價值，而回到自己身上搜索並認同自己的意義（楊翠：1993：20）。這種對於女性「自我」的思索或是對於「小我」的執迷追求，在公共事務中很難被呈現，但在私密性相對提升的新文學女性創作裡，卻是個突出的面向。

乍看之下似乎不具戰鬥性、光會顧影自憐、書寫自身的新文學女性創作，其實「制衡」了整個大環境所派定的女性角色。她們的「小我」書寫，未必是激烈的顛覆和反抗，但至少是種和大環境迥異的面向：日據時期的新女性，在大寫的家國論述下失去了自我，成為被消音的、面目模糊的、大寫的「I」。她們就算被期待接受新式的女子教育，被允許介入公共領域參予公眾事務，甚至更激進者，被允許投身社會革命運動，但她們被期許的，仍是一個家國、民族的「輔助者」的角色，女性個人和自我的主體性，仍然沒有得到相對的重視。但在文學世界中，卻有一批新女性，自覺地以創作來彌補這種對女性自我的忽視。她們以「書寫自我」，來對抗大環

境對於女性的矮化和剝削，她們尤其執迷於無關皇國大業、瑣碎個人的小我書寫，而不去響應皇民化、政治正確的大我論述。這種選擇，具有隱微卻有力的抗拒意義，可說是以小我的個人書寫，解構了大我的家國論述，間接對抗了由國家所編派、犧牲女性自我的性別分工。

　　這也許是殖民政府或父權環境所始料未及的！父親送女兒去受新式教育，也許目的是想累積她在婚姻市場的資本，但思想受了啟蒙的她們，卻開始質疑母職和婚姻對於女性自我的戕害；社運份子鼓勵女性勇敢投身社會運動，但這些女鬥士卻在小說中點明了女性在投身運動時在公私領域會面臨的矛盾；這些女性書寫的內容未必顛覆現有體制，但至少是夫子自道地以「女性視角」思考種種現實問題，而非一味地以工具性的利益出發，來推行婦女運動。

　　此外，強調自我的追尋，在今日女性看來，已是不辯自明的合理權利，但在當時緊縮的父權環境下，這種強調，確需要一點對抗社會的勇氣。正如陳昭如提及：

　　　　在進入皇民化時期之後，進行台灣家族制度的重新整編的同
　　　　時，也進行以國家主義為方向的司法新體制運動，強調家的
　　　　作用而壓抑個人，尤其抑制破壞家制度的因素。（陳昭如：
　　　　2000：228）

　　皇民化運動一心一意要動員殖民地女性，使其成為守護後方家庭的主要力量。以此看來，新文學的女作家們顯然不太合作，她們有相當數量的作品，是在質疑家庭制度對於女性自我的戕害：月珠

的詩〈我的心思〉，說出了婚姻中同床異夢的虛偽成份；黃寶桃的詩作〈秋天的女人的聲音〉喟嘆「生育」和「母職」對於女性自我的剝奪；而在皇民化運動進行得如火如荼的 1942 年，楊千鶴卻書寫了一心追求自我實現、不願走入家庭的新女性心聲；同年，辜顏碧霞則透過「美鳳」身份，說出了寡婦在封建家庭制度下不為人知的悲哀……這些女作家們，若用皇民化的概念來說，根本就是搞個人主義，是破壞家庭制度的壞份子。她們強調對自我的追尋，有時可見對家庭制度和婚姻制度隱隱然的質疑和排斥，書寫個人瑣碎、隱晦的戀情，或是私人的心境或生活感想。即使她們的作品在今日讀來性別意識並不尖銳，但在當時全面皇民化的政治氛圍中，寫出這種「小我」論述，已經需要幾分性別上的自覺和抵抗父權的膽識，以此看來，二〇年代報刊上沸沸揚揚的婦解言論，也許在具體運動層面沒得到預期效果，但在思想啟蒙層面，終究還是對新女性產生了一定程度的影響。

總之，本節認為，新文學運動中的女性寫實傳統，表面上多是以隨筆散文的形式書寫女性生活中的種種經驗，是女作家自我呈現、以書寫建構女性主體的場域。但值得深入挖掘的，是她們以個人化路線的小我論述來對抗家國大我的消極政治性。透過對於瑣碎自我的書寫和追尋，女作家強化了個人，抵制了在各階段中大環境對女性自我的消音，也制衡了大環境對於女性「輔助者身份」的工具性派定。因此，新文學運動中的女性創作是具有性別上的政治意義的——雖然這種政治性，以一種隱微的方式呈現，但對照當時日益緊縮的父權環境，她們的聲音，還是具有相當程度的顛覆意義。

# 第三章
# 強調女性主體的抒情路線

　　從題材上來分類日據時期台灣新文學中的女性創作，除了扣緊女性生命經驗、性別身份鮮明的女性寫實路線外，其實尚有幾個特殊面向。其中尤以「抒情」傳統最為引人注目。在批判寫實主義佔據了日據新文學的文壇主流之際，似乎還是有一些女性作者，依循著傳統性別氣質的規劃，在男人重理性、女人重感性的刻板想像中，抒發著女性細微的情志。

　　然而，這種「抒情」路線，當真如表面上所呈示、是女性氣質的最佳風格展示嗎？這些抒情作品，抒發的是閨秀氣息濃厚的女性情思，還是以抒情書寫動作在建構著異於男性的想像？這些走著保守的抒情路線、看來循規蹈距的女作家們，真的是以「抒情」的動作，重複操演了一次父權規劃對於女性形象的描述嗎？而掌握了書寫權力的她們，到底在感性抒情的框架中說出了什麼真實的聲音？這些提問，都是本章探討的重點。

# 第一節　以內在世界突顯能動主體

　　重新整理翻譯日據時期的女性新詩創作，可得到一些教人意外的發現。除了少數寫實詩作外，絕大部分的日據女性新詩，幾乎走的都是小我的浪漫抒情路線，女詩人主要呈示的，多是向內深究、關於自我內在心靈的詩作。儘管詩向來的言志傳統本來就適合內在心靈的抒發，但考慮當時島內的文學風向和男女性別差異，這種「向內」的共同特色，不能不說是個特異的現象。

　　若把焦點拉遠，暫時逸出日據時期島內時空向度，而從更宏觀的視角來思考這種女性與詩歌創作的關係，或許能從相似研究找到參考點。正由於「詩」的言志性質向來高於其他的文類，在西方文學傳統來說，女性寫作詩歌，便是個很大的僭越，是「對資產階級文化高雅的父權制話語的一種粗暴干預」（胡敏、陳彩霞、林樹明譯：1989：202）。比起女性小說家和散文家而言，女性寫詩，尤其是書寫哲理、理性的詩，向來就得面對更高的責難。Sandra Gilbert（珊卓·吉爾伯）和 Susan Gubar（蘇珊·古巴）這兩位學者，便曾引女詩人 Emily Dickinson（艾蜜莉·狄金遜）的這段詩，來說明女性寫作詩歌所遭受到的障礙：

　　　　他們把我關在散文裡──
　　　　因為我還是個小女孩──
　　　　他們把我放在壁櫥裡──

因為他們喜歡我「靜謐」──❶

　　比起小說，詩歌作者可以成為一個更加強大、獨立成熟的抒情主體，正因為詩歌的中心自我必須是肯定的、權威的，所以「在男性批評家眼中，『婦女詩人』不管用什麼話來說都是一個矛盾」（胡敏、陳彩霞、林樹明譯：1989：191）。在父權社會還不想承認女人具備自主人格的年代，女「詩人」要承擔的社會壓力，自然比創作其他文類的女作家高了些。「當安全地禁閉在散文裡的婦女小說家悠然浮現對自由的幻想時（因為她建構了對她所處的艱難現實完全虛構的替代物），婦女詩人變成了她自己的女主角」（胡敏、陳彩霞、林樹明譯：1989：195），所以 Gilbert 和 Gubar 認為，對父權文學環境而言，「婦女寫作詩歌從某種意義上說是不合宜，不像女人，不謙遜的」（胡敏、陳彩霞、林樹明譯：1989：190）。

　　正是在這種不友善的環境中，企圖「染指」詩歌聖地的西方女詩人，往往得面對男性批判家極其嚴苛的嘲諷。但把目光轉回殖民地台灣，日據新文學中「新詩」的開展，卻沒有西方文學傳統中強勢、權威的抒情特質。在日據特殊的時空背景下，台灣白話詩的興起，自始就具備了強烈的社會寫實色彩❷，而具有一種啟迪民智、

---

❶　Gilbert 和 Gubar 這篇論文題為〈莎士比亞的姐妹們〉，見 Mary Eagletyon（瑪麗・依格頓）所編，胡敏、陳彩霞、林樹明譯之《女權主義文學理論》（長沙，湖南文藝，1989 年）頁 190-200。

❷　陳明台在論及戰前台灣新詩在內容上由意識形態主導時，便曾明言：「在詩的特質（精神、主題）方面，基於時代的狀況，寫實主義一直成為主流是不爭的事實，往往對於時代性、思想性的要求重於藝術性、純粹性的追求，形成意識重於詩質、不關心表現方法偏頗的現象」。

奠基勞苦大眾的時代使命。「居於歷史和時代的範疇，此種傾向極易轉化為一種帶有問題意識、現實意識的詩」，「也就是詩人置身於殖民地台灣時空中，一種活生生的見證」（陳明台：1997：3-13）。

對大部分日據時期的台灣詩人而言，與其說「新詩」是用來抒發個人激情、彰顯主體意志的工具，倒不如說詩是種作為反映社會黑暗、承載社會正義的戰鬥工具❸。在新文學發展初期，新詩毫不例外地沾染了普羅文學的戰鬥性格。透過「事件詩」❹和「社會詩」❺等不同詩型的批判與控訴，「詩人的精神和其同一時代民眾內心深層所埋藏的精神相互震盪，轉換成為時代的、民眾全體的精神史」（陳明台：1997：11）。即使日據中後期，楊熾昌（水蔭萍）引進法國超現實主義、組織「風車詩社」❻，詩壇上走抒情路線的

---

❸ 從楊華在獄中的詩作《黑潮集》，到賴和、陳虛谷等人在《台灣民報》上被日警開天窗的詩作，這種具有強烈社會意識的詩，才是當時新詩創作的最佳代表。

❹ 所謂事件詩，乃是透過當代發生的重大、引人側目的事件為題材，轉化於敘事詩體中。既可顯示詩人的立場，亦可產生現實批判的效果（陳明台：1997：9）。

❺ 所謂社會詩，則是透過社會現象、特定階層、人物的刻畫來顯示時代模樣或現實人生印象的作品（陳明台：1997：9）。

❻ 超現實主義主張詩歌是思想的自由表達，是對「理性」的反抗，要追求內在的真實，就得聽任「不認識的主人」（潛意識）的擺布，才能發現未知新世界。而風車詩社則企圖透過技法的追求，來創造出獨樹一幟、具有高度藝術性的詩。其成立宗旨就是「主張主知的現代詩的抒情，以及詩必須超越時間、空間，思想是大地的飛躍。」楊熾昌 1934 年回到台灣，1935 年和林永修、張良典、李張瑞、戶田房子、岸麗子、尚尾鐵平等七人組識了風車（Le Moulin）詩社，發行《風車》詩刊，提倡以「新精神」來寫詩。在他寫於 1936 年的〈新精神與詩精神〉一文中，楊熾昌不但系統介紹了馬里內蒂的未來派宣言，同時介紹了西方前衛藝術運動在日本的流傳與發展。

詩人們的活動力，也難與堅持寫實主義路線的鹽分地帶詩人群分庭抗禮❼。社會寫實，無疑是日據時期台灣詩壇自始至終的主流。

　　儘管和西方文學傳統中的詩歌發展大異其趣，然而，居於領導地位的社會寫實主義詩歌，仍非日據時期台灣女詩人們的創作重點。透過詩歌，她們重視的是和自我的對話，以及對內心的挖掘。對於「理性」、「自我」、「能動主體」的書寫，極端引人注目地成為這些台灣女詩人共同的創作基調。相較於積極參予詩社團體、活躍於當時詩壇的日籍女詩人❽而言，這些初出茅廬的台灣女詩人，對於當時的詩壇潮流，似乎呈現了一種不大關心的姿態，無論是走社會寫實路線的鹽份地帶詩人群，還是引進超現實主義的風車詩社，她們不但鮮少參與，更不見她們在創作風格上與之應和。對於台灣詩壇成熟期的詩歌風潮，女詩人們似乎不太捧場，自顧自地寫著「我」的創作。

　　尤其值得注意的，是女詩人們對於「超越性存在」的高度興趣。對「超越性心靈」和「理性」的強調，對於女詩人而言，何以會比「揚棄理性」具有更大的吸引力？這種對內在世界的開發和對自我理性的探索，讓人聯想起西方男性批評家對於女詩人的譏評。

---

❼　風車詩社同人有七人，而其詩刊前後只發行四期，發行量七十五本。是個極小眾的異質性社團，在當時的影響層面應極其有限。關於日據時期超現實主義詩潮的研究，可參見劉紀蕙（2000a、2000b、2000c、2000d）、陳明台（1995）和葉笛（1995）等人的論文。

❽　當時在台灣的日籍女詩人為數不少：除了發行詩集《南方的果樹園》，素有「鴉片詩人」之稱的黑木謳子外、常見作品發表的還有丸井妙子、坂口襗子等人。風車詩社中亦有數名日人女性活躍，如岸麗子、戶田房子等。

這種書寫背後的政治意義究竟為何？和性別差異是否具有直接關連？這些問題，都是本節探討的焦點。

## 一、超越物質性的心靈追求

就日據時期純粹專注發表新詩的女詩人而言，董氏琴蓮可說是個秀異的存在。她發表的作品只有寥寥數首，且集中在 1935-6 年間發表，但卻每一首都姿態鮮明，具有共通一致的個人特色。在她的詩作中，「我」是個極待強調的主題，而且她強調的，不是物質性的現實存在，而是超越性的、具有感知能力的形上心靈。她的詩作不重外在客觀環境的描述，也不著眼於社會人生的苦難，而只有絮絮不絕的、關於內在「我的心靈」的種種訴說。

關於女性創作抒情詩歌的內在挖掘傾向，Gilbert 和 Gubar 認為：

> 如果小說家必須「從外面」把她自己看成是一個客體，一個人物，一個大格局中的小人物，那末，抒情詩人必須不斷地「從裡面」意識到自己是一個主體，一個說話者，如她必須是肯定的、權威的，因強有力的情感而喜悅。（胡敏、陳彩霞、林樹明譯：1989：198）

的確，比起作者隱身在後的小說創作，詩人更加具備了「我」的資格。只有「自我」這前提成立，接下來種種情緒的波動才成為可能。透過詩歌，董氏琴蓮急切地想讓世人知道：「我」是個具有反省、感知、思索能力的主體存在。不似敘述文類中作者常見的隱

形狀態，董氏琴蓮選擇了新詩的形式，便可堂而皇之地抒發「我」
的情感，如下列這首〈桂的香味〉：

　　　　桂的香味令我魂飛魄散
　　　　終日我皆聽聞它的呼喚
　　　　如同雪地裡搖晃的燈影
　　　　地上的平靜安穩浸透我的心思
　　　　青春的年輕血液
　　　　包圍了重重的喜悅


　　　　桂的香味令我魂飛魄散
　　　　終日我皆聽聞它的呼喚
　　　　如同樹梢上低鳴的小鳥
　　　　地上的自由浸透我的心思
　　　　青春的年輕血液
　　　　包圍了重重的喜悅


　　　　桂的香味使我清澈
　　　　在那黎明之前
　　　　在那日落黃昏之際
　　　　無論何時皆如同那熾熱的熱情
　　　　即便一人獨處
　　　　或做金的裝飾
　　　　或做銀的裝飾

　　無論何時皆以耀人的光澤美艷

　　吸引我的相思　進入那甜美的夢❾

　　從題目看來，這只是首歌詠桂花香氣的詩，但是細察內文，卻可見出一絲端倪。明為寫桂花的香味，但董氏琴蓮在此，並非客觀地由各種角度來抒寫桂的馨香如何如何❿，而是以桂的馨香所能帶給「我」的種種「主觀」的愉悅感受出發，實地是在抒發主觀內在的情緒波動。雖是抒寫客體的香氣，董氏琴蓮重視的，是這香氣給「我」這內在小宇宙，所帶來情感的湧現，而非飄散在外在客觀世界中的、物質性氣味。

　　正是出於此種對於「我」的執著，詩題雖為「桂的香味」，但「桂的香味」顯然不是董氏琴蓮詩中的重點，詩中的重點是：這股香氣，是如何「讓我」魂飛魄散、「讓我」平靜，「讓我」清澈；是如何「浸透我」的心思，「讓我」青春的血液包圍了重重的喜悅，還有如何吸引「我」的相思入夢。以一股香氣作為引子，董氏琴蓮引領我們認識了一個心思能夠陶醉、能夠思索、能夠清澈的女詩人，比起小說中代言體的遮掩，董氏琴蓮在新詩中對於自我主觀

---

❾　發表於《台灣文藝》第二卷第七號（1935.07.01），羅淑薇譯，後見《中國女性文學研究室學刊》第四期（台北，2002 年），頁 3。

❿　在此舉出董氏琴蓮另一首同樣書寫香氣、但「我」卻缺席的詩作〈菊〉：
　　「在夏日的餘香充滿／疲乏大地之時／蟲鳴滿溢地面的寂寞和悲傷／菊花以不同的姿態／永遠保有神祕與平安」（原發表於《台灣文藝》第三卷第二號（1936.01.28），羅淑薇譯，見《中國女性文學研究室學刊》第四期（台北，2002 年），頁 6。）這首是董氏琴蓮少見的沒有「我」的詩，對比於〈桂的香味〉，這首詩的角度就物質客觀的多。

情緒的種種宣告，是相對強大得多的。

　　在氣味物質性的存在之上，董琴蓮強調了超越性的主觀心靈。再看董氏琴蓮的另一詩〈疑問〉：

　　　　上帝會為我預備些什麼呢？

　　　　我尋問佈滿星星的穹蒼
　　　　蔓延開來的沈默
　　　　是穹蒼無言的回答

　　　　我尋問深暗的大海
　　　　蔓延開來的沈默
　　　　大海也無語

　　　　而後我尋問那人
　　　　但是那人也無語
　　　　只有苦惱的沈默

　　　　我該用我的一生　持守這樣的沈默嗎？
　　　　就這樣不解上帝為我預備的一切？⓫

---

⓫　發表於《台灣文藝》第二卷第七號（1935.07.01），羅淑薇譯，後見《中國女性文學研究室學刊》第四期（台北，2002年），頁4。

　　延續一貫對於超越性的執著，董氏琴蓮在〈疑問〉這首小詩中透顯出找尋生命意義的企圖。從詩的內容來看，詩中的「我」，是個會向穹蒼、向大海、向那人四處尋問的主體。不但如此，這個追根究柢的「我」，問的還是「上帝會為我預備些什麼」這種形而上、讓人難以回答的大哉問。這種對於生命意義的追尋和強調，可在詩末兩句反問「我該用我的一生　持守這樣的沈默嗎？／就這樣不解上帝為我預備的一切？」看得最明顯。女詩人對於得不到滿意解答一事透顯出的不以為然，可見出她潛在的質疑和反叛。

　　事實上，作為一個提筆寫詩的女詩人，董氏琴蓮在這種主題上的強調，是超越時空、無獨有偶的。根據 Gilbert 和 Gubar 的研究，西方女詩人受到男性攻擊，往往也是因為同樣的理由：「羅思克⓬攻擊女性詩人，因為她們為男性詩人之所為：寫上帝、命運、時間、完善；著迷似地寫同樣的題材」（胡敏、陳彩霞、林樹明譯：1989：192）。日據詩壇雖不見這種男性批評家攻擊女詩人的譏評論調，但從「西方經驗」中可以觸發我們進一步深思的，是這些書寫理性秩序、超越性心靈的題材，何以具有如此強大的魅力？這種魅力，強大到讓西方文學傳統中的女詩人不惜觸犯天父⓭；也讓殖民地台灣的女詩人們獨排眾議，自顧自地寫著自己的詩，歸根究柢，正是因為這種題材的書寫，讓女詩人們建立「我」的資格。

　　對理性秩序、超越物質的精神存在的強調，在董氏琴蓮的〈我

---

⓬　當時一男性批評家。

⓭　對於西方男性文學傳統而言，揮舞著普羅米修斯的男性拳頭來反對上帝是一種完全合理的美學風範，但是這光榮的行動一旦被女性所佔，就會讓男性大大地光火（胡敏、陳彩霞、林樹明譯：1989：192）。

的詩人〉中可得到進一步的說明：

　　我的詩人是我心靈的祕密
　　使我懂得
　　言語無法表達　　但我理解

　　如同沈在深海的黃金
　　透過漲起的波浪得以透視
　　那是無法得到　　高雅的物品

　　又如穿透的微風
　　聽聞小鳥的低鳴
　　手卻攝不著　　高尚的物品

　　誰也不解的心靈祕密
　　無論何時皆阻擋不了
　　滿溢的愛情

　　安靜沈思之際
　　我的詩人　　細微地
　　似戀人般地呢喃
　　似戀人般地低語

使我懂得了心靈的祕密❶

標題「我的詩人」意指為何？若從起首「心靈的祕密」、「滿溢的愛情」幾句，很容易讓人聯想到：「我的詩人」是對她心底一位祕密戀人的暱稱。但從末段「我的詩人　細微地／似戀人般地呢喃／似戀人般地低語」幾句，似乎又排除掉了戀人代稱的可能性。那麼，比較可能的解釋是，「我的詩人」是作者以抽離超越角度，指涉著自身體內另一重、會寫詩的女性自我。這個會寫詩、能創作的能動主體，是心靈的抽象存在，而非物質性的「我」的存在。因此她把這個「超越性的我」直接稱呼為「我的詩人」。

詩自古便是最崇高的心靈象徵，把「我的詩人」代指自己具有超越性的精神存在，以和形而下的物質層面的「我」作出區分，這也相當合理。詩首句「我的詩人是我心靈的祕密」，即證明了這種情境。正由於「我的詩人」指的是超越性的心靈，所以是「言語無法表達」、超越符號所能承載、然而卻能夠「理解」它的祕密。在此董氏琴蓮連用了兩個新奇的譬喻：「深海的黃金」和「風間的鳥鳴」，來說明這種抽象存在的難以捉摸。透過漲起的波浪得以透視、但卻永遠無法得到——這暗示了這種超越性的心靈就算具有形體，卻也不存在具體的現實生活。或者就像微風中的鳥鳴，是無形體、難以捉摸的抽象存在。

藉著這兩個譬喻，董氏琴蓮在末段點明：只有安靜沈思之際，

---

❶　發表於《台灣文藝》第二卷第七號（1935.07.01），羅淑薇譯，後見《中國女性文學研究室學刊》第四期（台北，2002 年），頁 2。

這種高尚、珍貴的內在，才能在自體內絮絮不斷地訴說。至此，「我的詩人」所指涉的對象也昭然若揭，這「心靈的祕密」，正是董氏琴蓮這首詩的主題：即一個存在於現實之上的自我意識。

從〈桂的香味〉到〈疑問〉到〈我的詩人〉，我們可以看出董氏琴蓮對於自我意識的伸張與要求。對於上帝的質疑、對於命運的思索、對於自己獨立思考能力的強調，都不斷地強化著她作為一個獨立的「人」、作為強大、權威的抒情主體的資格。透過這種書寫策略，董氏琴蓮讓自己在父權社會的位階中「反客為主」，排除了把女人作為附庸、視為次等公民的可能。

對於「我」的執著，對於自身所具有、超越性精神層面的強調，是董氏琴蓮作品中的主要特色。從上列幾首詩中，我們可明顯看出一種對於心靈的自我書寫。對於董氏琴蓮而言，「寫詩」除了直抒胸臆之外，她更企圖在詩中證明自己具有一個能夠感知、作獨立思考的超越性心靈層面。「理性心靈」，是她念念不忘的書寫重點。相似的情形，也出現在她 1936 年所發表的〈幸福〉：

> 小鳥們讓我聽見春天的歌
> 如同在矗立的松樹林中被微風吹過
> 如同岸邊湧來的小波紋裡
> 被打碎的月之倒影
> 在希望之翼下
> 不斷地牽引我前去
>
> 我充滿平和的心

如同母親懷裡被呵護著的嬰孩
伴著歌兒安詳地入睡
我很愉快地聽著

那些，是亙古以來就廣為流傳的歌吧！
哦！
現在我聽到這些歌
終於了解
這世界原是充滿著美的和諧世界

那只是小小世界中瞬間的幸福，
在生命旅程中
是個很大的奇蹟

啊！
世人實在太盲目了
讓瞬間的幸福溜走

促使我反省
反省別讓瞬間的幸福溜走❶

---

❶　發表於《台灣文藝》第三卷第二號（1936.01.28），羅淑薇譯，後見《中國女性文學研究室學刊》第四期（台北，2002年），頁5。

　　同樣執著於「我」，這次董氏琴蓮由景入情，從自然界中的鳥鳴、微風、月影入手，從這些身邊瞬間的小小幸福，引發女詩人內在小宇宙的感懷與觸動，讓「我」進而發現這些「生命旅程中的奇蹟」。

　　而在「發現」之後，做為一個具有理性思考能力的能動主體，董氏琴蓮在詩末卻安排了一段具有說教意味的「我」的反省：「啊！／世人實在太盲目了／讓瞬間的幸福溜走／促使我反省／反省別讓瞬間的幸福溜走」。就全詩的藝術性而言，這樣的安排也許略嫌多餘，但正在這種地方，我們卻可見出女詩人的真實心靈，揣度出她提筆添足的背後動機。藉著品評世人的「過於盲目」，女詩人得以證明自己是可以思考的主體，得以把自己提升到具有批判能力的超越性位置、而不是一個被觀看、被品評的客體。詩末兩句「促使我反省／反省別讓瞬間的幸福溜走」，「反省」這個動作，更是一種理性的、自我審視能力的強調，董氏琴蓮在詩作中念茲在茲的，仍然是女性理性、自我思考能力，還有具有超越性的高尚心靈。

　　在物質以外的、高尚的智識層面，是董氏琴蓮一再在詩作中書寫強化的。而在她書寫理性認知的彼時，當時島內詩壇走超現實主義、較為小眾異質的「風車詩社」創作路線，正是專注地向「人」的內在世界探索。超現實主義的詩歌宗旨認為：詩歌是思想的自由表達，是對「理性」的反抗，要追求內在的真實，排斥技巧，聽任「不認識的主人」（潛意識）的擺佈，下意識地進行深刻、徹底的自我表達，以發現、認識未知的新世界。因此風車詩人們的作品，多主張要捕捉意象間不可想像的順序，捕捉思想的火花，捕捉突如

其來的、驚人的美❶。

正因詩論如此，風車詩派的作品在風格上通常都超越了隱喻，更因為有意破壞因果邏輯，故往往造成一種新鮮驚奇的效果。用這樣的詩論來觀看女詩人董氏琴蓮的詩作，正可見出彼此之間的相異處。從她詩作中段落發展的句構和層次分明的因果邏輯看來，斷裂、新奇的超現實風格，顯然不是她的思考重點。到底為何，讓她不斷地強調理性、思考、心靈、超越性的精神存在呢？

這些提問，也許我們可以以早期「自由主義女性主義」的討論來探尋答案。從西方女性主義的發展來看，興起於十九世紀的自由派女性主義，幾乎可說是日後所有女性主義流派的起始。以英國政治哲學家洛克（John Locke）主張的自由主義為理論基礎，此派女性主義在平等的原則上，要求女性在政治、法律、經濟上享有和男性同樣的權利。由於批判的對象是最明顯的形式上的不平等，因此自由派女性主義往往不重視性別差異，只要求兩性平權❷。

自由主義女性主義的基本邏輯是：人是有理性的動物，而女人也有理性，所以女人也是人，應該接受和男性相等的對待。從自由派女性主義的基本主張出發，董氏琴蓮對於「理性」的念茲在茲，對於「超現實」的無動於衷，似乎得到了合理的解釋。透過對於超越性的心靈層面的強調，董氏琴蓮證明了女子獨立思考的能力，換言之也就是「運用理性」的能力，只有證明了女性也有一個可以感

---

❶　關於日據時期台灣的超現實主義和風車詩社詩論，可參見《水蔭萍作品集》卷五「水蔭萍研究資料」中的相關論文。

❷　自由主義女性主義的介紹論文，可見林芳玫（1997：3-25）。

知、可以批評、可以思索和反省的心靈，女性才能向男性要求一個平等、合理的對待。儘管自由派女性主義對於性別差異的無視導致了理論上的缺失，但在婦運發展初期，這種從「兩性平等能力」出發的訴求，的確曾發揮過功能。

　　所以，在島內少數注目內心世界的男詩人走向注重「潛意識」活動的超現實詩歌時，女詩人董氏琴蓮並沒流露出太大的興趣：對於董氏琴蓮來說，要是女性的「自我意識」都還沒有被承認或被證明，何來關於「潛」意識的討論？正因如此，理性秩序，精神心靈層面，反省能力的強調，自始至終，都是董氏琴蓮詩作的主題。

## 二、生命與存在意義的探尋

　　比起追求超越心靈的董氏琴蓮，女詩人陳綠桑在詩歌技巧上可說更向當時的詩歌潮流靠攏。在日據時代的女詩人中，陳綠桑可說是少數留下生平資料的人[18]。她活躍在詩壇上的時間也較晚，約莫是 1941 年至 1943 年間，此時正為決戰時期，島內全盛於三十年代的詩歌潮流也開始下滑，然而影響是無遠弗屆的，戰爭下詩壇雖然發展的空間有限，但是藝術技巧的累積卻與時推移，不斷地向前邁進。

　　比起其他女詩人，陳綠桑的詩風可說是最為成熟冷冽的。也許是留學日本內地的經驗，讓她對於內地如火如荼的現代派詩歌運

---

[18]　根據羊子喬、陳千武主編之《光復前台灣文學全集》中的新詩詩人介紹中，女詩人陳綠桑生於 1920 年，彰化員林人，日本聖和女子大學畢業，曾任台中國民小學音樂教員，後為家管。

動⓳並不陌生。所以在詩歌技巧的運用上，她比起其他的女詩人，更加脫離了習作時期的生澀，也可隱隱見出象徵主義的影子。

　　陳綠桑詩作中對於具體現實苦難的無視，可說是對於寫實主義詩派的隱性反動。沒有憂國憂民的社會寫實，女詩人陳綠桑追求的，是詩歌本身的藝術性，而非文學反映人生、控訴社會不公的時代使命。她的詩往往個人主義濃厚，抽離了現實生活時空，而在詩中呈現深刻的思維。比起社會寫實詩作，她所追求的是更為純粹的美、更具普遍性的抽象意涵。

　　從陳綠桑的留學年代和詩歌風格來推測，她受日本內地詩壇象徵主義⓴的影響，應是高於稍早「詩與詩論」集團所主導的超現實風格。而她在詩風中透顯出的強烈形上色彩，更是讓人聯想起日本內地在 1934 年後引領詩壇的「四季詩派」。根據陳明台對戰前日本詩潮的研究，四季詩派：「具有宇宙志向的形而上色彩，溫和的中產階級氣氛，善於透過虛構的形式，以自然物象為媒介來追求美，達成純粹的表現。」（陳明台：1997：43）這些創作特徵，幾乎

---

⓳　在日本，雖至 1919 年才有真正前衛詩的實驗試作出現（即山村暮鳥的〈風景〉一詩），但大正年間詩人們不遺餘力地對未來主義、象徵主義、立體主義、達達主義、表現主義、意象主義等前衛詩流派加以介紹，故至遲在大正十至十五年（1921-1926）間，前衛詩已成為流行風潮，在進入昭和初期（1928-1931），才有集結各大前衛詩人群的「詩和詩論」集團，和他們推動的詩精神的運動。他們的出現，標示了日本新詩現代主義的初步完成（陳明台：1997：43）。

⓴　在「詩和詩論」解散後，在日本內地領導詩壇的，是成立於 1934 年的「四季詩派」。他們追求的，是具有日本傳統精神和歐洲「象徵主義」詩歌色彩的形上詩風（陳明台：1997：43）。

都可以在陳綠桑為數不多的詩作中感受得到。

　　雖然和具備留日經驗的男詩人們同樣感受到內地現代詩風潮，但楊熾昌等人著迷的，是向潛意識發掘，以夢幻感應和自由聯想創作的超現實詩歌；而女詩人陳綠桑卻較傾向透過象徵主義中感官交錯的特色來呈現，試圖在詩中釐清對人生的思索心得。陳綠桑1941 年發表的〈後髮〉，正是這種從身體感官（而非潛意識）出發的、對於女性青春流逝的哀輓：

　　　黑髮不復艷麗光澤
　　　解開捲髮
　　　卻解不開時光的容顏。

　　　女人哪。撫觸那
　　　無鏡映照
　　　就看不見的後髮。

　　　束起的頭髮
　　　在滑動的指際間紛紛梳散
　　　她不禁憶起青春時的黑髮
　　　過去的青絲
　　　現時的枯髮
　　　一併存在著。

　　　以艱澀的心情

> 使勁梳開
> 糾結扭曲的痛苦女顏
> 褪色的一束枯髮 ❷❶

　　以黑髮、容顏來象徵青春，以昔時青絲和當下枯髮來象徵生命力的消亡，再以指尖、指際間的官能感覺出發，和「黑」／「枯」視覺色彩上的強烈對照作比較。全詩充滿暗鬱的官能感覺，讓人聯想起象徵主義詩歌所習於運用的感官交錯手法❷❷。儘管陳綠桑這首詩內容扣緊了女性生命經驗，但她卻以隱約繁複的技巧包裝。透過觸覺、視覺等官能，陳綠桑捕捉到的，是女性對具體青春流逝的哀輓。

　　這種表現手法，正是內地現代派詩歌的影響。根據陳明台研究，以象徵主義為重要主張的「四季詩派」詩人，往往善於寄物陳思，透過物件來寄託人性中的內面情緒，採用收斂「物」與「形

---

❷❶　發表於《台灣文學》創刊號（1941.05.27），陳俐雯譯，後見《中國女性文學研究室學刊》第四期（台北，2002 年），頁 13。

❷❷　詩歌中的象徵主義往往用具體的事物來表達某種抽象概念或思想感情。它尊奉古老的對應論原則，認為人的內在心靈可以與外部世界產生一種神祕契合現象。象徵主義詩歌常用的藝術方法多用暗示或感應，除了物質世界與精神實在之間的感應之外，還重視人類不同感官間的感應。韓波的十四行詩《元音》（1871），就提出元音帶有色彩的觀點（黑 A、白 E、紅 I、藍 O、綠 U），試圖在聲音和色彩間交錯調合，找出人感官間的神祕聯繫。對於象徵主義詩人而言，「氣味、顏色、聲音，它們不是這個市儈世界創造出來的，而是屬於我們嚮往的某一個遙遠的地方。」見黃晉凱、張秉真、楊恆達主編《象徵主義·意象派》頁 711-751，中國人民大學出版社，北京，1989 年。

體」的映像，來呈示「美與純粹」；或運用象徵主義的感覺美學
（如色彩、香味、聽覺……），來捕捉追憶過去的種種，以表現一
種精神氣氛（陳明台：1997：58）。陳綠桑這首詩，恰恰具備了上述
特色。借著對鏡梳髮的視覺和觸覺，陳綠桑呈示了女人察覺青春不
再而感慨傷懷的內心情志，在物質世界和內心世界中，捕捉到一種
神祕的類比、對應關係。

　　以一種對官能、對色彩的細膩描寫，陳綠桑書寫了女人對青春
的眷戀。詩名〈後髮〉更是饒富深意，「後髮」其實從來沒有人真
的看得見，除非透過鏡子的折射，要不就只有以末稍指尖敏感的撫
觸「感覺」到。但陳綠桑在此，卻又以觸覺感官「看」到了青春時
的青絲。「看」到了現時的枯髮一併存在的青春。運用交錯的書
寫，陳綠桑透過「黑髮」在女人指尖所喚起的感官經驗，暗示她內
心被生理所喚起的孤獨感和失落情緒。

　　從觸覺、視覺出發，陳綠桑以一種嶄新技巧，書寫了女性對於
青春的眷戀與痛惜。詩末「以艱澀的心情／使勁梳開／糾結扭曲的
痛苦女顏／褪色的一束枯髮」，更是一種從女性生理影響下出發的
內面情緒。「糾結扭曲」的，不只是褪色的枯髮，也是女性面臨生
命力消逝時的艱澀心情。透過這年華老去的女子枯髮的描寫，再透
過感官交錯的豐富暗示，陳綠桑呈現了女性內心的孤寂，並在詩中
營造出強烈落寞的氛圍。

　　然而，在感性抒情的大框架內書寫女性經驗的陳綠桑，似乎不
願給讀者留下那種柔軟舒適、在父權定義中劃歸於女性氣質的文字

印象❷。儘管內容如此具有性別色彩，但她在詩一起始，便採取了宏觀視角來觀照時間向度，把她抒情的層次提升到一種對浩瀚廣闊時空的無奈喟嘆，她論及時空，論及時間之流的喪失和生命的幻滅。在同樣的內容題材下，她確實成功地脫離了女性因為「色衰愛弛」而自憐自艾的傳統格局。

　　這種對於父權定義下「女性氣質」和「女性抒情」的拒斥，在陳綠桑接下來的作品中更加明顯。儘管同樣是感性抒情，但陳綠桑顯然預設自己有個強大、獨立、可以感知思索的自我主體，因此她才不願重複父權規劃下女性發言時的溫軟路線。儘管抒情，但她仍對嚴肅的哲學思考投以熱烈注視，在〈路邊屍首〉一詩中，陳綠桑以一種冷冽風格獨樹一幟，書寫對現實生活的厭棄和對於恬靜死亡的憧憬，同時她選擇了一個怪異的敘述身份——溝渠中死去的狗屍，來訴說她對死亡意義的探索：

　　　　在污黑泥溝底
　　　　躺著不能動彈的動物

　　　　我跟地上的任何東西都

---

❷　正如同西方世界中的男性批評家認為女性心智不足以從事高尚的詩歌創作，他們對於女性文學所「應該」呈現出來的氣質也自有其刻板的預設。正如 Cora Kaplen（科拉·卡普蘭）所言，男性批評家們認為詩歌中婦女的聲音如同其生活中的聲音一樣，應該受到抒情詩的限制（胡敏、陳彩霞、林樹明譯：1989：202）。這裡的抒情，指的是一種無可名狀的多愁善感和溫情脈脈，而非強大的肯定自我的話語。

不打交道
我從你們的世界
脫身出來的
我沒有絲毫眷戀
我憧憬著
從不知道飢餓
不接受鞭傷
對恬靜而安息的死
我太滿意了


污濁的水停滯不流
難道狗的屍首
遏阻了它們的旅程嗎？（陳綠桑：1982：227-8）㉔


　　這樣陰氣森森的描寫，在女性創作中本是一突出的面向。女性
文學中種種殘酷瘋狂的意象，往往象徵著被禁錮在父權制序中的女
性，內心被壓抑的憤怒和焦慮㉕。透過一具野狗的屍首，陳綠桑書
寫了她對世間的厭棄情緒。這樣的「代言人」雖然詭異，但卻有某
種程度的相似性——如果在男性中心的社會體系中，女性處境本來
就如同野狗般地充滿飢餓鞭傷，那麼，陳綠桑選擇了這樣的敘述身

㉔　原發表於《台灣文學》第一卷第二號（1941.09.01），月中泉譯。
㉕　相關論述出於 Gilbert 和 Gubar 的重要論文〈閣樓中的瘋婦〉。詳見《性別／
　　文本政治》（陳潔詩譯：1995：51-63）。

份，並感到「沒有絲毫眷戀」，也就不值得意外了。這種在現實生活中萬念俱灰、對恬靜死亡的企求，讓人聯想起男作家龍瑛宗在〈植有木瓜樹的小鎮〉（1937）中的一段話：

> 我的肉體已毀滅，但我的精神卻活了五十歲、六十歲。
> 我以深刻的思惟和真知，獲得了事物的詮解。
> 現在雖是無限黑暗與悲哀，但不久美麗的社會將會來臨。
> 我願一邊描畫著人間充滿幸福的美姿，一邊走向冰冷的地下而長眠。（龍瑛宗：1981：70）

　　自謂「悲哀的浪漫主義者」的龍瑛宗，長於刻畫陰鬱苦悶的本島人心靈。然而，把上述這段林杏南長子憧憬死亡的遺言，和陳綠桑所憧憬的死亡比較，可以發現：女詩人陳綠桑表現出的，是更加詭譎、更加具有顛覆力量的末世情調。在小說中，龍瑛宗雖描述了林杏南長子面對死亡時的堅定心情，但他仍對即將來臨的美麗社會充滿信心，相信眼前的黑暗和悲哀終會過去。但這種烏托邦式的幻想，並不存在於陳綠桑的詩作中。對陳綠桑而言，「死亡」就是一種真正的解脫，是從飢餓、鞭傷中脫身，最安適和恬靜的存在。對比於龍瑛宗的「相對」樂觀，陳綠桑對於人世不抱持絲毫的希望與眷戀，也許，從創作者性別心理，從女詩人在父權社會中長期身處的邊緣離心位置，我們可以試著解釋這種心理差異的產生。

　　再從詩的內容來看，詩分三段，首尾段是由客觀角度，不帶感情地直接陳述物理現象：「在污黑泥溝底／躺著不能動彈的動物」。中段主段是以「狗的魂魄」為代言體，以靈魂抽離的角度看

待這場己身的悲劇，這時的敘述者，是以超乎肉體的精神意志在發言，可以說也是個形而上的、抽離的存在。

然而，明明是以當事者的身份面對己身的死亡，陳綠桑卻安排了這個「魂魄」以一種自得、優越的態度發言：「我跟地上的任何東西都／不打交道」。而她字裡行間對肉身的厭棄，更在「我從你們的世界／脫身出來的／我沒有絲毫眷戀」幾句中得到進一步強化。這個超乎肉身的高尚靈魂，對於生命的消逝，感到「我太滿意了」，也許正因為預設了狗的「魂魄」這個超乎物質世界的代言體存在，「死亡」在此對陳綠桑的意義不是虛無和消散，而是一種掙脫，可以讓人的意志得以脫離，達到真正的自由。

末段的設問，其實為陳綠桑對人間的態度提供了最好的註解。不同於龍瑛宗筆下的林杏南長子在平靜赴死前猶給予最後的祝福；陳綠桑末段以「污濁的水停滯不流／難道狗的屍首／遏阻了它們的旅程嗎？」幾句點明：這個被主體意志所厭棄的肉身軀殼，至少還可以起到最後的用處，對於這不公不義、污濁的世界發出以身相殉／相阻的具體抗議。「污濁的水」象徵什麼？對林杏南長子而言，也許是飽受壓迫、受帝國主義侵略的殖民情境；但對女詩人陳綠桑而言，這種讓人不快的強大控制，卻也可能是無所不在的父權象徵秩序。這種巨大的控制遮天蔽地，除了以死逃避，別無他法。但這具被超越性精神所遺棄的肉身屍首，若能在污濁人間起到一點遏阻的作用，卻也未嘗不是件痛快的事。

透過野狗的屍首，陳綠桑象徵地暗示了人在世間的命運，而對於死後肉身停止受苦、不再有生理需求的超越狀態，她也賦予了高度的評價。超越物質的精神存在，是陳綠桑著迷的重點。拒絕了父

權期許下的女性聲腔，陳綠桑以陰森冷冽的文字風格，強化了自我
主體的追求。

在陳綠桑另一首詩作〈寧靜的下午〉（1943），雖然沒有再出
現溝渠中屍首等鬼氣森森的意象，但對於世間一切的冷漠拒絕，卻
和前作如出一輒：

　　　沈默的炎熱的樹梢
　　　躲藏葉下的白光
　　　佇立天空的影子


　　　不搖晃的光唷　　影子唷


　　　拒絕所有愛情
　　　逆行生活奔流
　　　迷失於思索之路
　　　孱弱的動物的呼吸唷


　　　緘默吧
　　　夢想吧
　　　思維吧


　　　在濃郁南風
　　　打轉的砂群
　　　轉瞬間

染成灰色世界❷❻（陳綠桑：1982：229-230）

　　炎熱、讓人窒息。以寥寥幾個外在意象（「沉默樹梢」、「葉下白光」、「影子」），陳綠桑成功地營造出南國炎熱無風的午後，那種陰沈窒息、毫無出路的氛圍。透過意象間靈活轉換，陳綠桑從客觀世界的現象入手，以和接下來詩人內心的陰鬱情調相呼應。

　　「不搖晃的光唷／影子唷」重覆上句句尾、這兩句狀似無聊發囈的喃喃呼喊，卻在本詩中起著重大的轉折意義，造成了驚人藝術效果。句尾的狀聲詞，不但是本詩音韻的初步構成，也承接了由上段「外在物質描寫」轉入下段「心靈內面呈示」時的延宕。而陳綠桑再次以「不搖晃」這個意象，強調了整個環境的沉悶封閉毫無變化；暗喻強大社會控制的密不透風。只有透過這種讓人窒息的氣氛營造，接下來這個主體行動的意義才能被呈顯出來。

　　「拒絕所有愛情／逆行生活奔流／迷失於思索之路／孱弱的動物的呼吸唷！」以一種破斧沉舟的態度，陳綠桑提出了她的「自我宣言」──拒絕進入可以逃避不堪現實的愛情世界，反其道而行、以單薄肉身去對抗不可抗拒的時空。儘管她一再地意識到肉身不過是「孱弱的動物的呼吸唷」，也清楚自己這種苦行僧式的自我追尋行動是對生活的抗拒，但她卻還是竭盡所能地找尋生命意義，寧可在追尋自我主體時迷失在思想荒原，也不願進入可以逃避不堪現實的愛情世界。「緘默吧／夢想吧／思維吧」，正說明了陳綠桑對外

❷❻　發表於《台灣文學》第二卷第二號（1943.07.31），月中泉譯。

界採取沈默抗拒姿態、其遁入內在世界、向理性思維追求的企圖。

　　而情勢終有轉機，原先寧靜無風、讓人氣悶的封閉世界，終究在一陣濃郁南風的吹拂下打破了原先的封閉狀態。儘管肉身孱弱微渺，但眾砂成塔、積少成多，卻也能在南風協助下改變現況，把這個灼身烈日籠罩的、白色的下午「染成灰色世界」。處於沈鬱的南國，處於種族、階級、性別多重壓迫下的女詩人陳綠桑，最終也只能靠著「思想」來建立自我主體，只能以自由無邊的意志來跳脫現實生活的不堪，以證明人在微渺的肉身之外的、獨立存在的意義。這種清晰的表態，可以是女詩人自我人生觀的呈現，也正是陳綠桑的創作策略。

　　和其他女性詩人不同，陳綠桑有著對於父權定義下女性聲腔的明顯拒斥。從〈後髮〉〈路邊屍首〉到〈寧靜的下午〉，她對人世這種冷冽厭棄的態度和淡漠的文字風格，及其形上思維和理性探索，都不是父系文化期許女性該表現出來的特質。就算在〈後髮〉這麼一首承載女性經驗的題材中，她都極其小心地不落入父權派定的性別窠臼，更何況她在〈路邊屍首〉和〈寧靜的下午〉中，強化的是超越性的精神存在。

　　此外，雖然明確知道她是女性詩人❷，但《台灣新文學》的編輯在刊出她的作品時，卻從頭到尾都沒依照慣例、在女性作家的姓後加上「氏」字成為「陳氏綠桑」，而是以「陳綠桑」之名發表。

---

❷　除了她留下明確的生平資料（聖和女子大學畢業），若根據日據時期藝文刊物的刊載通則來看，儘管在發表時可用筆名，但投稿時卻得使用真實姓名，因此瞞過編輯假冒男性投稿的情形，其實不太可能發生。

是編輯們對她的「禮遇」？還是陳綠桑自己的要求？實情不得而知，不過，陳綠桑的詩風「不像」傳統刻版印象下之女性所應為，可能對她自己、對讀者、對當時的文壇來說，都是個無異議的共識。

一個更尖銳的問題是：是否，陳綠桑在詩中所強化的、具有強大自我可做思辯活動的理性運用能力，正如卡普蘭所言，是一種「對於資產階級高雅父權制話語的粗暴干預」（胡敏、陳彩霞、林樹明譯：1989：202）？果若如此，那父權文學環境在發表她的作品時，選擇了「不特意彰顯」（事實上就是種消極的隱藏）他的性別，也是可以理解的：因為她寫的、做的，都不是父權認定下的「女詩人」應該寫、應該做的。

正如陳綠桑在〈寧靜的下午〉中所提出的自我宣言，她選擇的生活／創作方式，和大部分的女人／女詩人都完全不同。同樣對象徵秩序不友善的控制有所自覺，但陳綠桑不願在意識到現實不堪時逃入愛情的黑甜鄉，她選擇遁入內在世界、痛苦而清醒地對形而上理性進行思索。而在創作時的情形也相同，她不願以父系文學傳統許可女性發言的聲腔說話，儘管這種女性聲腔往往也能偷渡些女人的真實經驗，但對陳綠桑來說，既然她感興趣的形上思維本就不在女性被許可碰觸的範圍內，那她倒不如徹底拒斥這種女性聲腔。與其說打著「女詩人」的招牌，陳綠桑在當時，應該更算是個「詩人」。

從強調自我存在的蓉氏琴蓮，到著迷於形上思索的陳綠桑，女詩人對於超越性的高尚心靈的內在呈示、還有對於理性思維的強調，幾乎是個共同的特色。儘管兩相比較之下，蓉氏琴蓮的文字樸

實，習作階段的詩歌技巧也較簡約；而陳綠桑的藝術風格則較為成熟，受象徵主義的影響明顯，但這技巧上的差別，卻無損她們的共同主題。在當代超現實主義詩人向潛意識挖掘之時，她們似乎還很不時興地書寫著「自我」、「理性」、「思維」、「超越心靈」等形而上的物件，這樣的特色絕非偶然❷，背後正有著男女詩人在創作時性別機制的運作。

　　女詩人們對於書寫自我主體、內在心靈的高度興趣，其實可以從幾點來解析。第一，只有這種向內呈示的抒情詩，才預設了一個權威強勢的、可以感知、可以有情緒波動的自我主體❷。只有在感性抒情的大框架內，女性才能以哲理、說教、思辯⋯⋯等等不同形式，來進行對內在靈魂的探索。透過這種肯定「我」的話語，女詩人在主觀抒情時，為自己強化、建構了女性主體。

　　這種權威效果，卻是為民喉舌、受限於社會現實的事件詩、社會詩等敘述性詩歌所無法達到的。當「書寫」只是為其他目的服務時，作者的「自我」往往得暫居幕後，而把詩中的優先性留給社會事件。也許對於女詩人而言，透過「抒情」的動作，她們能感受到的書寫成就感，是最大、最迷人的。只有直抒胸臆的詩歌創作，讓

---

❷　這種女性詩歌中對於「自我」和「理性」的主題強調，在西方文學傳統中也
　　曾出現過，可能是強度和全面性都大大超乎了殖民地台灣的女性詩歌創作，
　　她們遭受到的攻擊也多得多。相關論述可見 Cora Kaplen（科拉・卡普蘭）的
　　〈《奧夢拉・莉》與其他詩〉（胡敏、陳彩霞、林樹明譯：1989：202）。
　　又，雖然卡普蘭論述的西方女詩人們略早於日據時期女詩人，但考慮東西方
　　女權動的發展歷程，這種情形的類比還是可以成立的。

❷　這也是西方文學傳統中女詩人最被攻擊的主因：因為得先肯定一個強大的自
　　我主體，因此女人寫詩才會變得「不像女人」、「不謙遜」。

她們在提筆之際能夠合法地預設一個充沛強大、生生不息的自我主體，而不是一個代書、傳抄記錄者或掌旗的旗手。

而且，若從整體文學市場的運作機制來看，儘管無視於寫實主流而從事抒情詩創作在詩壇上產生的迴響可能有限❸，但女詩人們卻還是不為所動地寫著抒情創作。也許該把書寫、而非「發表」本身帶來的快感考慮進去，我們才比較容易解釋女詩人們這種殊途同歸的抒情傾向。

除了可從抒情詩預設了強大自我主體、提供高度書寫快感來討論女詩人的抒情取向外，關於理性能力的運用與強調，也可以提供我們進一步思考。即使在感性抒情的框架內，女詩人們仍企圖在詩中呈示自己的獨立思考能力。透過理性能力的強調，她們汲汲想證明的，是自己「和男性一樣」、無分軒輊的思維能力。這種證明在今日看來是向男性中心的價值觀靠攏❸，但卻是當時三〇年代自由派女性主義的基本論調。

自由主義女性主義的基本論旨是：女性也和男性一樣具有理性，所以應享有平等權利。當時女性，必須宣稱她們在某些方面具有和已經享有權利的男人相同的特質，如此才能取得先前被剝奪的權利。「先做人，再做男人或女人」，這句話，道盡了在婦解初期

---

❸　楊熾昌就是最具代表性的烈士，而他已經是個非常積極爭取文學空間的前衛詩人。

❸　也許今日的女性主義者會從方法學上來質疑：何以「理性」（而不是「感性」？）這一特質應被作為品評的標準，但不可否認的是，在女性被普遍視為無行為能力、非理性的三十年代，這種同等能力的證明，在早期婦解運動中確實發揮了作用，成功地提昇了婦女的地位。

的女性心聲。正是如此，三〇年代的女詩人們才會汲汲營營地在抒情詩中「證明」女子的理性，證明女子具有超越性的心靈。未必真的是要爭取現實生活中的具體權利，但當她們著迷於向內挖掘時，這種理性的能力，也是建構自我主體時不可或缺的。

　　總之，自由主義女性主義在概念層次上擁抱抽象的個人主義，認為「女性自我的存在本身」即是目的，優先於母親妻子的角色存在（林芳玫：1997：8）。也許出於同樣心理，三十年代初期的女詩人們才會在文本中試圖證明「自我的存在本身」，在抒情詩的內容中形塑一個具有思考能力、具有哲理思索能力的超越心靈。透過這些證明，女性不再如從前父系文學傳統中只是一被物化、美麗的觀看客體，而是一個具有理性思考能力的能動主體，三十年代的女詩人，與其說想證明自己是女性，具有女性珍貴的特質，倒不如說她們更想證明自己也是「和男人一樣」的人，具有種種超越性的精神層面，應該得到一視同仁的對待。

# 第二節　以情感追尋強調能動主體

　　在以男性為中心的文學傳統中，用以「言志」的詩傳統，向來就被定位成嚴肅的廟堂文學，具有比民間小說更加正統的地位。而在長久以來的文學成規中，抒情詩歌的作者，也比敘述文類的小說作者具有更加強大的自我主體。比起隱身於小說主角背後的敘述者，詩歌具有讓創作者直抒胸臆的正當性，因而在文類的擇選上，選擇詩歌，其實也代表了選擇一個更能肯定自我主體的途徑和方式。

　　若從這個角度出發來看女詩人的抒情詩，也許可以解讀出其他的政治意義。在選擇「詩」這個「用以言志」的文類時，女詩人可能隱含的企圖，是如何透過「抒情」這個動作，來宣示女性自我的主體性。正如同西方的女性文學研究先驅 Gilbert 和 Gubar 認為，西方女性作者多選擇小說文類創作、較少投身詩歌行列的最關鍵原因在於：

> 小說允許甚至鼓勵社會傳統在婦女身上所形成的那種避免拋頭露面的撤退，而抒情詩從某種意義上來說是一種強大的、肯定「我」的話語。（張岩冰：1998：97-8）

　　為了解釋何以西方女性文學傳統中的女性小說家多於女詩人，吉爾伯特和古巴從不同文類的相異性來說明婦女投身創作的限制。的確，從事「言志」的詩歌創作時，婦女所面對的社會壓力，遠比從事小說創作來得更大，尤其在婦女還不被認可具備和男性相同能力的三十年代，這種女子「言志」的行為，需要相當的勇氣。但這種艱困的挑戰，卻同時意味著：一旦她們有辦法在「詩歌」這個創作者主體性較強的領域中獲得成就，她們主體得到的認定，將會比小說創作更高一層。

　　婦女長期以來被異化為文化創造物，詩歌的作者卻常常將自己變為抒情主體，比起小說作者躲在文本後通過塑造叛逆形象的曲折隱微手法，直抒胸臆的女性抒情創作，可說是直接抗拒父權機制的壓抑（張岩冰：1998：97-8）。為了強調、證明女性的主體，日據時期女詩人們的「抒情手法」也相當有趣：承續向來對於女子理性思維

強調的一貫邏輯，對於追求平等的三十年代女性而言，證明自己具有「和男性一樣的能力」，同樣也是她們在走向詩歌的抒情傳統時，一個極重要的方向。「抒情」，而且是「像男性一般地抒情」，正是早期女詩人創作方法之一。

尤其最饒富興味的，是在抒發戀愛心情的情詩中，居然也有不少女詩人是模擬男性的聲吻發聲，以一種把女性戀人客體化的角度，來宣誓自我的主體性。這也許是因為在男性中心的文學傳統中，女性並找不著任何女性本位的戀愛描寫值得借鑑，所以只能以男性角度來抒寫戀愛。更有趣的是，即便如此，她們在發表時也仍然無法放棄自己的女性本名，渾然不顧以女性名稱發表對女性戀慕此事的怪異突兀❸。透過「抒情」的動作，女詩人們試圖建立起一個「能夠」有主觀感受的抒情主體，而非如男性文學傳統中的女性，是一個靜態美麗、不能感知的對象或被觀看的客體。

這種擬男性聲腔的抒情情詩，可以趙氏靜眸發表於 1936 年標題為〈回憶〉的詩為代表，這首情詩，純粹是以男性的角度在「回憶」著女性愛人的種種情態：

> 夜靜悄悄
> 許多快樂的回憶湧上心頭
> 春天的燈影

---

❸ 在此或許有人會質疑這種論調落入異性戀霸權的窠臼，但日據時期民風似乎未開放到可以公開發表同性間的熱烈戀慕，而且這種對於女性戀人的歌詠具有「客體化」「他者化」的性質，和女同志間的情誼又有差異，故在此暫不考慮此種可能。

奇特地讓我聞到妳的氣息

在我心中湧起

妳的小小身子發抖

在今宵奇特地浮在我的面前❸❸

　　這首情詩，具體呈現了「我」的細微內心。透過抒情主體在夜深時對於戀情的回味，趙氏靜眸以一種相對強大的、肯定「我」的話語直接抒情，強調了創作者的主體性，透過一種男性角度的抒情，不但是種對於創作者「我」的主體宣示，而這由男性代言的抒情主體在詩中戀慕的女性形象，同時也暗暗承載著女詩人的自戀投射。

　　比起小說、彈詞等以情節為主的文類，詩歌創作者的自我是外露得多的。敘述文類的作者（說書人）躲在主角背後，事不關己地在說著他人的故事，就算其間偷渡了作者的意志與情感，也是以一種隱微曲折的方式呈現。但詩歌創作者卻有辦法直接了當地直抒胸臆，毫不遮掩地透過創作強化「我」的主體存在，以細緻的內心情感書寫，女詩人趙氏靜眸在詩歌中「反客為主」，爭取到了主觀抒情的空間。

　　這種主權的爭奪，在詩的內容部分可以看得更明顯。從愛情世界的權力位階來看，為了在敘述時的權力位階中佔上風，女詩人趙氏靜眸在抒寫愛情時不惜採用和己身對立的男性視角，來刻劃、思念一個美麗柔弱的女性愛人。詩中的敘述者「我」所回憶著的，是

---

❸❸　原發表於《台灣文藝》第三卷第二號（1936.01.28），羅淑薇譯（未刊稿）。

一個楚楚可憐、發著抖、惹人憐愛的情人形象，藉著一個在心中湧起的他者／弱者，「我」和情人間的主客關係立判，自我的主體性也從此建立。

難道在愛情世界中的權力位階中，女性永遠都低於男性？讓趙氏靜眸在透過情詩來強化主體時，也只能以男性角度發言，「自我」才能夠得到完整的承認？這些問題，可以從幾個角度解釋。首先就是在父系文學傳統中，以女性角度出發的情詩畢竟仍屬少數，沒有文學典範的支持和養分的汲取，女詩人在動筆書寫從女性訴說的情詩時難免無所適從；更何況在女詩人們以書寫強化主體的企圖心還相當強烈時，遵循男性文人所建立、哀怨淒婉的女性聲腔不免有傷自尊。於是，趙氏靜眸在此假想了男性視角來書寫戀愛心情，隱隱然又透露出一種自戀的自我投射。

拒絕當被戀物化的美麗客體，女詩人的困難處在於一時無法在情愛天地中建立屬於女性自我的主體，這是當時女性創作情詩時的尷尬處。尤其亙古以來愛情世界中的男尊女卑，似乎注定了女性面對以愛情為主題的抒情創作時，主體所必須得面臨的斷傷。不想採取楚楚可憐的弱者姿態的女性，只能在詩作中模擬起男性視角，爭取愛情詩作中的發言權。比起前章所論從女性角度出發的愛情描寫，這些明顯悖離女性經驗、模擬男性聲吻的抒情詩，對女詩人而言，「主體宣誓」的意義可能大過於實際上的抒情❸❹。

---

❸❹ 如前章「女性寫實傳統」中，趙氏靜眸尚有〈我們的道路〉（給戀人）、〈別離〉等詩描寫了以女性角度出發的戀愛經驗。而林氏百合子〈病葉〉、柯劉氏蘭〈相尅〉更是把當時女性具體的戀愛生活經驗在詩作中作了呈現，參前章〈建立小我敘事之女性寫實路線〉。

　　主體宣誓性質重於抒發真實情感的男性視角情詩，在陳茉莉的〈回憶〉一詩上得到更完美的詮釋，尤其詩中一直出現「妳」、「我」的對立，總讓人不斷地想起存在主義女性主義所言「自我／他者」之間既對立、又相輔相成的矛盾關係：

　　（一）
　　妳啊！我的愛
　　妳啊！使我深深思念著妳
　　又使我愛妳，又使我傷感
　　戀愛是年輕血潮的燃燒
　　妳的黑髮的光澤就是熱情的象徵

　　（二）
　　我對妳的傾慕
　　只要看到妳明朗的笑顏
　　我的胸中感受到這種戀愛
　　我的心就像波浪上的月光❸❺

　　「你」「我」之間的對立一再出現，暗示了情愛關係中的權力位階。透過一個對於客體「他者」角色的戀慕和歌詠，詩中的「自我」認知到了本身的存在，強化了自我的主體性。以歌詠、戀慕的口吻，陳茉莉在詩中讚嘆了美麗永恆的戀人。「妳」的存在，不但

---

❸❺　原發表於《台灣文藝》第二卷第四號（1935.04.01），羅淑薇譯（未刊稿）。

可以讓「我」感受到愛，可以讓「我」傷感，還可以讓「我」傾慕。詩中的「妳」，無疑是個被物化的客體，是個由明朗笑顏、黑髮光澤等迷人物件所組合成的永恆戀人。這個「妳」的作用只是提供一個觸媒，催化「我」的愛情與思念，引發我澎湃激昂的熱烈情感。如詩中所述，「年輕是戀愛血潮的燃燒」，正是「妳」的存在，讓「我」能夠體驗這種屬於青春的熱情和愛慾。也許由於思想被制約，當女詩人們想採取積極主動、非客體的發言位置在書寫戀情時，她們得模擬男性聲吻敘說。「自我」得透過另一個「他者」來認知到己身存在，然而在這種男性聲吻情詩中的「他者」，不是男性，而仍是另一個想像中的女性愛人。

然而另一女詩人月珠女士的書寫策略，就不採取低調迂迴的姿態。蔡德音先生的夫人月珠 1934 年發表於《先發部隊》上的詩作〈我的心思〉，就直書了女性對於婚前老情人的思念，在夫妻雙方俱是社會名流的情形下，這種女性直接的情感表白不可謂不大膽：

> 我的心思、雖是時常變換、
> 君的眼珠兒、引我多少悲傷心煩？
> 點點的露珠裡，都有君的可愛的臉兒出現。
>
> 眼淚跟著微微吹著的涼風滴流
> 我的心兒足像那雛菊哀愁 Sweet Hert
> 當我在秋天的半夜裡想到故鄉的意中人。
>
> 夢中一見到我的故鄉、

他就來叫我連想——
連想起他住著的那條美麗的街上。

我打那條懷憶的街上走過、
我心懷是多麼快樂、
叫我在夢中甜密的笑呵呵。

我曾愛過的故鄉的情人唷！
你可知道我還愛著你？！（月珠：1982：117-8）


　　　　　　　　　　　　——時在同床異夢裡醒來——


　　既無化名，又如此露骨，最後還過度熱心地補上一句「時在同床異夢裡醒來」，強調說明此詩寫作時自己的婚姻狀況❸。實在讓人很難想像：到底是什麼情況下，這樣一首有名有姓的情詩，竟能在重重監視下刊出。事實上，蔡德音和月珠都是《先發部隊》上常見的名字，夫妻兩人常連袂出席各種文學活動❸，戰後雙雙移居海

---

❸　詩中的「君」其實有兩種可能：一是月珠女士婚前的老情人；另一種可能是，「君」指的是婚前、沈浸在戀愛氣氛中的蔡德音。然而，不管是對老情人的戀慕；或是對情人在婚後變得同床異夢、面目可憎的控訴，其實都不是父權期許下溫順謙遜的女性所該有的情緒。

❸　如從《台灣文藝》第二卷第二號（19935.02.01）曾有「台灣文藝北部同好座談會」的座談記錄，其中蔡德音先生和月珠女士便有連袂出席和發言記錄。中文翻譯見《張深切全集卷 11——北京日記、書信、雜錄》頁 146-156。台北，文經社，1997 年。

外。在耆老凋零、資料散佚逾半世紀後，欲得知當時實況已是不能，只能直接從文本著手，解讀詩中女性對舊情人的想念和對「同床異夢」現實生活的不滿。

從詩作內容來看，詩中的我「如雛菊哀愁 Sweet Heart 的心思」、「眼淚跟著涼風滴流」，還有對老情人採取的「君」的尊稱來推測，這首情詩的發言角度，應是女性無疑。比起前述想像、模擬男性角度發言的情詩，這可說是真正直抒胸臆的女性抒情主體，這個在同床異夢的婚姻中的「我」，擁有著父系婚姻體系所不允許的個人情緒：即是對於婚前故鄉老情人的深情款款。

比起其他女詩人，月珠女士以情感證明女性能動主體的方式，可說是更為直接和具有戰鬥力：她直接著手歌詠婚前在故鄉的美麗戀情，直抒「我」在秋夜對「君的眼珠兒」、「君的可愛臉兒」的思戀難捨，這可說是向文學傳統中女性被物化的單面形象的正面迎戰。透過這種在父權社會中不合法的感情抒發，月珠女士大言不慚地書寫著在已是同床異夢的丈夫旁邊，夜半戀慕老情人的女性心情，這未必是她個人真實的生活經驗，但卻確實是從女性角度出發的抒情詩，試圖強調的，也確實是女性的主體。比起來，月珠女士的策略，可說是麻辣生猛得多。

總之，詩歌向來的抒情性，讓詩人在作品中掌有比說書人更高的自我和主體。這對於汲汲想以文字書寫證明自我的日據時期女性而言，是個很迷人的誘因。從這個角度解釋，才能說明何以這些女詩人會以女性名稱、發表了分明由男性視角出發的情詩，也許因為這種愛情權力位階的優位有助於自我主體的營造，趙氏靜眸、陳茉莉等人才會不顧這種顯見的突兀，在詩中想像、模擬了男性聲吻，

歌詠對於永恆美麗的戀人的思慕。

　　而同樣有志於以書寫建立女性主體，女詩人中只有月珠採取了正面迎戰的策略，挑明了父權社會中女性所不被許可的情緒抒發，更頗帶挑釁地附帶點明「時在同床異夢裡醒來」。為了擺脫父系文學傳統中女性柔弱無助的刻板印象以及透過書寫重建能動的主體，這些新詩創作的女詩人們的策略和手法，可說是各有千秋。然而一個共同的意圖是不變的：就是以「抒情」這個動作，女詩人們想要證明女性的獨立人格。可以感知、能夠思考，可以批評，可以對外在世界的細微變化作出回應，女詩人在作品中積極書寫的，正是這樣的自我。這種證明和強調的企圖心不只於此，在其他文類中，也將會以不同的方式呈現出來。

## 第三節　反轉慾望客體為能動主體

　　在日據時期台灣女作家的研究中，「張碧珚」可說是個徹底被遺忘的名字，但她當時在文壇上的活動力，卻比其他零星發表作品的女作家們（如董氏琴蓮、趙氏靜眸等人）強得多。根據文壇前輩巫永福先生告知，就他記憶所及，當時有一台灣女性在文壇上活躍，即「台灣文藝聯盟」中張深切的妹妹張碧珚。而從《張深切全集》一段巫永福先生的介紹中，亦有如下的資料記載：

　　　深切兄是資產家漢詩人張玉書的次養子，大養子張景源，親生獨女張碧珚是彰化高女、東京女子大學藥學畢業的藥劑師，也是台灣早期的女作家，曾投稿於《台灣文藝》雜誌。

　　深切兄父親去世後，與兄景源、妹碧珸各繼承遺產三分之
　　一。深切兄在台灣，除任職台中師範外一直不就公職，生活
　　中只有支出……幸有令妹碧珸（與我內人為彰化高女的同
　　窗）是深切兄最實的終生經濟後援者，前年以多病年老去
　　世，生前及後事均由孫煜（註：張深切之子）照料。（巫永福：
　　1997：11-15）

　　除了巫永福先生的介紹，在影像集中的三張照片，亦找到張碧
珸的蹤跡，其中一張右下寫著「1935 年台灣文藝」的照片說明標
示著：

　　張深切與台灣文藝的要角：張深切（左，台灣文藝聯盟委員
　　長）、楊逵（立者左一、日文編輯）、張星建（立者右一，
　　台灣文藝總編輯）、吳天賞（右，作家）與張碧珸（張深切
　　之妹，留日藥劑師，當時亦為作家）合影。

　　從這些資料看來，張碧珸為台灣文藝作家群之一應無疑問**❸❽**，
但翻閱《台灣文藝》上的發表人，並無「張碧珸」其名，而只有一
相似署名：即創刊號（昭和九年十一月五日）發表短篇小說〈羅曼史〉
的「張碧淵」。是因年代久遠音近而訛？還是張碧珸的筆名？去信

---

**❸❽**　此外，另兩張相片也透露了張碧珸的蛛絲馬跡：一張是文藝聯盟邀請朝鮮舞
　　蹈家崔承喜來台，張碧珸前去迎接時的合影，可見她在文聯具有一定程度的
　　代表性。而另一張是 1936 年張深切和家人在北京的合影，由此得知張碧珸後
　　來亦曾離台至北京生活一段時間。

向張深切外甥、即策畫《張深切全集》之文經社吳榮斌先生詢問，得到回應是：此應是張碧珚之筆名無誤。若依當時文藝創作刊物上的凡例來說，女性作家署名多於姓後加「氏」字❸，女作家張碧珚以音近、但較中性的「張碧淵」筆名發表，又刻意去掉了姓後的「氏」字，難道是為了隱藏自身性別？

　　這麼說來，《台灣文藝》上大量生平不詳的創作者都很可疑，既然可以和楊逵、吳天賞等重要作家一起代表台灣文藝作家群合影留念，推測她的作品應不只一篇，而且她又曾代表文藝聯盟接待來台的朝鮮舞蹈家崔承喜，可見她在文藝活動上的參予亦相當積極。可惜根據吳榮斌先生所告知，張碧珚謝世多年，其創作資料家人並無保存，只是隱約知道年輕時曾經投身文藝活動❹。在進一步的可信資料出土前，這些問題都只能存而不論。在此先就目前她唯一可信的小說〈羅曼史〉作探討。

　　〈羅曼史〉是日據少數著力於描寫人性內心感情衝突的小說❹。透過男主角超岡的第一人稱自述，張碧淵書寫了這名電影辯士在愛情誘惑和禮教威嚇中徘徊的心路歷程，不但具體呈現了日據中期電影等新興行業給鄉鎮市民帶來的心靈影響，也深入挖掘了人性

---

❸　如《台灣文藝》上之董氏琴蓮、趙氏靜眸、黃氏寶桃等人。

❹　吳榮斌先生為張深切生家的外甥，而張碧珚為張深切養父張玉書的親生女兒，兩人無直接血緣關係。而據吳先生電話告知，張碧珚女士似為單身，並無子嗣。

❹　根據施淑的看法，直到三十年代以後，台灣文壇上才出現了一系列向內在挖掘、書寫感覺世界的小說。如翁鬧〈音樂鐘〉、〈殘雪〉、〈天亮前的戀愛故事〉；吳天賞的〈蕾〉、〈野雲雁〉；巫永福的〈山茶花〉、〈黑龍〉、〈慾〉；葉石濤〈林君寄來的信〉、〈春怨〉等。

中的勇敢與軟弱。

　　小說敘述超岡在一次鳳山的巡迴放映中結識了三名含苞待放、沈醉於戀愛幻夢中的少女，這三人被浪漫電影情節所迷惑，竟不顧禮教規範和超岡的已婚身份，一起逃家來投奔超岡。面對三名少女的主動追求，超岡固然難抵誘惑，但又害怕禮法的威嚇。而在事端擴大、少女家人報案後，深恐於警署盤問的超岡更是在驚嚇之餘極力撇清。擺盪在天平兩端的他，最終還是臣服在禮教規範，回歸他原有的家庭秩序，並以「神會將勝利賜予弱者！」的阿Q姿態來自我寬慰，辜負三名少女的勇氣與決心。

　　儘管採用了超岡的第一人稱，但這篇小說卻絕非站在男性中心的視角出發，在〈羅曼史〉這篇小說中的字裡行間，我們很容易找尋到張碧淵擺脫父系文學傳統中相似情節的企圖心。她沒有把超岡塑造成雄才大略、值得紅拂女夜奔的李靖；也沒有把他寫成文采風流、讓崔鶯鶯自薦枕蓆的張生❷；這個故事中的男主角超岡，只是個平凡的血肉之軀，有著七情六慾，也有凡人的衝動與懦弱。他內心深受煎熬，表現出來的行為也舉棋不定。可以說，這三名女性所追求的男主角，正是以父系文學傳統中不常出現的平庸面目出現。

　　這樣看來，超岡的第一人稱敘述，也許只是方便他自我剖白內心懦弱、方便創作者闡述他天人交戰的心路歷程。女作家的性別身份，讓張碧淵擺脫了男性文人理直氣壯的自戀投射，而能細緻書寫

---

❷　這些書寫女性主動求愛的情節的內在邏輯是：這些男主角具有秀異的傑出才能，就算女性主動投懷送抱也不足為奇。男主角不但神格化到有絕對的自信接受她們的愛情奉獻，就算日後拋棄她們也同樣理直氣壯。

了人性在面對原始的性的誘惑時的內心轉折。如這段超岡在乍然面對三個少女的逃家投奔時，張碧淵先描寫了他內心最直接深刻的慾望：

> ——演變成傷腦筋的事態了呀——
>
> 不過這樣的想法，祇是為了對自己良心有所交代。事實上，他腦子裡略過了淡淡的幻想，這也不為過吧！
>
> 不必談到太深程度的戀愛氣氛，本來就不是什麼壞事，也讓人感到高興和有面子。更何況，對象是正值盛開花蕾的年齡。那三人，雖然稱不上美女，但也各有特色。笑起來瞇成一直線的細長眼啦，輪廓深刻的五官啦，薄薄緊抿著的櫻桃小口啦，這些，都足以成為讓人憐愛的理由。
>
> 超岡正值血氣旺盛的青年，一旦愛上了，不管曾怎樣抗拒，最後也會情不自禁地將手伸向那在掌上飛舞的、純潔的小鴿子。……將之弄到手，以餌餵食也不錯啊！他並不是吃餌的一方，而是餵食的一方……有這樣的想法，也不算罪過吧。
>
> （張碧淵：2003：234-5）❹❸

在此，張碧淵說明了面對原始誘惑時的男性心態。不同於彼時戀愛至上的神聖高調，張碧淵捨棄了精神愛情的絕對性，而直接點明：女方主動的戀情模式，會讓男人感到高興和有面子，還真是不

---

❹❸　張碧淵這篇小說原發表於昭和九年十一月五日（1934.11.05）。今之引文為邱香凝譯，收於《文學台灣》45期（2003.01）頁233-243。

要白不要。而透過男性眼光中種種美麗可愛的描寫（如「瞇成直線的細長眼」「緊抿的櫻桃小口」……等），張碧淵不避諱地說出愛情世界中女性被物化、慾化的情形❹。在她筆下，這個平凡男人對這三名少女的感情，自始就是沾染塵世慾念的人間模式，而不是值得犧牲生命去捍衛的崇高戀愛。「將之弄到手，以餌餵食也不錯啊！……有這樣的想法也不算罪過吧！」這種誠實自白的敘述，讓接下來的故事在「人性」上能有更深刻複雜的討論。

而在第一時間內面對誘惑衝擊的超岡，在清醒之後馬上就意識到了接受會帶來的後果。三個未成年少女逃家和一個已婚男子的同居，在禮法下的他無疑會被判作誘拐罪，幾經考慮，他還是暫時放棄了這飛來的艷福，但在放棄前，張碧淵卻細細書寫了超岡天人交戰的內心歷程：

> 人性本能忍不住呼喚著他，可是良心還是發出「不可以」的警告。那半步不到的距離裡，站著妖艷的女性，散發出誘人的氣味。她們本身不曉得自己散發出這樣的氣味，但卻銳利地射向他。那黑色的瞳，可愛的臉，紅色的唇，各各都在等待自己的擁抱。短短三分鐘，「良心」和「本能」產生激烈的交戰。「良心」好像要敗戰的樣子，「本能」已舉起了勝

---

❹ 日據時期新文學中誠實書寫男性眼中所看到被物化、性慾化的女體，有張我軍〈誘惑〉、以賴和之名發表、但應為楊守愚作品的〈赴了春宴回來〉、郭水潭〈某男人手記〉、翁鬧〈音樂鐘〉、〈天亮前的戀愛故事〉、陳華培〈豬祭〉等。在強調戀愛自由和神聖性的時代氣圍下，這種對於愛情世界中慾念成份的誠實，似乎只在少數幾篇小說中出現過。

利的旗幟。但是，結果還是不出所料：「良心」最後勝利
了。勢力絕倫、百戰百勝的「本能」也會戰敗？一付敗樣的
「良心」，又怎麼會取得勝利呢？——其實，挫退獅王般的
「本能」的，不是別的，只是法律的威嚇罷了。（張碧淵：
2003：235）

　　法律的威嚇，讓超岡不得不使出他一流辯舌，勸說得女孩們暫
時回家。但在這兒張碧淵並未賦予超岡道德崇高性，而是讓他從規
戒和懲罰等功利層面來考量得失。儘管表面上恪守禮法、不肯收留
逃家少女，但超岡「嘴裡卻怎麼也說不出叫她們斷念的話語。他對
她們說：他還是愛她們的！不過為了給將來留退路，他謹慎小心地
遣詞用字，就是不說出『同居吧』或是『到我家來吧』這樣的
話。」透過對超岡這種謹慎小心的心態描寫，張碧淵細緻呈現了人
性在愛情世界中的自私層面。
　　內心的糾葛交纏，還表現在超岡的夢境和他夢醒後內心的交
戰。在夢中他夢到女孩們，手牽著手，一起向他索求愛情。而下列
這段超岡從各方面自問自答的內心辯證，也說明了他不願放棄艷
福、又害怕承擔後果的複雜心情：

　　　姑且不管她們的愛是從何處發生的，難道不應該吸取她們的
　　可愛和純情嗎？不可以？又是為何？若考慮到經濟上的影
　　響，那以前的人擁有幾十個妻妾，還不是心安理得地享受那
　　樣的生活，這種例子所在多有，跟那相比，我……你說到了
　　現代該從那種美夢中醒來是吧？你又說不怕她們會互相嫉妒

> 的嗎？她們是現代人啊！而且，又還是不懂嫉妒為何物的小
> 姑娘……還是沒有能力的小姑娘啊……（張碧淵：2003：236）

　　透過內心世界的獨白方式，張碧淵入木三分地刻劃了原始慾望
在面對到更強烈的世俗規戒時，所產生的舉棋不定的心情。比起女
性的邊緣地位，男性可說是更加受到象徵秩序的保障與影響，因此
對比於少女逃家的義無反顧，超岡表現出來的，卻是種瞻前顧後的
躊躇。尤其超岡在事端擴大、被警署傳喚時，他表現出為求脫罪、
不擇手段的態度，更可見男性在面對法律威嚇時忐忑不安的心態：

> ——被問罪的名目是「誘拐罪」，可是自己一點也不記得犯
> 過這罪，很有辯解的餘地。——之前到屏東去，途中經過嘉
> 義友人家逗留，然後今日才從台中回來。那些女孩們現在在
> 哪？我當然不會知道，這點也有證人可證明——我的辯解，
> 應是可以成立的吧。那樣溫柔的她們，是不可能將罪嫁禍到
> 我身上的。她們不是那種會因失戀，而將舔舐著失戀苦杯的
> 怨慨嫁禍到我身上的女人，她們不可能有這樣高明的手
> 腕……（張碧淵：2003：238）

　　曾讓超岡為之瘋狂的熾熱戀情，一旦直接面對象徵秩序父權律
法的恐嚇，竟馬上在他的心裡煙消雲散得無影無蹤。「想讓它盛開
的戀情之花，完全變成了未開的花蕾」。從這段超岡的內心自忖，
我們可見到他自私復自戀的男性心態。一方面他極力裝蒜撇清；一
方面他又自戀地設想：深愛著他的少女們，應該是不會連累自己

的。這兩個念頭，無疑都是對愛情的背叛。對於此時的超岡而言，能否得到「無罪」的判決，可說是比什麼都來得重要。

　　比起少女們的單純熱烈，作為愛戀對象的超岡，可說是功利、世故得多。在小說結尾，幾經波折、相約私奔的男主角還是在火車開動前臨陣脫逃，這椿戀愛事件也終於劃下句點。但張碧淵最後這段描寫，卻可以隱隱看出她對超岡的態度：

> 　　那之後大概經過三十分鐘，可以看到他像夢遊患者般，在住家附近徬徨的身影。……「你回來了啊。」面對開心地迎接平安歸來的丈夫的妻子，他不知該說什麼才好。
> 　　——為何當那時汽笛聲響，我卻不加思索的轉身逃開呢？？是了！那時我確實聽到了小孩的哭聲，哇、哇、哇的……這是從車站回來之後，僅存的當時記憶了。
> 　　火車不懂少女們的心事，很快地將她們帶離騎士所在處，往幾十里外遠行。至此，女孩們那勇敢的初戀，也不乾脆地閉幕了。……
> 　　弱者才好，神會將勝利賜予弱者！他產生彷如悟得真理般的優越感。卻下心頭重擔的安適，令他得意忘形了起來。就這麼啥也不想地，將旁邊椅子上哇哇哭叫著，一句話也不會回嘴的小孩用力抱了起來。「啪！」地扭開電燈，意味深長地環視這狹小的房間。（張碧淵：2003：242-3）

　　面對秩序外的愛情，超岡最後還是放棄了艷福，自欺欺人地以「弱者才好，神會將勝利賜給弱者！」來消解自己的懦弱。這樣的

結局安排，隱含了女作家張碧淵的嘲弄和揶揄❹。尤其超岡最後對狹小空間意味深長地環視，對現有體制無法突圍的象徵意味更是呼之欲出。

　　對比於超岡結局時身屬的密閉空間，彼時正在火車上向遠方飛馳的三名少女，她們對於體制的掙脫和逃亡，比起深受象徵秩序制約和威嚇的超岡，是更徹底的。在張碧淵的安排下，屈服於父權象徵秩序的男性到頭來只得以阿 Q 式的自嘲來解消內心痛苦。而三名失去了愛情對象的少女，卻仍得以透過「火車」這種現代交通工具快速地轉換時空，逃離現有的秩序。至此一個值得玩味的問題浮現了：在超岡以「不加思索的轉身逃開」的行動表態後，何以這個男主角陣前脫逃的私奔事件，還能夠繼續發展下去？如果少女們之前的逃亡是為了愛情追求，那在超岡缺席後的火車大逃亡，又是為了什麼？事實上，對照小說中平庸懦弱、無啥吸引力的男主角超岡，一路讀來的讀者很難不起疑心：促使少女們逃家投靠的動力，當真是為了神聖不可侵犯的愛情❹？

　　關於這個問題，張碧淵留下幾點線索，讓細心的讀者去發掘解答。首先就是超岡在夜半夢醒時分，對於這飛來的艷福的自我解

---

❹　比起日本女性文學傳統《源氏物語》《伊勢物語》《枕草子》中青年男性的愛情冒險，張碧淵所描寫的超岡在愛情上實在懦弱得多。

❹　事實上，少女逃家投奔時，張碧淵就曾透過少女之口斥責過超岡的懦弱：「林桑！沒想到你這樣不中用，人家連包袱都帶出來了，事到如今，你叫人家回去哪兒？」「人家……人家…已經回不了家啊！喂…不管你要去哪，帶我一起去，好嗎？」「林桑，都這樣了，你還不瞭解我們的心意嗎？」這輪番的話語，顯見在初次投靠時，張碧淵便安排三人知道自己的所託非人。

釋：

> 其實什麼都不是啊！只是完全中了電影畫面的毒罷了。在超岡擔任配音的某部電影中，有個敘述三個小公主對一個年輕貴公子的甜美暗戀的故事。而他到現在還記得：她們幾個曾稱讚超岡面容和電影中的貴公子有幾許相似。……
> 在月影游移下的高樓邊橫臥而眠，在萬花粲然齊放的花園中，以那年輕騎士為對象的甘美戀情，在現實裡做著夢，並希望能夠實現。女孩們是把超岡當成了夢中的騎士，不用說也把自己當成了小公主們，任意空想著一些戀愛步驟、幽會等逸事，還妄想將夢境實現。（張碧淵：2003：236-7）

　　正如同超岡的誠實自忖，少女們對他的情愫，與其說是真實愛情，倒不如說是對於浪漫愛情的憧憬和想像。正如小說篇名「羅曼史」，這三名少女的戀愛想像，是非常虛幻、脫離現實生活秩序的。透過「電影畫面」這脫離現實時空的新興媒介，少女們得以在觀看電影時逃逸出現有秩序，進入中世紀騎士公主的浪漫情調。電影這個伴隨資本主義興起的娛樂事業，在精神層面讓許多受困現實的人們得到短暫放逐，尤其小說中到鳳山等地的電影巡迴放映，更是拓展了小鄉鎮居民的視野。

　　這三個原居鳳山的少女，正是透過巡迴放映的管道，接觸到逸出現實的虛幻時空。而也正是透過這管道，從事電影辯士的超岡，得以因到鳳山配音而結識這三名少女。在默片時代，電影辯士的工作內容，便是以精采旁白來彌補聲光效果不足。而對於這三名少女

而言，擔任電影辯士的超岡，不折不扣就是她們進入電影時空的唯一媒介。

　　工作性質的相關和容貌的相似，讓少女們把超岡看作現實和夢幻唯一的銜接點，而投注以熱烈得不近情理的情愛。從下列超岡對於初識時的回憶，我們就可以看出：少女們簡直在初次見面時就決定了她們的投奔對象：

　　　　到鳳山的第二天，他首次識得了三人中的姊姊雪枝。在那前一天，超岡在電影院隔壁的冰店，從她在玩耍的弟弟口裡聽到了：

　　　「我姊姊很崇拜林桑喔，她說，您的旁白非常好，很有技巧。而且啊，林桑很像那電影的男主角，她這樣說……」

　　　那少年擁有和姊姊一樣深刻的可愛輪廓，而且一付比姊姊更快活的模樣，輕鬆講著姊姊的事情……

　　　當天下午，大家就都見面了，一個就是那冰店的女兒，另一個是雜貨店的女孩。從她們那兒，即使有滿腔的情愛也表現得不足，她們還是以笨拙的文筆，寫著愛的文句，紛紛地向他投射。——當然，這些情書，都是從不用貼郵票的郵局，交給扮演郵差的弟弟，送到超岡的手中。

　　　——我們真的愛您。

　　　——我喜歡您喜歡的要死去了。

　　　——請您也愛我吧。

　　　大致上都是重複著這一類的台詞，信末，也都一定照例很有禮貌的，綴著三人的聯名。（張碧淵：2003：240-2）

就在這種超岡自己都莫名其妙的狀況下，少女們把滿腔情愛灌注在他身上。然而怪異的是，這段三女一男共同主演的「四角戀」，過程居然異常地平順。沒有情敵競爭的爾虞我詐，也沒有針鋒相對的你爭我奪，不但全無獨佔心緒或嫉妒成份，而且情書信末還「很有禮貌的，綴著三人的聯名」。而在事端擴大後、四人在警署被盤問時，超岡從三名少女眼瞳中解讀出的戀愛話語，也是：

> ——如果是這樣的話，就請您拿出勇氣來，人家我們大老遠從鳳山來找您，如果您能拿出我們三分之一的勇氣，如果您能接受我們的話，就……。我們是沈醉在甘美的夢中的。可是，我們一點也不想醒來啊。……可憐的我們的夢，為何不讓它實現呢？（張碧淵：2003：239）

「三分之一的勇氣」，在此成為鼓舞（揶揄？）超岡勇敢接受的正面價值。可見少女們對於這三人份的戀情相當自傲、並沒有不滿的情緒。這種女性和平共享、讓男性大享齊人之福的戀愛模式，到底從何而來？在一夫多妻制已被進步人士猛烈抨擊的年代，女性自願放棄尊嚴的情形，到底是如何產生？

也許我們可以從稍早雪枝弟弟和超岡的閒聊，得到一些端倪。這三位少女，正是許過生死誓言的親密手帕交。透過雪枝弟弟的聲吻，我們知道「其中兩個發了同生同死誓言啦，要嫁給同個丈夫啦……等等情事」❹。可見早在遇見男主角之前，她們就已然決定

---

❹　「共事一夫」的情形，在納妾制度尚為總督府默許的日據時期不算少見，但

了將來要「共享」的事實。為了不讓親密的姐妹情誼被傳統父權婚姻所打破；也為了不讓女性聯結隨著各自被移植到不同系譜而宣告終結，這三個少女所能想出的對抗方式，便是許下「共事一夫」的奇怪諾言。只有這種封建時代的不良婚制，可以讓年輕女性不會因為進入不同家庭體制而和少女時代的友誼失去連繫。在這種前提下，愛情婚姻已經讓位給友情，成為促進友誼天長地久的手段。

從小說中這段愛情發生的突兀，到三人分享的平和狀況，再到逃亡事件在超岡缺席後無關痛癢地持續進行……種種不近情理的現象，其實都指向一個可能：即三名少女的逃亡，根本就不是出於對於真愛的執著和追求，「愛情」這人類自由的最後防線，說穿了不過是少女們逃離生活秩序、追求另種生活的唯一藉口。與其說她們真正地深愛著超岡，不如說超岡的出現，給了她們一道通往光明的契機。尤其超岡四處巡迴配音的電影辯士職業，簡直可說是日據時期最具浪漫符碼的工作象徵。不但在生活方式上完全逸出儒漢社會的傳統結構，在工作的內容上，超岡接觸的，也常是脫離現實時空的、騎士與公主的戀愛故事。

波希米亞人似的流浪生活和電影時空的銜接，這樣的雙重身份，是少女們寄託浪漫思想的唯一的出路。只有透過超岡的仲介，少女們才得以把電影幻境進一步實現。可以說，超岡不是她們的最終目的，只是一把通往幸福天堂的鑰匙，正如同默片時代的辯士，

對女性而言，這通常代表一種委屈的地位，是逼不得已狀況下最後的選擇。但這三名年輕未婚女性卻把它當作一種「志願」，顯然是把它當作是達到另一目的必要手段，對照「同生共死」的誓言，另一目的為何就昭然若揭。

不過是進入電影這虛幻時空的媒介。

　　以非常精巧的暗喻，張碧淵費盡苦心地包裝女性的主體追求，表面上寫一名男子面對少女浪漫追求時的心路歷程，但細察後我們發現，小說中真正具有行動力和主體意志的，不是男主角超岡，而是這三名逃亡的少女。透過這樣一個男性自白的「羅曼史」，張碧淵直接書寫了男性面對誘惑時的內心衝突，也間接描寫了少女對於脫離逃逸出父權社會規劃的渴望。但她們所遇上的是個無法突破現實生活、臣服於象徵秩序的男性，在她們的冒險故事中，男主角終究還是缺席了。

　　透過小說結尾超岡在狹小空間中的精神困局，對比於少女們在千里外火車的飛馳前進，張碧淵對於男女刻板印象的翻轉已然極其明顯。向來被固定化、性慾化的女性客體終於得以「反客為主」，尋求逃逸和脫困的可能。即使沒有崇高的愛情做掩護，這三名少女還是勇敢地逃離了父權社會的規劃。也許只為了避免父系家庭結構對女性情誼的扼殺；也許只是為了逃逸出現存的時空。

　　對大部分讀者來說，故事中少女行徑也許過於莽撞衝動，但儘管她們犯的是「私奔」這在父權社會中值得大書特書的罪狀，張碧淵在筆端卻對她們處處留情，而沒有太多道德上的批判❹。尤其對

---

❹　對於私奔，當時的社會大眾表現出一種非理性的同仇敵愾。如馬木櫪〈私奔〉（1934 年發表於《先發部隊》）中的女主角所承受到的社會唾罵。而瘦鶴（楊守愚）〈出走的前一夜〉（1930 年發表於《台灣新民報》）中這段母親數落女兒的話，對當時自由戀愛和聘金制度的討論也頗具代表性：「什麼？讀了書，有甚麼用處呢？阿蔚曾讀過書麼？她前年嫁給阿吉舍，竟嫁了一千塊聘金，雖說是接後的 D，但她現在不是富貴一世了麼？像阿鳳、麗

比於超岡面對警署盤問時的懦弱，少女們不計前嫌的解危和辯護，更是種高尚勇敢的表現。在四人被警署放回、重獲自由後，張碧淵格外安排了超岡向這些少女們道謝：

> 雖然僅有幾天照顧，但他還是向這些不管到哪都為他辯護的溫柔女孩們道謝。只有此時，她們不是那些盲目將他捧在手心愛戀的的女孩，而成為拯救他的，如神祇般值得尊敬的人物。（張碧淵：2003：238）

儘管小說中行止全然合乎禮教的角色是男性超岡，但女作家張碧淵似乎把心目中的道德崇高性，保留給了這三名「行為不檢」的少女。面對超岡在警署時表現出的精神出賣，少女們賦予他高度的寬容和同情。她們的諒解，不但在法律上拯救了超岡，也在心靈上寬恕了他的背叛，讓他的靈魂得到救贖。然而對張碧淵而言，文末回歸狹小房間、意味深長地環視四週的男性超岡，永遠只是精神上的弱者；而三名突破現有體制、兼具勇氣和高貴品德的少女，才是真正值得嘉許的、「如神祇般值得尊敬的人物」。

張碧淵扣緊了日據中期的社會發展狀況，書寫了當時女性對逸出現存體制的渴望。愛情只是她們的藉口，她們實際上追求的，只是從父權秩序的規劃中逃逸。假戀愛之名，行逃逸之實，張碧淵巧妙地包裝女孩們的冒險故事，翻轉父系文學傳統中的女性刻板形

---

華、標梅們，那一個不是高女出身的麼？你看，誰肯來和議婚？還有最喪廉恥、敗門風的，就是芸英，竟和一個野漢私逃，哎！這還了得麼？」

象。儘管文本大致不脫男性第一人稱敘述女性主動求愛的情節公式，但為了避免被讀者單面地解讀，張碧淵費盡苦心地在文中留下了層層伏筆。一方面她把超岡描寫得軟弱自私、缺乏讓人（包括讀者）一見傾心的說服力；一方面再以他「電影辯士」的職業內容，暗喻他不過是進入另一個世界的媒介，文末更以他在狹小空間中的阿Q式自嘲，來象徵他的精神困局。

在這種強烈的對比下，發過共生同死誓言、親密相依的三名少女，才是女作家張碧淵筆下真正用行動來抵抗壓迫、追求理想生活的冒險家。儘管表面上她們犯的是「私奔」這種在當時社會中極不知恥的惡行，但細察文中的種種，讀者可以輕易知道：這三名少女，才是張碧淵心目中具有高貴品德和純真勇氣的行動主體，「反客為主」正是她的書寫策略。

表面書寫尋常愛情故事的〈羅曼史〉，在女作家張碧淵的筆下翻轉了文本中的女性形象，參照於前兩節新詩中的女性對於自我主體的追求，在抒情傳統中處於不同文類的女性作家，仍是以不同的方式，殊途同歸地定義著自身。正因為父系文學傳統中的創造力向來是男性的特權，文本中被書寫的女性❹往往只是男性欲望的投射。得具備美麗、純潔、被動、溫馴等「優秀」的品質。但在女性較被期許書寫的浪漫框架內，張碧淵成功地「反客為主」，奪回了文學中女性的詮釋權。歸根究柢，在小說中對於女性主體的重建，

---

❹　無論是西方文學傳統中「屋中的天使」（Angel in the House）；還是中國文學傳統中用以匹配才子的閨秀佳人……這些文學中被戀物化、客體化的女性意象，可說在古今中外都比比皆是。

才是她潛藏在文本後的深層關懷。

# 第四節　小　結

　　本章討論了一些在抒情框架內書寫的女性作家。在女詩人部分：董氏琴蓮念茲在茲地強調獨立自我和超越主體的存在；陳綠桑著重於對於理性、形上思維的探索；透過「抒情」書寫的動作，她們得以在書寫中建構了強大、充沛、可以感知思索的女性自我主體。這種快感讓她們寧可反其道而行、在主流社會寫實詩歌之外，自顧自地走著抒情創作路線。而其對於內在理性的追求，則可看出她們證明女性獨立思考能力的企圖心。

　　而從其他女詩人的愛情詩，我們可以看出女性企圖奪回發言權、拒絕被客體化、他者化的共同呼聲。女性形象的翻轉，書寫優位的爭奪，是這些女詩人們在寫愛情詩時的主要關懷。手法各有千秋，但目的卻相當一致。

　　值得提出來討論的是，儘管女性「抒情」相當合乎父權社會所期許的女性風格，但這些女作家們想抒發的、想寫的情感，卻全然不是父權規劃下的女性氣質所「應該」要展示的部分。——她們或想在抒情詩中書寫具有理性、思辯能力的自我；或想在情詩中爭取發言優位（有的尚且還不惜模擬男性聲腔代言，但卻還不肯放棄女性本名）——在這些女性創作中，我們看不到父權定義的溫婉柔美的女性特質，也沒有被戀物化、被客體化的美麗「他者」形象，可以說，拒絕接受被動等待的柔弱戀人形象，奪回書寫權的抒情女詩人們，她們所抒發的，其實是異於男性想像／規劃的、不合法的情

思。

　　而在〈羅曼史〉小說中，私奔逃亡的少女，更是悍然以具體行動反抗父權體制的規劃，但小心翼翼地拆解張碧淵的層層包裝，循著她留給讀者的蛛絲馬跡一路行去的我們，最後卻發現這些「違犯天條」的少女居然佔據了小說中的道德高貴地位。可見這些女作家們，表面上循規蹈距地從事合乎性別氣質的抒情創作，但在恬靜安詳的湖面下，波潮暗湧。

　　對於「女性主體」的追求，是日據時期所有抒情女作家們的共同呼聲。也許她們採用的追求策略不同，但目標卻驚人地一致。這些不同文類中的共同表現，顯示了日據時期台灣女性的心靈。而她們對於女性自我的嚴密護衛，也讓她們得以在環境較為許可的抒情框架內，曲折地建構了屬於女性自身、而非男性派定的抒情路線。

・徘徊於私語與秩序之間。

# 第四章
# 富含性別意識的批判寫實路線

　　關於日據時期台灣新文學的「批判寫實」路線，葉石濤曾有如此解釋：

> 我們的寫實文學應該是有「批判性的寫實」才行。我們應該學習十九世紀的偉大作家巴爾札克、史當達爾、迭更司、托爾斯泰、普希金和果戈里的典範，以冷靜透徹的寫實，同被殖民的、被封建枷鎖束縛的人民打成一片，去描寫民族的苦難才行。須知寫實主義之所以會發揮他的真價，就在於反對體制的叛逆所產生的緊張關係存在的情況下，始有可能。
>
> （葉石濤：1979：17）

　　的確，伴隨著文化運動興起的日據新文學運動，一開始的確蘊含了濃厚人道關懷。溯源至十九世紀寫實主義，這些具有強烈批判性和社會正義的作家們總以概括的手法，整體描寫殖民地具有普遍性的苦難人生。但投身新文學創作的日據女作家們，也有些不走小我抒情的女性寫實路線，而選擇以書寫社會的不公、反映社會黑暗

面作為創作時的終身職志。這些女作家們,她們筆下的批判寫實主義,到底和男性有什麼不同呢?這,正是本章所欲討論的重點。

## 第一節　寓託性別關懷於國計民生

　　在日據時期的女性作家中,黃寶桃可說是最接近批判寫實主義文壇主流的一位。除了兩首抒情詩〈憶起〉和〈離別〉的內容是從女性經驗出發,描寫女學校生活外;大多時期的黃寶桃,不像當時其他女作家念茲在茲地要書寫個人自我,而是在題材上有意地超越生活經驗限制,全方位地去設想、處理社會不同階層的苦難。尤其她的短篇小說〈人生〉和〈感情〉,都是從具有普遍性人道關懷的視野出發,概括地處理了殖民地台灣農村經濟和種族認同議題,回到日據台灣的時代脈絡中,她可說是一位態度嚴肅、政治正確、同時又不侷限於自身經驗的批判寫實主義創作者。

　　雖說走的是憂國憂民的批判寫實路線,但若說女作家黃寶桃在跨入主流文壇時得刻意遺忘自己的性別,事實卻又絕非如此。她的〈人生〉和〈感情〉,雖是當時女性創作中和批判寫實主義道路最接近的政治正確❶作品。但黃寶桃的女性身份,卻讓她在關切國計民生時有迥異於男性作家的面向,因而作品在女性與社會的互動

---

❶　就連葉石濤在《台灣文學集》的序中都有言:「第三輯裡以台灣日文女作家的小說為主。……不過從小說裡可以看到日治時代台灣女知識份子,反封建、反帝國主義、爭取女權的強烈意願。特別是黃氏寶桃的小說,左派思想濃厚,把普遍人權和女權結合起來,替弱勢人群的窮困生活有強烈的抗議。」(葉石濤:1996:2)

上，呈現出一種少見的深度和切入點。這種性別風格，在她的首篇小說〈人生〉中，就已然初步奠定。

# 一、對職場性議題的批判

異於當時大部分強調女性寫實和主觀抒情的女性創作；黃寶桃的〈人生〉主要從一椿工地的可怕意外出發，批判不完整社會結構下，勞工命如草芥、但逼於生計卻又不得不做的無奈困境。經濟轉型下的農村，由於連續的不景氣，故男女老幼都得投身勞動。就算是具有高度危險的工作，人們還是得汲汲地去爭取。這樣悲慘的社會實況，黃寶桃在〈人生〉中做了細緻完整地呈現。

但和其他充滿正義感的批判寫實主義作品比起來，黃寶桃的女性身份，卻讓她在處理相同議題時，還能特別關照家庭婦女在社會轉型時出外謀生的複雜面向。比如她描寫年輕女性投身工作時，勞動環境是如何地缺乏善意；描寫孕婦在逼不得已投入工作時，大環境中潛藏的危機，這些安排，都讓她的小說〈人生〉在呈現勞工普遍的苦境之餘，表現出屬於女性的性別深度。而她關於女性職工的處境討論，也首度開啟了台灣女性小說中的性剝削議題。

在〈人生〉的情節中，黃寶桃首度以女性角度論及了出外謀生的職業女性。為了在蕭條的生活下爭取生存權，在父權社會性別分工下長期居於家庭勞動的女性，也得拋頭露面，和社會各階層的男性共同謀生。透過「金英」這個角色，黃寶桃點出了當時女性的工作處境，然而，不同於男作家筆下被污名化為風紀敗壞的女性工作環境，黃寶桃把這種敗德流言的起因，歸溯到男性中心思維中對女性採取的「觀看」角度。從她對於「金英」行事的低調描寫，我們

可以看出這種流言的起源處，往往不是當事人，而是男性的凝視：

> 其中有一個名叫金英的十八歲姑娘，她從工程開始的那一天
> 起每天都報到。於是她的美貌在幾天之中變成工人謠言的起
> 因。從那邊的分工處，這邊的搭橋處，從四面八方來的工人
> 特意製造藉口來看她。每當這時候金英就被調笑，因害臊而
> 紅漲了臉。（黃寶桃：1996：186）

　　的確，作為台灣第一代男女共工的男性工人，他們一時之間也
很難把平常在街坊中只用來品頭論足、再在心中決定是否追求的窈
窕淑女「去性慾化」，看待成平起平坐的「同事」，工作場合中的
男性在面對女同事時，無法扭轉他們把女性視做慾望對象的觀看角
度，正是在這種情形下，美貌的金英就算謹言慎行，卻也一樣得面
臨眾人調笑及接踵而來的風言風語。

　　男性同事的觀看還在其次。由於在工作權力位階上，他們和女
工們算是平起平坐，所以就算他們的觀看讓人不悅（已構成輕微的
性騷擾），但板著臉不加以理睬，也許還可以勉強忍受。可是，當
女工所面對的騷擾者，是掌有工作生殺大權的監工時，事情可能就
沒這麼簡單，「權力」會讓他們的尺度更放肆，而全球性的經濟不
景氣，也讓女工們沒有輕易拒絕的機會。在社會的性別結構還沒穩
固到可以保障到兩性工作平權時，這些女工也只能自求多福、乞求
上天保佑別遇到色狼監工。

　　除了台灣首批職場女性可能面對的男性凝視之外，黃寶桃在
〈人生〉中，還探討到了孕婦在工作場合中所面臨的生命危險。

「生育」是女性得額外承受的負擔，但在父權中心思維的運作之下，男造環境往往不考慮懷孕婦女的工作福利。在黃寶桃的安排下，這個直接面臨生命意外的女主角———個大腹便便的孕婦——她所遭受的命運，就比金英這個少女遭受到的侵擾來得悲慘得多。在描寫這樁悲劇時，黃寶桃設定了「孕婦」這個身份來承擔小說中大部分苦難，不能說是女作家隨機的抉擇。試看她對意外發生時、「孕婦」身份的詳細描寫：

> 斷層崩落下來時，她好像也警覺地想跳開，可是有孕的結果缺乏敏捷性，終於被剛通過的台車和斷層所夾，被壓碎了。像大鼓般的肚子無情地被壓碎了。滲透在紅土和濺在台車鮮紅的血，使靠近的工人覺得害怕。（黃寶桃：1996：187-8）

　　行動不便、本該在家中待產休養的懷孕女性，在家庭生計面臨問題時，還是被迫挺著肚子、在高度危險的環境中進行粗重工作。結果，面對突發的狀況，雖然也有警覺地想逃開，但「有孕的結果缺乏敏捷性」，終於她還是難逃殘酷的死亡。在書寫這樣一個血淚斑斑的故事時，黃寶桃還關注到「女性」在投身勞動時可能因「美貌」或「生育任務」所造成的工作障礙，因此她在批判社會結構之餘，更比他人具備了性別的深度。

　　值得注意的，是黃寶桃這篇小說中論及了女性投身職場的時代狀況，隨著農村經濟的轉型和機械文明的引進，清代傳統農業社會中男耕女織的生活形態，到了日據時期已有所轉變。大批原先在家從事家務勞動的中下階層女性，為了家計只得紛紛走向工地、農

場，成為一批和男人競爭社會上工作的女工。郭水潭〈某個男人的手記〉中一段女性何以出現在農場上工作的解釋，正妥切說明了當時這種社會現象，以及男性對此的普遍態度：

> 原來男人具有的力量隨著機械的發達在工作上已經失去功能，而女人總是較靈巧的，不知不覺男人的地位就被她們奪去。本來農場是男人工作的領域，可是現在機械發達以及資本家的惡作劇，把女人代替男人來使用。（郭水潭：1981：118）

正是因為「資本家的惡作劇」，大量的女工在農場工地中出現，和男性一起比肩工作，打破原本嚴禮教之防的、男主外女主內的性別分工。但這些勞動女性在投身工作場合、而上司（監工、監督等）又多為男性的情形下，她們真能在工作場合中安安穩穩地求個溫飽？還是得面對男性上司甚至男性同僚的性騷擾和性剝削？這其中性與權力運作的層面相當複雜，而且也是日據當時一個重要的社會問題。

檢視當時標榜「為民喉舌」的台灣人刊物《台灣民報》，可以發現當時女性在工作場合遭受性侵害的案例其實真是層出不窮。在標題為「新竹印刷工罷業，因為有工換無錢」的一則新聞中，記者提到印刷廠女工工時既長、又因生活壓迫不得不忍受上司性騷擾的事實：「這山中❷是個很不正經的人，時常對於男女職工多

---

❷　指印刷廠上司內地人山中氏。

有非禮的言動，可是職工們因為生活上的關係，所以不得不忍氣求財」❸；而「不平鳴」中的新聞亦提到：嘉義東洋鳳梨罐頭會社只肯採用十八歲以下的妙齡女子作女工，故該社時常傳出醜聞❹。此外，台灣爆竹會社中某監督極其好色，凡具有姿色的女工「若不被遂淫慾，必被立時命令退職，以致於有迫於無奈，被其蹂躪者不少」❺；而澎湖廳某庄苗圃主務者「每見艷妝女子就免其勞動，令其在事務所煎茶共飲取樂」❻；此外，「赤崁流彈」文中：「市內某織布工場主，年已半百有餘歲，尚色膽包天，拐誘人家寡婦，奸淫工場女工，常被世人指彈」❼；〈農村訪問記〉一文中亦言「女工往往將其很貴重的情操獻給於工頭，其所獲得亦只是多被工頭愛顧點而已」❽……從這些不同地方來的零碎消息，其實我們已經可以大概拼湊出當時女性勞動者在投身職場時可能面對的環境：工時長工資少，還得忍受上司的騷擾。輕則言語侵犯，被迫陪其取樂，重則被遂獸慾，而為了生存還是得含淚忍受。從上述社會性資料，我們可以知道：對於曝露在男性凝視之下的台灣第一批職業女性而言，「性」，還是比她們的「勞動力」，得到上司更多的關注。

　　再回到用以反映人生的文學層面。當時主流文壇上標榜公平正義、刻劃社會各階層苦難的批判寫實主義文學，似乎不大重視勞動

---

❸　　詳見《台灣民報》174 號（1927.9.18）。
❹　　詳見《台灣民報》219 號（1928.7.29）。
❺　　詳見《台灣民報》259 號（1929.5.5）。
❻　　詳見《台灣民報》313 號（1930.5.17）。
❼　　詳見《台灣新民報》362 號（1931.5.2）。
❽　　詳見《台灣新民報》375 號（1931.8.1）。

女性面臨性剝削時的精神創傷。男作家們在書寫農場工地女工性慾問題時，其實不脫兩種基本態度：要不就是書寫女工們被騙失身、家破人亡的悲慘事件；要不就是批評女工風紀敗壞、生活淫亂。前者以楊守愚為代表，站在同情女性的角度，痛陳農場監工淫人妻女，造成家庭悲劇；後者則以蔡秋桐、郭水潭、吳濁流等人為主，以奚落的口吻，嘲諷農場女工不能守貞、多為了金錢出賣貞操給領班。

　　作為觀察力敏銳的男作家，楊守愚可說是極少數站在人道關懷立場書寫女工悲劇的男性，在 1929 年的〈誰害了她〉❾和 1934 年的〈鴛鴦〉❿兩篇題材相似的小說中，他注意到農場監督對於美貌女工的性壓迫，也對她們抱持著高度同情。然而在他的情節安排下，他筆下的受害者要不就是得為了保全貞節投河自盡、要不就是得在發現被強暴後自責不已，懊悔地乞求丈夫原諒，女性於此事上受到的身心巨大創傷，就在這種父權中心的思維下隱而不現。

　　儘管楊守愚處理性侵害事件的思維方式無法脫離男性窠臼，但

---

❾　在楊守愚〈誰害了她〉中，美貌的女工阿妍被農場監督陳阿憨大膽無恥地騷擾，但為了家中殘廢老父的生計，她還是不得不咬緊牙關去上工，最後在監督的苦苦相逼下，為了保全貞節的阿妍只好投河自盡，留下無依無靠的殘廢老父在家空等女兒歸來（楊守愚：1981：22）。

❿　在楊守愚的〈鴛鴦〉中，女工鴛鴦雖對無恥監督的性騷擾感到膽寒，但是為了家庭生計，她卻得硬著頭皮保住飯碗。監督把鴛鴦騙到家中灌酒強暴，但酒醒發現失身的她，第一個反應卻是自責和懊悔，被強暴的鴛鴦不但在內心充滿了負疚感、而且還得不到丈夫諒解。急奔回家中也只得到一頓無情羞辱：結局負氣出外的阿榮被火車輾死，一個家庭就因鴛鴦失身而家破人亡（楊守愚：1979：215）。

比起負面嘲弄的男作家，他的態度可以算是很友善的。對一些男作家來說，農場中的性壓迫性騷擾，往往可以單面地解釋成女工多是些風紀敗壞、毫無羞恥的女性。也許是女工多得的利益讓男性自覺受辱，男作家蔡秋桐在 1936 年〈四兩仔土〉中對於農場中性剝削的態度就相當惡劣。即使是女工被監工設計到偏僻處加以性侵害的情節，在他的男性思維中，這種侵害卻被認定是他倆合謀幹下的好事，故以「男女野合」、「歡樂場」等負面語詞來解釋，更在工貸高低上以「土哥❶自然是輸沒有生泡的了。因為她底好寶貝可以加（多）賺啦！」這種粗暴的態度來說明；此外，郭水潭〈某個男人的手記〉也注意到了領班和女工間可能存在的性關係，但他和蔡秋桐一樣，把這種關係形容成女工墮落敗壞的風紀，以突顯妻子在男主角離家出走這段時間的堅貞。相同的，吳濁流〈水月〉中對女工放浪不檢點的單面苛評，目的也只是為了用以襯出仁吉妻子的聖潔光輝。

　　總之，關於勞動女性投身農場工作時的性議題，男性作家的態度都不太友善：除了楊守愚表達了他的同情，大部分男作家在觸及此一題材時，多未注意到其中的性別壓迫，而是以嘲笑挖苦的口吻，批評女工們的不知羞恥。基本上，沒有人對這批台灣首先上職場的女性有基本的職業尊重，也鮮少有人同情她們在男造工作環境中的傷害和委屈。對大部分的男人而言，郭水潭這段話具有高度的代表性：「本來農場是男人工作的領域，可是現在機械發達以及資本家的惡作劇，把女人代替男人來使用。」（郭水潭：1981：118）一

---

❶　〈四兩仔土〉中的男主角。

時之間，這些工作因「資本家的惡作劇」而被竊奪的男性們，還是很難接受「女人」要以她們自身的力量出外換取一家溫飽的事實，也很難相信向來作為附屬品的女人們如今也要獨當一面。不過，父權話語也從未虧待衰衰諸公的滿腔鬱憤，無論是在女工們的風流軼事上大作文章，或是對她們可能遭受到的性壓迫刻意漠視，都正好可為他們的失志不滿，提供最佳的宣洩出口。

和男性作家的處理方式相比，黃寶桃於此就細緻、公平得多。作為一個女作家，黃寶桃表現了對女工們的職業尊重。「在這群人中大約有五個姑娘。她們用柔軟的手握著鐵鏟混合水泥的模樣，似乎是依靠不想被蕭條和生活打敗的一股力量好容易才支撐著，實在令人不忍目睹。」（黃寶桃：1996：186）不像男作家們筆下的女工們會利用自己的美貌偷懶，黃寶桃書寫的女工，是以一股堅強的求生意志和不景氣的生活搏鬥，這種強烈的意志，支持她們去克服柔弱的先天限制，在此，黃寶桃筆端對她們流露出深厚的憐惜和敬意。

在〈人生〉這篇小說中，女作家黃寶桃首度在台灣女性小說中開啟了職場女性面臨的性議題討論。無論是得面臨的男性凝視和上司性騷擾；還是懷孕女性在男造工作環境中可能面臨的危機，黃寶桃在這篇幅精短的作品中，都確實關注到了這些層面，比起男性作家的思維侷限或態度偏頗，黃寶桃從女性觀點出發，確實能在批判寫實主義的框架下，以持平角度來制衡男性充滿性別歧視的言論，對照《台灣民報》上的社會性資料，孰是孰非已經昭然若揭。

## 二、對家庭性議題的批判

針對在家庭中活動的女性，黃寶桃有著姿態極其激進的創作。

透過兩首新詩，她把對於職場女性的性別關懷延伸到家庭之中。在
〈秋天的女人聲音〉中，她直陳了母職派定對於女性自我的傷害；
而在〈故鄉〉一詩，黃寶桃更是透過一個妓女在他鄉的追想，痛斥
父權秩序對於家庭女性的性剝削，對照男作家筆下的相似題材，黃
寶桃攻擊的炮火是直指父權核心的。

　　出於對性別議題的同樣關懷，黃寶桃的新詩也延續著同樣的批
判色彩。除了兩首篇幅短小的抒情詩〈憶起〉和〈離別〉外，黃寶
桃的新詩幾乎看不到個人抒情層面，而是獨樹一格地以長篇詩創
作，批判意味遠大於平鋪直述的情感經驗陳述。比起多為純粹個人
抒情的言志詩歌傳統，黃寶桃的詩具有一種強烈的社會使命和批判
性。如這首 1935 年發表的〈秋天的女人聲音〉，除了一定程度上
傳達了婚姻中的女性經驗，更重要的是，她在詩中對於父權社會中
的母職派定，提出了強力的批判：

　　　撫摸柔嫩面頰
　　　淚珠之歌
　　　細細持續瘦長的搖籃曲
　　　輕哼　媽媽　自覺冷落
　　　自我　鼻酸
　　　年輕母親的寂寞嘆息
　　　悄然
　　　悄然
　　　悄然　悄然
　　　啊　在黃昏裡發抖悲嘆

是媽媽之聲

秋天的女人聲音

……

（媽媽　媽媽　為著嬰孩

年輕媽媽獨自哭泣著

想起年輕日子就哭泣）（黃寶桃：1982：201-4）


　　這首詩當然可以說是黃寶桃從年輕母親的角度出發、對於個人
經驗的書寫。但不能忽視的，是詩中她對於母職的思考和批判。文
學傳統中向來具有豐收、孕育的秋天意象，在黃寶桃筆下正是女性
喪失自我的深刻諷刺，以「女人」這個非特定的指涉，她在詩中點
明了整個父權社會中因「母職」而失去自我的女人的普遍性。

　　以另類角度，黃寶桃具體呈現了女性在接受「母親」這一角色
派定時，對於女性自我所要做出的讓步和犧牲。這個懷抱新生嬰兒
的母親，是不停地在悲嘆和淚水中「回憶流逝日子」的：「遠遠地
隱約傳來／搖籃曲／枯草之間　低低／漂著睡醒顏色的秋水／在黃
昏淡光消失／處女日子的憂愁／回憶著青春日子啜泣／悄然／悄然
／悄然　悄然／啊　回憶流逝日子的／悲嘆之聲／是秋天的女人聲
音」處女時期的生活、青春的種種，都在結婚生子後劃上了休止
符，「在黃昏淡光中消失」。由於當時社會結構對於婚後女性的期
許不外是生育兒女和照顧家庭，黃寶桃咬緊了這份工作派定對於女
性自我發展的傷害，因此讓詩中這個女人以在秋日黃昏淡光中發抖
悲嘆的形象，展開她對於母職的抨擊。「撫摸柔嫩面頰／淚珠之歌
／細細持續瘦長的搖籃曲／輕哼　媽媽　自覺冷落／自我　鼻酸／

年輕母親的寂寞嘆息」，由於照顧新生嬰兒這份工作讓女人自覺到對自我的傷害，原先對嬰兒而言代表了安詳和平、代表母親無條件保護的搖籃曲，在黃寶桃的形容下，竟轉化成為從母親的角度看待，日復一日、細細持續、瘦長的淚珠之歌。對於女人而言，生育兒女幾乎是自我喪失的同義詞，重覆又重覆的看顧工作，讓女人只能緬懷過往，對著眼前的寂寞發出悲嘆。

在這首詩中，黃寶桃強調了年輕女性對多愁善感的處女生活的懷念。從萬事仰仗父母的少女，過渡到肩負另一生命責任的少婦，這兩種截然不同的生命階段，本就是個難以跨越的斷裂。但是當時父權社會規劃並沒有給女性太長的調適期，難怪年輕女性在回想起明明不久但卻恍如隔世的少女生涯時，會產生人事全非的唱嘆和感傷。

黃寶桃這首詩，非常真實又細緻地說出了女性在育兒工作中的勞動和異化。點明了在孕育新生命和神聖母職背後，女人必得付出「喪失自我」的沈重代價。這種對於母職毫不容情的批判，可以說是黃寶桃對於家庭中的女性被家務勞動異化的直接控訴。但她對於家庭女性所受到的誤解傷害，還有其他話要說，面對當時中下階層女性在身體和勞動力上所受的雙重剝削，她在 1936 年的詩作〈故鄉〉中有更深一層的呈現。

如果說〈秋天的女人聲音〉是黃寶桃對於父權社會結構對良家婦女勞動異化的指陳，〈故鄉〉就是黃寶桃站在人道關懷的立場、為身受多重壓迫的中下階層女性說話。透過一個禮法不容、處於社會邊緣的妓女的口吻，黃寶桃隱微陳述了「故鄉」對女性（妓女與母親）身體和勞動力的剝削。全詩如下：

　　　　沉甸甸凍結的冬夜

　　　　年輕妓女噴著曙光牌香煙

　　　　回憶著可詛咒撕破的故鄉

　　　　胖胖大大地

　　　　混進長相如豬的地主家

　　　　歪斜的柱子

　　　　家裡髒亂　為生活而喘不過氣

　　　　龍鍾老態的父親

　　　　孜孜地工作

　　　　放下嬰孩

　　　　被莊人謠言中傷的母親

　　　　還沒回來

　　　　為高昂肥料硬性的農作物

　　　　長得亂七八糟

　　　　牙齒脫落的故鄉

　　　　年輕賣笑婦　為了忘懷

　　　　無代價跟生活脫節的美德

　　　　哼著搖籃曲（黃寶桃：1982：205-6）

　　在鄉土文學傳統中代表家國，以大地之母的姿態包容一切的「故鄉」，在黃寶桃筆下，不再是讓遊子懷想起來便泗涕縱橫的故鄉，而是一個可詛咒的所在。貧困窘迫的生活，老邁無能的父親，放下嬰兒、混進長相如豬的地主家、被莊人謠言中傷的、還沒回來的母親，為了高昂肥料而變得亂七八糟的故鄉，老邁而牙齒脫落的

故鄉。這些混亂、破碎的句子，背後似乎隱藏著一個不堪回首的故事。但透過不連續的詩句，黃寶桃不忍說明前因後果，只留下一些讓人讀來驚心膽跳的暗示。最諷刺的是，被賣到遠方、生活毫無希望的年輕賣笑婦，只能在遙遠的異鄉冬夜噴著「曙光牌」香煙，回憶故鄉種種不堪的一切。「曙光」、「搖籃曲」這些光明安詳的象徵，如今對於年輕妓女來說，只不過是用以忘懷「無代價與生活脫節的美德」的媒介。

　　面對農村經濟的惡化，中下階層的女性首當其衝。女人的身體與性，在生活困苦、朝不保夕的時節，很無奈地成為爭取生存條件的籌碼。在家相夫教子、足不出戶的傳統婦女，到底只能存在於日據時期中上階層社會。在三〇年代面臨農村經濟轉型、衣食溫飽尚不可得的勞動家庭中，禮教崩壞似乎也不足為奇。「為高昂肥料硬性的農作物／長得亂七八糟／牙齒脫落的故鄉」，黃寶桃以「亂七八糟」、「牙齒脫落」的隱喻，點出了故鄉的轉變。

　　在這樣貧困、不見天日的小農村中，勞動女性得以身體交換整個家庭的生存條件，這本是極其無奈的犧牲，但鄉里之間的傳統規範並沒因為貧困而鬆動，不得已得混進長相如豬的地主家的母親，也同樣得不到村人的理解同情。「孜孜地工作／放下嬰孩／被莊人謠言中傷的母親／還沒回來」。簡單幾句，黃寶桃便直指社會結構對勞動女性的雙重壓迫：在無計可施的情形下，勞動女性不但得用身體去交換一家的溫飽；而且在忍受完極其不堪的遭遇後，這些女性仍然得不到同情，仍然得面對同一階層傳統規範的交相指責。在此，黃寶桃從女性的身份出發，以高度的人道關懷立場，為勞動階層的可憐女性說話，直接點明了父權社會的偽善。

　　值得注意的是，在女性文學題材的處理上，若女作家執意描寫現實生活中的邊緣人（如瘋婦、妓女），其實正象徵著她自己被禁錮在男性中心權威秩序下的離心的、無處可歸的窘境。一個父權體制內、「正常」的女性身份，並不允許擁有對「真相」妄加評斷的權利。面對種種殘酷的「真相」，有辦法說出的，往往是體制外的邊緣人。而透過不受禮法約束的瘋婦或妓女形象，女作家們得以拉開距離，將自己平日被壓抑的、焦慮憤怒的另一個自我，投射在文學作品中。因此，當女性創作題材中出現了瘋婦或妓女，出現了幽禁／逃逸、病弱／健全、破碎／完整的描寫時，都可說是一種「反男性」的寫作策略。正透過「年輕妓女」在外地冬夜的遙想，黃寶桃拉開了距離，逸出了父權社會規範下女性的身份和時空。因此，她得以好整以暇地觀看「故鄉」這個貧困無恥、可詛咒的農村。回想這個封閉完整的父權社會對於「女性身體」和「女性勞動力」的雙重剝削。如果「故鄉」在文學作品中向來有「家國」的隱喻，那麼可以說：透過「妓女」這個邊緣身份，黃寶桃直陳了在強大的家國論述下，勞動女性是如何地被誤解和被犧牲。為了家庭的生存，她們得用身體去向地主交換一家溫飽；但回到家來，她們又得忍受背德、不貞的罪名。而正因為「良家婦女」發言時並沒有妄加評斷的權利，面對種種殘酷的「真相」，黃寶桃只能透過一個不受禮法約束的邊緣身份：一個年輕的妓女聲吻，來為當時中下階層的弱勢女性抱屈吶喊。

　　由於全球性的經濟不景氣和殖民政府的剝削，日據時期對台灣的勞動人口來說，真是個毫無出路的寒冬。第一次世界大戰後的世界經濟恐慌還未恢復，自 1927 年起，日本又發生了一連串銀行倒

閉的金融恐慌，而 1930 年世界規模的經濟恐慌，再次波及日本內地，引起空前的經濟不景氣。為了拯救本國的經濟，殖民政府把一連串的經濟災害嫁禍於殖民地，想在殖民地人民的犧牲之下來減免本國的經濟災害，以致台灣經濟受到莫大的傷害。而其中受到最直接衝擊的，便是向來對社會變遷只能默默適應的廣大勞動階層人民，還有這些中下階層家庭中的勞動婦女。

　　過於窮困的生活，讓許多原本深居簡出又無一技之長的女性，被迫以青春身體來換取家庭溫飽。為了避免家破人亡的慘劇，這些在傳統儒漢社會的性別分工中本來深居閨中、料理家務的女性，不得不以「性」來換取金錢，讓家庭命運能在全球性的經濟大恐慌中得到救贖。這種悲慘的實況，在日據時期批判寫實主義的文學表現上所在多有，但女作家黃寶桃的批判火力，卻是直接父權秩序的核心。比較男作家筆下為了家庭犧牲肉體的女性悲劇描寫，這種差異便非常地明顯。

　　賴和〈可憐她死了〉描寫青春美貌的貧家女兒阿金，為了解決養家困境而被街上富戶阿力哥包養，但阿力哥在阿金有了身孕之後始亂終棄，可憐的她最後洗衣時失足墜河而死。這樣一個悲劇故事，在日據當時的中下階層社會必定具有一定程度的代表性，但賴和在探討這一社會議題時，卻把這齣悲劇的源頭導向「萬惡的資本主義」❷。具有強烈社會使命和民族意識的賴和，看到了弱女子阿

---

❷　如這段阿金說服自己犧牲時的內心獨白：「她自己想，自己勞力的所得是不能使她的母親享福，可是除了一個肉體之外，別無生財的方法，不忍使她老人受苦，只有犧牲她自己一身了。但在此萬惡極了的社會，尤其是資本主義達到了極點的現在，阿金終是脫不出黃金的魔力，這是不待贅言的。」（賴和：1981：78）

金在這個事件上接受到的資本主義壓迫，但卻忽略掉性別壓迫在其中的運作。而當他寫到阿金懷孕後被拋棄、並受到世人的鄙視之後，賴和的想法是：「她自己反而更泰然，一些兒也不悲惻，因為阿力哥所給與她的原不是幸福，只有些不堪回憶的苦痛煩悶，一旦解除了，自然是快樂的。」（賴和：1979：83）在此賴和顯然小覷了「世人鄙視」這種道德輿論的威力。對於未出嫁的女兒阿金來說，犧牲肉體貞操一事，其意義絕對和犧牲勞力、犧牲就學機會等「犧牲」的層面不同。明目張膽地犧牲肉體以換取金錢的女性，在當時保守空氣中，可能會面對無法在社會上立足、甚至終生無法進入家庭結構、被社會唾棄等等危機，由於未曾身歷其境，賴和對於父權秩序無孔不入的性別迫害是較不敏感的。在「餓死事小、失貞事大」的傳統社會中，街坊流言對一個女人所能造成的精神痛苦，身為男性的賴和，可能很難想像得到。因此他雖看到這個悲劇的發生，但卻把問題歸結於資本主義的迫害，把阿金的不幸歸究於萬惡的資本主義，而不是萬惡的父權秩序。

為了家庭犧牲肉體之後又不得善終的女兒，在吳希聖〈豚〉中也出現過。為了改善家庭困境，漂亮的貧家女阿秀自願給好色的保正伯包養，在保正對她厭棄之後，阿秀為了養家只得下海接客，染上梅毒，後來自覺無法再以肉體賺錢的她，由於怕久病拖累家庭，只得投環自盡。

阿秀的悲劇性，在小說篇名〈豚〉中可以找出端倪：向養豚組合借來的母豬，只是為了生小豬仔以換取金錢的生育工具。同樣的，美貌的女兒阿秀，也是可以用肉體換取金錢的性慾工具。吳希聖在此，以「母豚」暗喻了阿秀身體的工具性。這種對人性工具

化、物化的情形所為何來？吳希聖沒有進一步的追究。結局不再具
生產價值的阿秀只得投環自盡，看不出她在改變自己命運上的抗爭
性為何，但透過他的冷筆，沒有表態點名批判什麼的吳希聖，卻暗
示了女性肉體工具化的現象。

　　關於家庭女性的出賣肉體，呂赫若〈牛車〉中也曾稍微提及：
在經濟壓迫下，原居強勢的妻子阿梅也只得順從丈夫楊添丁的提
議，去街上賣淫補貼家用，但她的犧牲，不但換來村人無情的嘲笑
謾罵，就連丈夫楊添丁急著向她要錢不果時，也還得忍受「街上的
男人比我更有味啦！」（呂赫若：1981：41）的這種污辱。冷筆冷眼
的呂赫若雖帶到了這種社會現象，卻一樣沒有深入挖掘這種家庭中
的性別壓迫。也許對他而言，如何在小說中呈現資本主義和帝國主
義的壓迫，才是更重要的目標。

　　恰似楊翠所言，日據時期台灣婦女解放運動一直處於種族、階
級運動之下的第三位階。在男性作家的小說中，性別壓迫的優先
性，理所當然也遠在階級壓迫之下。事實上，這種把性別壓迫放置
在階級壓迫之下的論調，是當時社會上的「進步男性」們在鼓吹婦
女投身解放運動時念茲在茲的諄諄教誨。署名「劍如」的留日學人
黃呈聰在〈徹底的婦人解放運動〉一文中，便簡述了在資本主義作
用下，近世的壓迫根源已然發生的轉化：

　　　　最初男性征服女性的時候，男子是壓迫階級，女子是被壓迫
　　　　階級，同時兩性的中間，又自分做幾層階級，一階級壓迫一
　　　　階級，人類的全歷史，都變成階級鬥爭的歷史了。……近世
　　　　產業革命以來，資本制度把階級關係弄簡單了。就是社會分

　　兩大階級，一個是有產階級，一個是無產階級，女子自古就
　　是勞動者、被掠奪的，資本制度撤廢了性的障壁，變成了構
　　成無產階級的分子，所以女子解放的要求，是從這階級對抗
　　的事實中發生出來的，解放的手段，也要從這中裡產出，只
　　看我們的階級的覺悟如何罷了。❸

　　相似的觀點，也在昭和三年八月五日的《台灣民報》中，署名
「紅農」的文章中再度出現。紅農在〈婦女解放運動與民族解放運
動〉一文中，把一切不合理的壓迫歸因於統治階級，以號召廣大的
勞動婦女忘掉什麼男女平權、投身解放運動的行列：

　　幾百年壓迫婦女的是統治階級，不是男子，男女不平等是社
　　會中種種不平等之一，被壓迫階級的男子和婦女一樣被壓
　　迫。人類最後的被壓迫的階級解放了，一切婦女便也解放
　　了。台灣婦女解放運動應努力於政治的革△，而不是努力於
　　什麼男女的同權。男女的同權說，表面，似乎是婦女本身的
　　利益，其實這是愚弄婦女，使婦女誤認她們是受男子壓迫
　　的，不是受統治階級壓迫的。❹

　　馬克思主義女性主義向來對性別意識不太敏銳，由今日目光觀

---

❸　見《台灣民報》第一卷第三號（1923.5.15）。
❹　見《台灣民報》（1928.8.5），又，引文中「政治的革△」應為「革命」，應
　　是由於過於激進、為了在日警監視下順利出刊，故以「△」字元代替。

之，這種把人類所有壓迫歸諸於階級的論調，未免也過於簡化社會結構、而對光明解放抱持著過於單純的樂觀。當馬克思熱潮襲捲全球之際，對於一心一意要在文藝創作中表現階級壓迫的日據男作家而言，他們抵抗帝國主義、抵抗資本主義罪惡的強烈使命感，卻成為他們在處理女性的性剝削議題上的最大盲點。由於過份樂觀地相信解決階級壓迫才是人類唯一救贖，這些男性文人無法精確地解釋勞動女性性剝削的社會現象，就算小說中帶到了這個悲慘的議題，也是無暇深究，而以「階級壓迫」來一以論之。

　　總之，在書寫日據時期家庭中的女性所面臨的性剝削議題時，男作家們的思考確實有其侷限：或許是點到為止不夠深入；或許光是讚揚她們肯為家庭犧牲的偉大精神；或許是簡化了道德輿論的威力；又或許是把所有的悲劇都歸究於「萬惡的資本主義」而缺乏對於父權秩序的檢討……對於殖民地台灣大部分的男作家而言，以小說反映階級壓迫具有絕對的政治優先性，正如上述〈婦女解放運動與民族解放運動〉文章中「紅農」所言：

　　　　婦女在全民族未達到解放之前，是絕對不能得到徹底的解放的。所以現在之所謂婦女運動決不是狹義的「性」的戰爭，也不是徹底的參政運動、也不是資產階級的女權論——其根本的誤謬，即在把男女看做是敵對的壁壘，把婦女解放運動看做是對男子的復仇運動。由這些根本的誤謬演繹出來的誤謬，便是看輕了政治鬥爭，而去做虛無飄渺的男女平等的夢。❻

---

❻　　見《台灣民報》（1928.8.5）。

　　要是斤斤計較於虛無飄渺的男女平等，便會忘卻了偉大的政治鬥爭。這種態度，就是當時進步男性鼓吹女性投身婦女解放運動時常有的告誡。然而相同的社會議題從女性自身的角度出發，書寫此事的黃寶桃「只」有看到其中的階級壓迫嗎？還是如紅農所言，這些「資產階級的女權論者」違犯了「看輕政治鬥爭」的根本誤謬？

　　相比起來，女性從相對弱勢的角度來看這樣的事件，就會有不同的態度。黃寶桃在書寫這一議題時，可是對父權秩序的迫害緊咬不放。在她的詩作〈故鄉〉中，象徵傳統父權秩序的故鄉是可詛咒的，象徵道德輿論的謠言中傷也是可撕破的，這個牙齒脫落的故鄉，不是遊子泗涕縱橫的原鄉，而是年輕妓女所逃離的所在。針對家庭中的女性因貧困所面臨的性剝削，黃寶桃沒有怪罪萬惡的資本主義，也沒有指責失貞的母親敗壞門風，她只是透過年輕妓女在冬夜噴著香煙的懷想，追憶遙遠故鄉的不堪。尤其最後這年輕賣笑婦面對自己目前「與生活脫節的美德」，還頗自得地哼起搖籃曲，言下之意對於自己的「脫離苦海」還頗有劫後餘生的味道。這種挑釁的態度，的確和男性角度出發的小說有極大出入。

　　總之，黃寶桃在書寫這樣一個悲慘的性剝削事件時，她顯然比較傾向於同情這個得前去豬哥地主家承歡、又得被莊人謠言中傷的可憐母親。這個原居家中的女人，不得不為了家庭溫飽而出賣肉體，但父權社會的道德輿論卻沒隨著時局變遷而鬆動，所以年輕妓女才會在遠方拼命詛咒「故鄉」這不合情理的、可厭的所在。比起男作家們的批判寫實主義，黃寶桃在這一題材上的批判性可說是直接針對性別迫害。尤其值得注意的是，她在此所採用的發言角色：年輕賣笑婦，以一個身份邊緣的當事人聲吻，夫子自道地點名批判

父權秩序中的道德輿論。真是大膽得令人咋舌。

　　透過最直接的「性剝削」議題的比較，我們可以知道標榜「反對帝國主義、資本主義」的批判寫實主義的盲點為何。對於階級壓迫的過度重視，往往讓男作家們把許多應是父權秩序的罪源，一律歸因於萬惡的資本主義。正如同當時婦女解放運動所呈現的第三位格，在文學作品中也出現了這種把性別壓迫視作第三位格的特殊現象。而女作家黃寶桃於此議題的創作量雖少，但卻和男性有迴然不同的觀點和視界。她的批判寫實主義從女性角度出發，在「性剝削」這種尖銳議題上直指父權壓迫才是問題的核心。以煙視媚行的賣笑婦形象，黃寶桃挑明了她批判父權道德秩序的戰鬥態度；而透過職場女性工作環境的描寫，黃寶桃也暗示了：一切流言的源頭，都出於父權觀點下的男性凝視。面對相同的議題，在書寫上走的是批判寫實主義路線的黃寶桃，卻和男性作家的批判性迴異，這其中，不能說沒有創作者性別機制的運作。

## 三、對種族敘述的批判

　　關於殖民地台灣尖銳的種族認同議題，黃寶桃在〈人生〉隔年所發表的〈感情〉（1936）一文中，更有迴異於男性作家的細微呈現。〈感情〉敘述了內台結合生下的太郎，一心嚮往內地的生活模式和拋棄他們返回日本的父親。單身多年後的母親欲再婚，請求太郎在和新丈夫見面時換下日本衣衫，然而原先欣慰母親再婚的太郎，卻因這樣的要求而自覺受辱，和母親產生了激烈的感情衝突。

　　從小說情節發展來看，這篇作品主要處理的是內台結合的種族議題，和「性別」議題沒太大關係。但，先撇開小說內文觸及的複

雜認同問題及衍生的討論，若我們直接從題目上觀察：「感情」，似乎才是作者黃寶桃夫子自道，為此篇小說所下的概括主旨。從這個線索去追尋蛛絲馬跡，也許我們能在這篇政治正確的題材中，讀出女作家於其中呈現的性別議題。

細察小說中的文字敘述，我們不難發現：黃寶桃雖以太郎的目光審視一切事件的發生，但她對於含辛茹苦的母親，其實抱持著更高度的同情。比如敘述母親對日本丈夫的等待：「一心一意地等待父親回來的那時候的母親，整個身心充滿著對父親的愛。」在此黃寶桃強調了母親單純期待的真情；而在解釋母親持續單身的這段文字：「直到太郎長到十七歲以前，為了一度嫁給內地人養下孩子而且被拋棄的對世間的羞愧，以及為了一心一意養育內台人之間養下的孩子太郎」，也看得出她對這個母親含辛茹苦、富有責任感的強調；之後在面臨母子齟齬時，透過對於母親心聲的婉轉描寫，黃寶桃更為文中的母親塑造了忍辱負重、委屈求全的形象；相對的，「強」要母親掛日本國旗、聽到要換台灣衫後馬上表情大變的太郎，在黃寶桃的筆下，就顯得粗暴、無理取鬧得多。

所以說，在〈感情〉這篇小說中，黃寶桃著力描寫且暗暗認同的主角，其實是「母親」這個代表著台灣女性的角色。故事中這個苦命的母親，年輕時滿懷愛情、一心一意等待著丈夫歸來，之後更是滿懷親情、全心全力在扶養兒子，她重視的，其實不過是身邊最單純、最深刻的感情——和丈夫的愛情，和兒子的親情。然而，內地丈夫無情地拋棄她；獨立養大的兒子在種族虛榮心作祟下，也不願理解她的痛苦，傲然拒絕脫下對她而言代表昔日傷痕的內地衫。對一個重視感情的台灣女性而言，恰恰正是她其實並不太在意的

「種族問題」，使得她在多年前被日本情人拋棄；而現在又被混血兒子傷害；終究，她還是在家國男性的大論述下犧牲了一切。

透過細密的隱喻，黃寶桃在「內台結合」的題材中，寓託了性別議題，呈現了女性嫁雞隨雞的尷尬處境和不被兒子接納的殘酷現實。而女性的感情，也正是在這種無限膨脹的族群論述中，被邊緣化為不足掛齒的區區小事。母親在難耐多年的寂寞、決定再嫁後，她沒法只順著自己的感情行事，而是要很不放心地詢問太郎是否同意：「假若年輕而畏縮的太郎反對，就有把這快樂的事情取消的不安存在」。的確，即使太郎只是個未成年的、畏縮的孩子，傳統社會中從父、從夫、從子的倫理規範，其實也賦予了他對母親婚事的否決權。而在「有父親血統關係的自己分明是內地人孩子」的認知下，太郎對於母親的憤怒，來自她「對內地缺乏關心」，即使內地的種種會提醒母親昔日的痛苦，但在空泛的大敘述運作和虛榮心的作祟之下，認同父系血統的太郎，仍然不允許母親忘卻「內地」的「光榮」，強迫她在家中虛擬了內地的氛圍。

可悲的是，面對這種日常生活上的精神折磨，母親完全處於「理直氣弱」的劣勢角色。試看這些對於母親的描寫：「用辯解一般的小聲說」、「語尾卻是低而微弱沒勁的聲音」、「母親再一次懇求太郎；好似罪人接受審判一樣的態度」。即使明明是合情合理的要求，但面對兒子在強勢論述下的倨傲，她卻得以罪人接受審判的委屈態度發言。最後，她仍然得到兒子毫不容情的拒絕，在承受不住險惡氣氛的情形下，這個台灣女性，只能默默地，拭了淚出去。

透過細緻的心理描寫，黃寶桃在政治正確的題材中寓託了性別

議題，用一種隱約、歪斜的方式，說出女人的感情在強大家國論述下被消音、被犧牲的實況。同樣關懷國計民生、同樣重視在小說中呈現當代社會問題，黃氏寶桃的切入點卻和男作家們不一樣。延續女性寫實創作中對於感情和愛的重視，黃寶桃在書寫種族認同題材時念念不忘的還是感情，為女性情感在家國論述上的弱勢地位抱屈。

從職場女工的性議題到家庭女性的性剝削，再到種族認同問題對於人性的感情傷害，黃寶桃的獨樹一格的書寫模式已逐漸明朗：在小說創作題材上，黃寶桃不向個人化路線的女性寫實靠攏，而走具有人道關懷和社會使命的批判寫實創作路線。但在結合當代問題、具體呈現社會各階層的苦難時，黃寶桃的性別身份，卻又讓她對於台灣女性在種族、性別、階級上的多重劣勢有更多的體認和同情。不同於其他女作家們對於個人小我的強調，她把對於性別層面的關懷，拓展到日據女性和當時社會的互動。因此她在小說中所表現出的、無論是對社會結構的強烈批判，或是對種族認同議題的探討，都格外點明了台灣女性在這些議題中所居的多種劣勢。尤其她對性別議題的關注，讓她能夠針對尖銳的性剝削議題提出強烈的抗議，相對於男性作家於此的偏頗和侷限，黃寶桃可說以女性角度，矯正了批判寫實主義於「性別迫害」一事的盲點之所在。

在為數不算多的精簡篇幅中，黃寶桃所觸及的性別議題相當全方位，很難以隨機或偶然來解釋她對此類議題的關注。無論是懷孕女性被迫投身勞動時的惡劣環境；男造工作環境中對女性的輕視和騷擾；家國論述和種族認同問題如何對台灣女性的感情心靈產生傷害；「母職」對於女性自我所造成的扼殺；還有父權社會對於弱勢

女性「勞動力」和「身體」的雙重剝削……這些女性與社會的互動，都是黃寶桃在批判寫實主義作品中涉及討論的重點。

　　雖然採取了主流文壇「批判寫實主義」路線，但黃寶桃並沒有刻意淡化自己女作家的性別身份，反而能在彰顯社會不公、痛批社會結構時，更加設身處地關注到台灣女性在種族、階級、性別上的多種弱勢。然而在日據時期台灣文壇上以鮮明戰鬥姿態出現❶的黃寶桃，卻同時也在極突兀的情況下結束了她彗星般的文學生涯：一次對她而言極其不平的文學事件，讓這位優秀的女作家在留下〈詩手〉這首詩後憤而封筆，從此在文壇上消聲匿跡。

　　比起黃寶桃大部分關懷社會、憂國憂民的批判寫實主義創作，她最後（1936 年）發表的作品〈詩手〉，可說是一首真正的個人牢騷之作。昭然若揭地以第一人稱「我」來當詩中的敘述主體，而充斥的感官幻覺也說明了此詩的個人性。就算抽離此詩的寫作背景，其字裡行間也充滿了怪誕、焦慮，和緊迫不捨的壓迫感。全詩如

---

❶　黃寶桃對於文壇的強烈企圖心，可從她對於〈感情〉一文的自我評價中看出：「〈感情〉是我在台灣文學界投下的第二彈。之後也打算在此大刀闊斧的嘗試，誠摯地希望各位才能之士能不忌諱地指教與批評。」而她向文壇對話的戰鬥力，亦可從她對他人作品的直言中略窺一二：張文環〈部落的元老〉筆觸講究，無可挑剔，作品充滿濃厚人情味，讓人懷念。英文夫的〈繩〉把文學少女內心表達得十分淋漓，只是略嫌簡短，殊其可惜。而藤田一三的〈屈辱〉手法上毫無新意，簡直就像大正時期的作品。首藤氏的詩具有極其珍貴清爽的文筆，「對此詩人我有深深的期盼」。而對另一內地詩人，她甚至直言「相當抱歉的是，若沒有再多下工夫努力，恐怕無法寫出悸動人心的作品。」（見《台灣文藝》第三卷第六號（1936.5.29））從她向文壇的對話，我們可以看出她「作家」的自我定位和自信心。

下：


詩手（最後的作品）
——寫於歷史小說「官有地」被拒絕發表的那一天
週遭被濃煙吞沒
醋酸般薰人
讓我眼鼻刺痛。


我真的無法忍受了
從黑暗工廠街逃脫
不顧一切奔馳向明亮海洋
忽然！前方被黑暗籠罩
一隻巨大的黑手向我伸來了！
我看到毛茸茸的黑手了！
我看到巨大的指節了！
細看又是無數的手，向我逼近……


（我不得不恐懼地閉上眼睛）
傳來了聲音
由上方敲打而下的聲音
由四週撞擊傳來的聲音
紛擾重疊
從四面八方湧來吸附著我
那些聲音愈來愈強大

除了伸手掩耳，我別無他法。

無數的手阻止我前進
大量雜音，讓我失去說話的自由
雙足被強勢禁止，寸步難行
——我一直是直立不動的嗎？**⑰**

　　這首利用怪誕恐怖幻覺的詩作，暗示了權利黑手對人的全面控制和截殺，完全表現了作者內心狂亂的焦慮。正如同毫無止境的惡夢，從薰人濃煙中逃到無路可去的「我」，逃到哪裡都逃不掉各種幻覺的逼迫。……毛茸茸的巨大黑手，之後又繁衍幻化成無數小黑手步步逼近……醋酸般薰人的濃煙、巨大的黑手、噪耳的聲音，透過嗅覺、聽覺、視覺等不同感官的苦苦進逼，黃寶桃在詩中塑造了一個彷彿修羅場的幻覺地獄。

　　而最充滿暗示意味的，是詩的結尾幾句「無數的手阻止我前進／大量雜音，讓我失去說話的自由／雙足被強勢禁止，寸步難行／——我一直是直立不動的嗎？」這幾句，則可完全看出黃寶桃的心灰意冷。對於一個探取批判寫實主義路線的創作者而言，創作不只是直接胸臆的個人抒情，而更進一步具有改善社會、反映人生苦難的社會責任。小說創作不只是藝術，而該具有積極矯正社會風氣、針砭時事的功能。對於性別身份特殊的女作家黃寶桃而言，她既然

----

**⑰**　原發表於《台灣新文學》第一卷第七號（1936.08.05），陳俐雯譯（未刊稿）。

念茲在茲地關注台灣女性在社會結構中的多重弱勢地位，她的創作也該在一定程度上實踐婦解運動。然而，她卻灰心地發現：身旁大量的雜音，讓自己失去說話的自由；雖然有腳，卻沒有行動的能力；末了她驚慌地反問「——我一直是直立不動的嗎？」難道一直以來的積極努力，原來都只是自己想像中的幻覺？實際上自己連一小步都沒跨出去？

這樣的懷疑和提問，實在不像作風大膽積極的黃寶桃所言，到底是什麼樣的巨大壓力，把黃寶桃這個戰鬥姿態鮮明的女作家逼到無路可退呢？值得注意的是，在標題〈詩手〉後，黃寶桃注明了這是「最後的作品」，後又有小標——寫於歷史小說「官有地」被拒絕發表的那一天。〈官有地〉是黃寶桃投稿《台灣新文學》第一期懸賞募集的入選作品。然而為了某些不明原因，雖然入選，竟沒被刊登出來。同期入選作品（包括了吳濁流〈泥沼中的金鯉魚〉、陳華培〈王萬之妻〉、英文夫、太田孝的作品）都在《台灣新文學》第一卷的第五、第六號兩期中刊出，到底為了什麼，獨漏黃寶桃的入選創作，至今仍是個謎。針對此事，黃寶桃在下一期（《台灣新文學》第一卷第七號）中發表了這首「宣稱封筆」的作品，做為回應❸。從此，文壇上再也沒有黃寶桃的蹤跡。

時光流逝了一甲子，這個事件真實的來龍去脈，至今已埋藏於荒煙蔓草間。就連她的入選作品〈官有地〉也隨著事件流失而不復

---

❸　雖然她的詩作〈故鄉〉刊出時間（8 月 28 日）稍晚於此詩（8 月 5 日），但〈故鄉〉發表的《台灣文藝》出刊間隔較長，而從這個具時效性的事件來看，〈詩手〉應寫於 1936 年 7 月。推測黃寶桃確實在這事件後心灰意冷，再也不曾發表創作了。

存在。然而從黃寶桃激烈態度來看，她似乎受到了不公的對待。明明入選、卻又被拒絕發表的理由為何？既被排擠，但又何以能在同刊物發表「最後的作品」申明己志？歸根究柢，是「女作家」的身份造成她躋身主流文壇的阻礙，還是另有其他被邊緣化的原因？這些疑問，在進一步的資料出土前，都只能暫時存而不論。眼下掌握得到的，就是詩中那股走投無路的焦慮感和喪志的情緒，而形象鮮明、教人驚喜的日據女作家黃寶桃，她的文學蹤跡也至此嘎然而止，從此再找不到她的相關資料。

總結來說，黃寶桃的書寫策略在日據女性創作中相當獨樹一格：她不自憐自戀，而是把她的旺盛企圖心展現在「批判寫實主義」的創作路線。她反映各階層苦難，也批判不合理的社會現狀。不過值得注意的是，雖然採取了批判寫實主義創作路線，但黃寶桃並沒有刻意淡化自己「女作家」的性別身份，反而能在彰顯社會不公、痛批不完整社會結構時，更加設身處地關注到台灣女性在種族、階級、性別上的多種弱勢。舉凡國族認同問題對女性感情的扼殺，到父權秩序對於女性勞動力和身體的剝削，黃寶桃一一點明，並以曲折、歪斜的方式，暗暗地給予痛擊。她的出現是日據女性文壇的驚喜，她的消失至今也是個無解的謎。但她激進昂揚、為女性伸張正義的姿態，卻是當時婦解運動落實到文學創作中的最佳典範。

## 第二節　對傳統陋規的柔性批判

同樣在作品中採取了批判位置，黃寶桃大剌剌地針對性別而

來，而辜顏碧霞的批判性卻隱約保守得多。她從不挑起尖銳的性別
議題，也從不正面迎戰。既使是柔性的合理批判，她要不就是在文
本中選擇更具有正當性的角色代言，要不就是以冠冕堂皇的家國論
述來包裝她的個人意見。也許是社會名流、豪門遺孀的特殊身份，
讓辜顏碧霞不得不謹言慎行，小心包裝自己的思想。比起戰士型的
黃寶桃，她的書寫策略表現出一種保守而曲折的色彩。

這種保守，主要表現在批判議題和批判方式兩方面：首先她在
長篇小說《流》中所批判的議題，都是諸如浮華婚喪儀式、一夫多
妻等傳統制度等「陋規」[19]的批評，在《流》發表的四〇年代，這
些對於本島陋習的批判不但進步正面、還很合乎時宜[20]。比起黃寶
桃針對諸如母職和女性身體主權的「異端邪說」，辜顏碧霞的批判
議題是保守、安全得多的。

此外，儘管在批判這些其實已然不具正當性的陋規時，辜顏碧
霞的態度仍是小心翼翼、瞻前顧後，深怕會觸犯眾怒。尤其在小說
中她有個眾人一望即知的代言人「美鳳」，透過這兩個相互重疊的
形象，美鳳在小說中的言行，往往能指涉到現實生活中辜家少奶奶
的發言態度。所以辜顏碧霞很迂迴地創造了二叔仔「敬原」這個角
色，來針對批判議題慷慨陳詞，發其所未能言。

透過一個充滿熱血的知識青年聲吻，所有父權社會中的未亡人
美鳳／辜顏碧霞所不該說、不能說的話，都可以藉由這個在公學校

---

[19] 這些議題之所以是本島人的「陋規」，在當時已具有一定程度的共識。

[20] 從二〇年代開始，在一些思想進步的報刊雜誌（如《台灣民報》）上就不斷
出現社會習俗改革的討論。不過在文學創作中男作家們關切此議題的卻不
多。

教書、一心改造社會以符合時代潮流的青年說出。尤其小說中敬原的男性身份，讓他在公領域的參予上具有更高的合法性，拓展了辜顏碧霞的論述空間，讓她的改革意見可以公共的理由重新包裝，以增加論點的說服性。

　　然而，重新整理辜顏碧霞這些和性別無太大關連的「陋規」的批判，倒是有個頗具性別意義的發現：同樣是對於社會陋習的批判，辜顏碧霞反對陋規的理由相當特殊，她反對傳統陋習的主要原因，不是向西方現代文明看齊、也和冠冕堂皇的民族自尊心無關❷。她批判的理由，是這些浮華的陋習，會傷害最珍貴的、真心的骨肉親情。簡言之，她是站在「感情」的基礎上，來反對這些誇張浮華的社會風俗。

　　這種對於感情的重視，可以解釋辜顏碧霞在面對「迷信」這種科學文明抨擊最烈的社會陋俗時，她的態度何以如此保留。正因為迷信傳達了長輩的溫情，辜顏碧霞在小說中有點矛盾地肯定了迷信的價值❷。由此，我們隱隱可見她背後的價值運作體系：即一切皆以自然感情為最高處理原則。面對人世間會傷害、扭曲人性的社會制度，辜顏碧霞在文本中提出了委婉的批評，並試圖改造之，在不傷害長輩感情的前提下，找尋可行的代替方案。

　　大體來說，辜顏碧霞的柔性批判，多是針對傳統家庭制度和虛

---

❷　當時最常見的批評，是把這些習俗看作「本島人」的陋習，加進了種族屬性。

❷　此外在一段美鳳和瑞珠關於改革的激辯中，辜顏碧霞也表明了改革得在「孝順」的前提下進行，由於不願傷害和老人家的感情，她的態度便不如瑞珠激進。

華的禮俗。而她在小說中集中討論的，其實又有婚禮習俗、喪事、一夫多妻制和財產分配制度四個項目。以下就分別討論辜顏碧霞在這些項目中的柔性批判，還有她在透過敬原、美鳳不同身份發言時的差異性。

# 一、對於傳統婚禮習俗的批判

對出身中上階層、生活富裕的女作家辜顏碧霞來說，上流社會浮華、虛榮的風氣，是她最容易觀察到的社會陋習。尤其是台灣傳統士紳家庭仍普遍存有以辦喜事的規模來誇耀家業的心態，於是好端端一椿喜事，最後往往變成家中女眷們暗中較勁的工具。

辜顏碧霞對婚禮習俗的批判，主要便來自於其浮華虛榮的部分。在《流》中王家的次子敬原結婚時，面對歡樂盛大的婚禮，身為家中長輩的冬蜜夫人雖表面裝出無比的喜悅，但和自己親生的瑞雲、敬志、瑞珠關起房門談貼心話時，她積壓已久的不滿就傾巢而出，氣憤地向兒女們泣訴抱怨：

> 「說真的，你們多桑很不公平。當初瑞雲結婚的置辦費，說什麼女人家隨便就好，連瑞香的一半的分都不到。……」
> ……瑞雲被這麼舊事重提，不由得想起結婚當時的委曲。
> 「媽媽，我一想到自己當時的嫁妝便覺得丟人現眼。」（辜顏碧霞：1999：44-5）

代表長輩們對婚禮祝福的嫁妝，如今成為瑞雲和冬蜜夫人斤斤計較的項目。雖然事實明明是因為瑞香親生母親阿嬌夫人出身名

門，留給了她大量的遺產，瑞香的嫁妝才會較多❷❸，但是在各房較勁之下，由於面子問題掛不住，她們還是關起房門來發牢騷。正因為傳統社會仍普遍存在著以婚禮規模和嫁妝多寡來評斷別人的價值標準❷❹，瑞雲才會對多年前的委屈念念不忘，覺得簡直是「丟人現眼」。

原本只是單純美好的婚禮，卻因為傳統婚禮習俗的浮華取向，使得種種親情和祝福彷彿都可以以金錢「量化」，變質成為家中成員較勁的場域。當然這種不堪的情境也可以解釋成少數人性格上的小心眼所致，但這種性格缺陷之所以能發揮作用，還得需要浮華虛榮的社會價值觀的配合。辜顏碧霞深深明白這絕非單純的個人因素，所以才在針砭微諷這對母女的惡行外，把這種華而不實的婚禮習俗作一次結構性的檢討。

有錢人家嫁娶的奢靡風氣，主要可以從兩方面來看：一是由男方聘金多寡和婚事的規模，一是從女方嫁妝所展示出的財力。為了突顯龐大嫁妝的不切實際，辜顏碧霞在小說中鉅細彌遺地詳述敬原新婚妻子啾啾桑家當的流水帳。透過媒婆事前預告嫁妝豐厚時誇張吹噓的這段描寫，讀者們其實已經感受得到辜顏碧霞不以為然的態度：

---

❷❸　在《流》的王家系譜中，瑞香是大房正妻阿嬌夫人的親生女兒，而敬志、瑞雲、瑞珠是小妾冬蜜夫人所生。

❷❹　如在 1931 年，台灣民報社便曾主辦了「家庭制度婚姻問題研討會」：其中檢討了舊家族制度的缺陷、聘金制度、還有關於誇大不實的妝奩的批判：「不過是滿足虛榮心」（見《台灣新民報》360 號）。

媒婆大談新娘的嫁妝如何之多，寬大淺底的抽斗（屜）的箱
子有一百二十個；接著一一介紹五六對金子、真珠、翡翠、
珊瑚手環、項鍊、胸針、耳環、腳環等，說它有多貴重、漂
亮，比手劃腳，講得口沫橫飛。講到一半時，特別提高音
量，就是那只鑽石戒指了。最後她當然不會忘記吹噓自己撮
合的新娘，女方龐大的嫁妝和陪嫁金之多，以及男方如何富
有、紅包厚酬等。（辜顏碧霞：1999：65）

嫁妝還沒進門前媒婆的預告，其實不過是關於陋習批判的暖
身。辜顏碧霞的思考和反省，其實要在小說中的美鳳和瑞珠親眼看
到這份不切實際的嫁妝後才真正開始：

到了中午，新娘的嫁妝運來了，忙著整理擺放的美鳳吃了一
驚，因為全是一些生活上沒有需要的東西。但只見媒婆滿臉
得意。
「全廳面都是。」
說著，朝美鳳微笑。她的意思是指大廳的擺設和廚房用品全
備齊了。這裡面有鑲嵌真珠貝的荔枝木椅、沙發、安樂椅、
桌子、房間家具，多得沒地方擺放。衣物服飾更是多得驚
人。此外，衣櫥、貴重的櫥櫃、十二個提箱全塞得滿滿。大
廳裡神桌上擺著紅柑燈，還有拜天公用的中繡獅頭的繡巾，
紅綢布刺繡的繡中燈，家門前掛著喜慶時常見的繡有各種人
物造型、珠垂兩繫、紅長的八仙彩等，多得難以計數。
「阿嫂，東西還真多呢！這些東西，家裡不是都有了嗎？」

瑞珠笑說。

美鳳正在思索這個問題。

「說得也是，全是用不著的物品，光是衣服就超過一百件以上。」

「想不到啾啾虛榮心也這麼強，鞋子未免太多了吧。這些馬上就退流行了，要是我，才不做那種事呢！」

「不光啾啾有這種想法吧。……」 （辜顏碧霞：1999：66-7）

為了符合傳統古禮，新娘的嫁妝幾乎全都是些用不著的物品。要不就是一些家中已經有了、萬年不壞的傢俱，要不就是些對於受現代教育的新女性已經根本不實用、純粹為了誇耀財富的祭拜物件。為了取信於讀者，辜顏碧霞不惜花費一整段的篇幅，細述啾啾桑嫁妝的細目，讓讀者自行判斷其實用性。而透過美鳳和瑞珠的對話，辜顏碧霞也直指：這些華而不實的嫁妝配件，說穿了全是「虛榮心」、而且不只是當事人啾啾桑一個人的虛榮心，而是兩個家族、或是整體上層社會的虛榮心所致❷❺。

辜顏碧霞對嫁妝的批判，主要是從經濟和實用的考量出發。這

---

❷❺　如《台灣民報》260 號的社說「實行新式結婚——廢除虛禮！節省冗費！」就直言：「聘金之害是婚姻儀禮中的一端而已，其他說送定、插簪、完聘禮物的行列、祝天謝神、廟見……種種的繁文縟禮是不遑枚舉的。因此而消耗的冗費，較之聘金更多。……提倡：與廢止聘金同時要實行新式結婚，才有文化向上之可言。……試看完聘的禮物、出閣的妝奩之遊街行列，除起誇張兩家的門風——家資而外，還有什麼意義呢？若非徹底的推翻這好虛榮的根本觀念，雖然廢止聘金，終是打不破因襲的陋習。」（1929.5.12）

種把辦喜事當成是作面子、彼此較勁的傳統陋俗，也確實在人多嘴雜的大家庭中埋下日後失和的導火線。啾啾桑讓人眼紅的豐厚嫁妝，不但讓冬蜜的大女兒瑞雲看了滿心不是滋味，也成為日後冬蜜夫人叫罵時掛在嘴邊的主題句❷⑥。這種以嫁妝多寡來衡量媳婦在家中地位的價值觀，也的的確確扭曲了家族中的感情，造成了各房之間的嫌隙。

　　面對這種浮華不實的傳統婚禮習俗，辜顏碧霞沒敢讓美鳳這個家族中雖存猶亡的小寡婦表達太多意見，但透過婚禮的當事者敬原這個角色，辜顏碧霞卻傳達了強烈不滿的態度。作為新時代的知識份子，在公學校任教的敬原是個具有自己想法的熱血青年。由於不肯隨俗浮沈，在家族中他一直是個乖僻、沉默自囚的成員。在婚前，他已經不只一次地說過婚禮不該要鋪張浪費，然而對於王醫師這樣的傳統家庭而言，婚禮是兩個家族間的大事，當事人的個人意願本是無關緊要的，因此他自己的婚禮，還是在家族長輩的主張下熱熱鬧鬧地盛大舉辦了。試看這段在歡鬧的氣氛中、敬志對美鳳說的話：

> 「實在吃不消。這種吵吵鬧鬧要不趕快結束，等敬原兄回來，看到堆積如山的食用品，一定會很生氣，他一定反對這樣做。阿嫂，妳的看法呢？」
> 的確，敬原對任何人都表示不必要完聘。（辜顏碧霞：1999：

---

❷⑥　如冬蜜夫人盛怒下口不擇言謾罵的台詞：「不管妳後頭厝多麼有錢，下女的媳婦就像下女的媳婦！」（辜顏碧霞：1999：140）之類的。

44）

　　敬原所具備的「男性」和「新知識份子」的雙重身份，讓他可以堂而皇之地向任何人表示自己反對完聘的立場，而做為家族中具有一定地位的成員，就連同父異母的兄弟敬志也馬上預想到他將會有「生氣」的情緒反應。的確，當他發現自己的婚事被鋪張張羅時，他馬上鬱悶地向地位卑下的母親英花強硬責問：

> 「英花，我交代過一切從簡，為什麼又準備那麼多東西呢？」
> 英花表情雖然有些落寞，但似乎全然不放在心上，說道：
> 「敬原，我把貴萬說的事找了瑞香商量，她一開始就笑我：這種事若一五一十聽從兒子的要求，說什麼也備辦不好，況且，對方是大茶商的千金小姐，我們也要顧及自己的體面，說我身為母親，得全權作主才行等等……，根本不理會我的緊張。」
> 敬原緘默不語地聽著。他壓抑住內心的煩悶。
> 「敬原，你歐多桑希望把你的婚禮辦得跟敬敏的一樣體面，我也感到光彩，還幫你買了真珠手環。」（辜顏碧霞：1999：61）

　　雖然自己明明表示婚禮一切從簡，但面對苦熬出頭的母親英花，敬原還是壓抑住心頭的不耐與煩悶，選擇尊重這對英花來說是歷史性光榮的一刻。一見到英花難掩無比欣喜的滿足表情，敬原便

無從生氣了，在母親單純無知的情感和浮華陋俗的改革之間，敬原的內心可說是天人交戰了好幾番：

> 敬原心想，倘若這是一個可以重建的家庭，乾脆一次把它摧
> 毀，另闢合乎理想的住居環境，但人是複雜的感情動物，他
> 不禁自問，自己難道不也是感情的動物嗎？倘若果真憑一己
> 之力推倒了這個家庭，還能立即完整地重建家園嗎？再過五
> 年、十年後，不，那時自己已有了妻室、孩子。
> 對，羅馬的文明並非一旦完成的。想到這裡，頓覺暗淡的前
> 途倏然閃過一道曙光。（辜顏碧霞：1999：61）

人是感情的動物。敬原最後還是選擇了成全母親的情感，而把理想和陋俗的改革留待久遠後的未來。羅馬的文明不是一天造成的，新文明的推動，就等自己有了下一代再好好從頭教育，眼前最重要的，還是最珍貴的、母親的感情。透過對敬原內心的細緻描寫，辜顏碧霞點明了新世代知識份子對於浮華婚俗雖欲改革、但又顧忌長輩感情的矛盾情境。敬原雖然態度始終如一地反對浮華婚俗，但最後還是對英花讓步，而把改革的希望放在下一代身上。

總之，辜顏碧霞對於傳統婚禮習俗的批判，主要在於其過程的浮華和不切實際，而且在嫁妝上彼此較勁的價值觀，會造成家族間的親情扭曲。話雖如此，當長輩們滿心期待多年、盼到了這榮耀的一刻時，辜顏碧霞還是讓步了，以「不傷害老人家感情」為所有改革的前提。到底對女作家辜顏碧霞而言，人是複雜的感情的動物。「感情」才是所有社會規範的最高指導原則。

# 二、對於喪禮禮俗的批判

和對於浮華婚禮的批判一樣，辜顏碧霞對於鋪張虛華的喪禮陋俗深深不以為然。不過這次她不再假二叔仔敬原之口直接說出對於傳統陋習的不滿，而是藉著美鳳父親過世，回家奔喪的女兒美鳳和美惠在觀念上歧異衝突，來點明這種浮華的喪禮禮俗對兩姐妹感情所造成的巨大傷害。

美惠是美鳳娘家唯一的妹妹，婚前兩人向來具有無話不談的親密感情。不過這對姐妹花的婚後境遇卻大不相同：嫁來王家的美鳳，夫婿新婚不久後就去世，從此得在大家族中過著提心吊膽、看人臉色的生活；而美惠境遇就好得多，嫁入南部極其有錢的人家，婚後在內地的生活也相當幸福美滿。

然而，自從美惠搖身變成高不可攀的貴婦人後，她和美鳳間的相處就轉變了：她對姐姐不再像往常那樣無話不談、既撒嬌又嘲弄，而以一種穩重矜持的體面態度取而代之。在父親邃逝、姐妹趕回家奔喪處理後事的時刻，她和美鳳對於喪事談不攏，從此姐妹兩人感情衝突，也正式地浮上了檯面。

為了符合自己的貴婦人身份，因婚後富裕物質條件而變得愛慕虛榮的美惠，堅持主張要把父親的法事辦得熱鬧非凡，即使姐姐美鳳極想要簡化喪事鋪張的陋習，美惠還是絲毫不肯讓步：

　　「姐姐，你出來一下。」
　　美鳳跟在美惠的身後走出了房間。
　　「什麼事？」

　　「跟你商量三旬做功德的事，妳打算怎麼做？」

　　「雖然還沒跟我公公商量，我們兩個人一起辦吧。我們沒有必要跟外頭的人一樣，姐妹為了做功德相互較勁，用不著那麼注重形式。」

　　「姐姐這麼說，讓我覺得意外，歐多桑不是最疼愛妳嗎？我認為做女兒的做功德安慰歐多桑在天之靈，祈祝冥福，盛大舉辦是理所當然的事情。總之，我來張羅，隨便妳怎麼做了。」（辜顏碧霞：1999：151）

　　倨傲的態度，女王的姿態，為了透過父親法事來彰顯自己高貴富裕的身份，美惠全然不顧姐姐在夫家的難處，一意孤行地決定要盛大舉辦❷。靜靜地目送妹妹的背影離去的美鳳，只能夠欲哭無淚地抿嘴沈思：到底是什麼，讓自己原先無話不談的妹妹如今變得如此疏離，變得被幾道牆隔開似的無法接近呢？（辜顏碧霞：1999：151）

　　可悲的是，這種家庭中的困境，即使是家中最高長輩的美鳳母親，對她也是愛莫能助。作為美鳳在家中唯一的靠山，老夫人心疼大女兒的困境，而對小女兒的作法有些微詞，但面對傳統社會中強大的輿論壓力和舊有風俗，她卻也無法說什麼。正如辜顏碧霞在文中的解釋：「女兒為父親熱烈地籌辦法事，當母親的沒有拒絕的理

---

❷　在傳統喪禮習俗中，三旬和五旬法事是由出嫁的女兒回來辦的。但可以選擇合辦或個別分開籌辦。「如果兩個人合辦，頂多每人二三百圓就可打發，各人自辦的話，少說也得各個花上四五百圓。」（辜顏碧霞：1999：152）

由，相反地，應該更有面子才對」（辜顏碧霞：1999：152）。面對大女兒勢必無法支出的龐大法事費用，這個母親所有能想出來的解決辦法，就是在體制之外的援助：偷偷把私房錢塞給她。但不巧母女倆在推託之際被女傭看見，老夫人偏心美鳳的傳言又馬上傳遍開來。

　　由於以喪禮場面大小來代表家族興衰的傳統價值觀根深蒂固，雖然美鳳極想簡化出殯儀式，但周遭的親友們卻不同意。尤其三旬和五旬得由女孫做功德的習俗，更讓已出嫁的女兒有了互別苗頭的機會。婚後有極大轉變的妹妹美惠，對於父親法事的熱衷，更是徹底凌駕了姐妹情誼，簡直到了種匪疑所思的程度，她寧可枉顧美鳳的困難，也不願放棄這個彰顯身份的大好時機。她不但在宴請奔喪親戚的菜色上和姐姐互相較勁，在請道士作功德的陣仗上也絲毫不含糊：

　　　　奔喪的親戚很多，光是用餐吃飯，二天之內就得準備二三十桌。聽說妹妹準備了最上等的料理，美鳳則出普遍的菜色。即使如此，光是餐費就不下兩百圓。雖然老夫人不想讓美鳳多所破費，但終究敵不過左鄰右舍的俗論。美鳳為了安慰母親，這樣說道：
　　　　「媽媽，妳別擔心啦，我公公給了我很多費用。」
　　　　這時，老夫人才安心地點點頭。
　　　　請道士做功德，妹妹請了十二個人，美鳳只僱了四個人，美鳳盡可能不去理會周遭的輿論，而妹妹及其夫婿則是所有人的焦點，可說得意到了極點。（辜顏碧霞：1999：154）

　　相比於美惠得意洋洋的女王蜂架勢，辜顏碧霞給予了美鳳一個重視真情甚於形式的清新形象。處於左鄰右舍人多嘴雜的傳統社會，老夫人雖然無力對抗傳統價值觀，但仍然有少數親戚同情美鳳，說出辜顏碧霞的真心話：

> 美鳳，這樣做就夠了，這只是一種形式而已，真心比什麼都來得重要。因為這是子孫敬對仙佛的心意。（辜顏碧霞：1999：154-5）

　　的確，真心比什麼都來得重要，比起對著圍觀群眾砸錢如用水、得意洋洋的美惠，再比較在守喪時傷心地哭到昏厥過去的美鳳，辜顏碧霞對於所謂「真心」的感情為何，對於鋪張喪禮的批判態度，已然溢於紙上。

　　比起婚禮的浮華鋪張，辜顏碧霞可能對於喪禮的浮華鋪張更加難以理解：她以一種介紹世界奇觀的口吻和四五頁的超長篇幅，詳細介紹陳述了喪禮的流程中種種匪疑所思的細節（辜顏碧霞：1999：154-9）。在這場喪禮中，有跳顛比劃的道士雜耍、有以舌頭頂盤子、以頭頂桌子的平衡特技、還有十二個道士在空地舉行「走赦馬」的表演。明明是喪禮的法事，但圍觀的人群和喧囂聲音卻熱鬧得有如年節的慶典。而出殯時的描述更精采，除了披麻戴孝的家屬之外，一路上的遊行隊伍還包括了二十四個小女孩所扮演二十四孝，而在隊伍最前頭，還有兩個背上翅膀、手拿提燈的女孩所扮演的金童玉女，而盛大的旗隊和台灣樂隊，更是出殯時所免不了的陣仗。

　　這些華麗的扮裝描述，熱鬧得讓人產生嘉年華遊行的錯覺。面

對這些場面，辜顏碧霞沒有太多的主觀批評，而只是平鋪直述的呈現。但在這種篇幅超長、鉅細彌遺的記錄書寫中，辜顏碧霞卻逼得讀者一再地反思：這些熱鬧儀式，真正代表的意義為何？本該是追懷先人、靜穆哀悼的場合，卻淪為熱熱鬧鬧有如市集慶典般的親友集會。這樣扭曲的喪禮儀式，能表示多少真正的哀思？

真心的感情比什麼都來得重要。然而傳統舊習中的喪禮禮俗，真心的部分卻寥寥可數。以法事的鋪張虛華來彰顯家業的陋習，不但讓美惠、美鳳這對姐妹花的感情受到了傷害，還扭曲了本該靜穆莊重的、對於故人的追思。然而一心想改革舊習的美鳳，在親友龐大的壓力和左鄰右舍的輿論下也不得不屈服，就算是在家中地位崇高、心疼美鳳花錢的老夫人，也無法改變這種習俗。

同樣的情形，也出現在美鳳的公公、王醫師的喪禮上。和美鳳同為新式知識份子的敬原，原先也主張以把父親的喪禮用新式的方法來辦。但面對冬蜜夫人呼天搶地的哀啼和親生母親英花的哭聲責問，不忍傷害老人家感情的他最後還是讓步，一切按照傳統舊習。在辜顏碧霞的小說中，「感情」是個最高處理原則。無論是對代表公領域、態度強硬的進步男性敬原，或是對在家族中行事低調的小寡婦美鳳而言，「不傷害長輩的感情」，都是他們在試圖改革傳統陋習時的首要前提❷。

---

❷ 在此也許可以對照一下男作家巫永福在〈山茶花〉中對於習俗改革的激烈態度：故事中深受「同姓不婚」傳統習俗困擾的龍雄，引用了法國詩人保羅·互雷利的話：「現代青年不要想去理解習俗，也不應該去理解。」他把這話解釋為：「應該加以抹殺，應該加以忽視。」面對不良習俗，比起辜顏碧霞來說，巫永福的態度算是很強硬的。

# 三、針對一夫多妻制度的批判

　　作為豪門家族中的長媳，辜顏碧霞最感同身受的，其實是平日家庭中持續不斷的各房紛爭。鋪張浮華的婚喪喜慶雖然缺乏真心，會傷害珍貴的親情，但到底婚喪喜慶不是天天都有，而家庭成員中柴米油鹽的共同日子卻是每天都得面對。對她的日常家庭生活而言，影響層面最全方位的傳統舊俗，正是伴隨著一夫多妻制度所衍生的各房爭執。

　　傳統一夫多妻制度給家庭帶來的不良影響，絕對不單只是三妻四妾間的爭風吃醋而已，其中還有更深沉複雜的面向。妻妾之間的失和，往往能夠延續影響到下一代的手足情誼。這些同父異母的兄弟姐妹們，為了捍衛自己的母親，爭取自己這一房的利益，往往輕蔑彼此，在父親面前彼此較勁。尤其是在辜顏碧霞所身處的富家豪門，龐大家產的搶奪和分配，又加深了這種傳統家庭制度的複雜層面。經濟因素和情感因素的多重考量，讓一夫多妻制度對普遍人性造成了無法消彌的傷害。就算是身處其中的家中長輩如王醫師，在面對兄弟鬩牆、各房叫罵等白熱化衝突時，也只能自怨自艾地躲避，無力去解決這種「時代的悲劇」。

　　一個錯誤的制度，在傳統儒漢社會中不知葬送了多少人的幸福？然而最難得的是，面對這個讓自己受害最深的切膚議題，辜顏碧霞卻能不只從自己的弱勢角度出發，而是試圖站在家族中所有人的角度，來思索這種制度給人帶來的痛苦。在這個一夫多妻的家庭制度下，幾乎家裡的所有人都不快樂，辜顏碧霞分別透過家庭中不同成員之口，來說出身處這個制度中的無奈和委屈，如這段在討論

聘金的存廢問題時，敬原思緒漫游所及、但卻說不出口的真心話：

> 一旁靜靜聽的敬原接在哥哥的話後：
> 「哥哥，這個問題簡單。……重要的是社會制度。這個社會充斥著虛偽的禮教，這個社會對男人太過寬大了，你的看法如何？這才是悲劇的根源，不斷上演殘酷的悲劇。」
> 敬原突然沈默不語了。他本想說：
> 「把三妻四妾放在同一屋簷下，讓她們生下同父異母的兄弟，為爭取父親的寵愛，相互地明爭暗鬥。難道這不是時下極需改革的問題？」
> 不過終歸是在父親面前，得保留些情面。敬原仍處於極度的激動狀態中嘴唇一直顫動著。眼前突然浮映出下女出身的母親英花卑怯的表情。……記得她的孩子敬原年幼時，有一次童伴罵他「下女的兒子」時，路過的英花剛好聽進耳裡，他看見她躲在廚房的角落擦淚，這番情景，至今仍使敬原心緒難平。（辜顏碧霞：1999：28-9）

敬原的母親英花本是阿嬌夫人的女傭，由於阿嬌捨不得她嫁人，所以央求丈夫留她為妾。但這個可憐女性並沒因為生下兒子而地位提升，平日在家中，她還是默默忙著大家庭繁重的勞務，和女傭們一起在廚房吃剩飯剩菜，不但如此，她還得忍受冬蜜夫人口中「下女」、「賤婢」的叫罵，每天過著提心吊膽、看人臉色的生活，是個道地的犧牲者。非但如此，在權力爭奪的場域中，敬原母親的出身，也成為各房兄弟爭吵時奚落敬原的好材料。在成長歷程

中深受其害的敬原，在思索這樣的制度時，自然有滿腹的辛酸和苦楚。

身為家中的長子、又從小被正室阿嬌夫人視如己出，各方面都處於優勢的敬敏，當然不能了解一夫多妻的制度下其他兄弟的悲哀。望著氣宇軒昂的大哥敬敏和溫和寡言的父親，這些對於三妻四妾傳統制度的激進批判，敬原終究還是說不出口。悲劇的根源在於家庭制度，而不願傷害家庭感情的敬原，也只能承擔下這期間種種的痛苦，把改革的希望放在下一代。

透過英花卑怯的處境描寫和敬原沉鬱而說不出口的心聲，辜顏碧霞讓筆下的人物站在自己的角度說話，全方位呈現這種傳統家庭制度的百害無一利。但尤其值得注意的是，辜顏碧霞在筆端對「王醫師」這個角色所流露的高度同情。在辜顏碧霞的安排下，娶了阿嬌、阿月、冬蜜、英花四個妻妾的王醫師，其實並不是個淫人妻女的好色男人，而只不過是個性格溫和、接受母親安排的孝順兒子，王家之所以妻妾成群，其實沒有任何一個是王醫師自己找來的，大部分的原因，是因為王老夫人一心一意急著抱男孫所致。

由於王醫師的正室阿嬌在結婚後的一兩年內都沒任何喜訊，王老夫人著急的四處求神問卜。在一次祈神的旅次中，王老夫人發現了十七歲的旅館女傭冬蜜，心中暗暗地打著如意算盤：「這個姑娘跟嬌小的阿嬌比起來，生得胖皮有肉，要是這姑娘，一定可以馬上生小孩的。」（辜顏碧霞：1999：51）就是這樣，王老夫人幫兒子物色了可能比較會生孩子的冬蜜作妾。相同的情形，在幾年之後又再度重演。由於那時的阿嬌和冬蜜都只生了女兒，心急如焚的王老夫人又在親戚的結婚場合物色了一個皮膚白皙的姑娘阿月：「姑娘身材

不算太好，但腰臀粗圓。老夫人心中盤算：這種體格一定可以生個男嬰。」（辜顏碧霞：1999：52）就是在這種非生兒子不可的價值觀之下，本無意再娶的王醫師接二連三地奉母命娶妾，為大家庭日後的紛爭埋下了導火線。

　　為了想要讓病中的丈夫抱男孫，王老夫人自作主張地幫兒子娶了冬蜜、阿月等妻妾，造成了家庭的爭端。從這樣的情節安排中，我們其實可以發現：王醫師本人並不好色，只是溫和懦弱，無法以強硬的態度來拒絕傳統家庭結構的編派。從這種情節的安排可見：辜顏碧霞批判的對象，並不是男人「好色」等人格缺陷，而是整個社會結構對於「生子」「男孫」的要求。

　　這種情節安排，正是辜顏碧霞的深度所在。作為一夫多妻制度在此個案中唯一的「既得利益者」，她沒有單純地把王醫師視作一切罪惡的根源，而是把他塑造成一個溫和孝順、性格懦弱的角色。這個男人，不過只是溫順地接受社會價值觀的安排，但最終卻搞得家裡天怒人怨，雞犬不寧。到底何以如此？顯然，這筆帳不能只是粗率地以個人性格缺陷來加以解釋。在此，我們可以清楚看見辜顏碧霞把這種家庭悲劇提升到結構性討論的企圖心。

　　面對「一夫多妻」這個可以對應她現實生活中的敏感議題，重視長輩感情的辜顏碧霞，沒敢讓美鳳這個代言人直抒胸臆，而主要是透過王醫師自己的反省，來點明這個制度的根本錯誤。在〈悔恨〉一章，在熱鬧富裕中回首前塵往事的王醫師，卻仍對眼前生活感到無邊的寂寞和苦悶。他溫馴地接受家中的安排娶妻納妾，讓王老夫人在臨終前欣慰地有感而發：

> 這樣我也可以安心地走了。你也有男嗣繼承了。我只要想到
> 死後有男孫為我送終，就死而無憾了。況且我的葬禮還有三
> 個媳婦哭著送我吧。我為自己做對的事情感到欣慰。你今後
> 也可安心行醫，留更多的財富，榮耀王家的子子孫孫。（辜
> 顏碧霞：1999：93）

對於恪守舊觀念的王老夫人而言，有男嗣繼承、有三個媳婦哭著送終、累積大量的財富給王家子孫、是她這輩子奉行不渝的價值觀，直到臨死，她都還為自己做對的事情感到欣慰。而為了讓母親滿意，王醫師也毫無抗拒地順應舊傳統。照著母親的要求，他娶了三妻四妾，也生下不少男丁，並深深以為這樣才是孝順的極致表現，但他一直沒有真正思考的是，這種傳統家庭結構背後所隱藏的危機，及其對親情的傷害。一直等到日後各房成員爆發了嚴重爭執，他才發現當初自己以為的幸福太過於一廂情願：

> 一想到有了與自己血脈相傳的兒子，做什麼事都有幹勁，多
> 少精神上的痛苦也都熬過來了。可是，當孩子們漸漸長大，
> 才深深體會到自己的喜悅與期待未免過大了。……齊聚一堂
> 時，他環顧著大家，敬敏亢奮的臉、敬原輕蔑的眼神、英花
> 提心吊膽、冬蜜嘲諷的表情、敬志一臉沮喪……他自問，難
> 道這些就是我投注一切希望、全心全意教養出來的孩子嗎？
> （辜顏碧霞：1999：94）

依照長輩的傳統觀念所建立起來的「家」，何以會只有家的虛

殼、而沒有溫暖和樂的實質呢？王醫師感受到家庭的爭端，但卻無力改善這種情形，只能滿心充滿被背叛的淒涼感。

以一種溫厚寬容的角度，辜顏碧霞寫出了在新舊交替的世代夾縫中，像王醫師這樣的知識份子在道德和理性上的認知衝突。這些儒漢社會中的傳統知識份子，服膺孝道、順從傳統等古老的價值觀，但又迷惘地感受到這些傳統價值的缺陷。面對家中大大小小不斷的爭吵，王醫師也只能充滿一種被背叛的淒涼感：正如王醫師一方面振振有詞的自辯：「世界再怎麼進步，孝順父母又有什麼不對？我盡孝道，滿足大家物質上的需求，這樣的父母心又何罪之有？」（辜顏碧霞：1999：94）但另一方面，他卻也對家庭的不和樂感到心痛和失望。「我不懂這些就是我孝順的回報嗎？」（辜顏碧霞：1999：94）一句王醫師的無語問蒼天，道盡了新舊夾縫中的知識份子兩面不是人的為難處境。

透過王醫師的悔恨，辜顏碧霞說出了一夫多妻制度給人們帶來的苦難。而且她把問題的焦點對準了社會結構面，說明在這個錯誤的制度下，就連表面上唯一的既得利益者：即大享齊人艷福的王醫師，其實他在精神上受的折磨也不亞於其他人。

這種以男丁、各房妻妾來穩固家業的傳統觀念，要改革談何容易？但在辜顏碧霞的安排下，時間卻是最好的治療師。任何改革，都是要循序漸進、不傷害長輩感情的情形下進行的。觀念頑固的王老夫人，代表古老傳統的第一代，她深信家中妻妾男丁眾多是家族興旺的象徵；第二代的王醫師雖然儒弱孝順，但在晚年卻也悔恨於這種錯誤制度所帶來的家庭悲劇；家族中第三代如敬原、敬志等人的成長歷程，都是在這種制度下深受其害，等到他們自行成立新家

庭，自然會讓悲劇中止，在下一代的教育中徹底杜絕這種陋俗。對於這種家庭悲劇，辜顏碧霞在批判之餘，卻也留下一絲改革的光明希望。雖然無法在短期內徹底消除這種封建時代的陋俗，但在下一代身上，人類文明還是有無限美好的將來。

## 四、針對財產分配制度的批判

也許是公眾人物的身份，也許是怕傷害長輩感情，在書寫家族各房爭端不斷時，辜顏碧霞一直試圖從制度層面來解釋家庭失和原因。在《流》中王醫師過世後王家各房極其不堪的財產爭奪，她傾向於從制度面來改革。而她想出來的解決方法，就是把「財產分配制度」改成只由一人繼承的「長子繼承制度」。

作為現實生活中辜家的長媳，小說中的美鳳也是長子敬敏的遺孀，辜顏碧霞這樣的提議，在旁人眼中難免有些圖利自己的成份。深知這一點的辜顏碧霞，很技巧地把這個提議透過二叔仔敬原說出，而且拉開了批判者和受益者的距離。藉著阿嚴親兄弟鬩牆的個案，以正義旁觀者的角度來說出阿嚴家庭糾紛的解決方法。

在當警察的阿嚴，是王家親戚保正伯的長子。原打算舉家前往滿洲發展。但阿嚴弟弟卻要求哥哥先分了家產才准去，兄弟為此起了嚴重的爭執。阿嚴就是為了這件事，特地休假來台北找敬原商量。透過阿嚴兄弟赤裸裸的爭端，辜顏碧霞倒是說出了兄弟間的私心：「既然大哥要出國，我想還是分配清楚後再去比較好，何況大哥家裡人多，我可負不了責任。」（辜顏碧霞：1999：110）人不為己天誅地滅，深怕此去哥哥花費的份可能比自己還多，阿嚴的弟弟說出了真心話。而觀念傳統的阿嚴，一方面對於弟弟的忘恩負義感到

憤怒傷心，一方面卻又認為兄弟在父親百年之後分配家產是合理要求，煩悶的他於是來找敬原訴苦。而敬原聽取了阿嚴和弟弟為了財產爭執的陳述，終於鼓起勇氣坦白說道：

> 「你就都給他，如何？」
> 他好像不了解敬原的意思，不解地問：
> 「你的意思是？」
> 「這二甲地值得讓你們兄弟失和嗎？你還記得我那死去的敬敏大哥嗎？」
> 「我常常和他談天說地，你還記得吧？……為什麼非得為財產爭得你死我活？」（辜顏碧霞：1999：111）

　　為了避免掉親兄弟明算帳的尷尬，也為了躲開兄弟失和的可能危機，重視骨肉親情的敬原，勸說阿嚴在一開始就先行放棄自己的繼承權，把所有的財產全部給弟弟，以此來換取兄弟間的和平。的確，親情是無法量化、無法用二甲地的價值來計算的，對衣食無缺的敬原而言，為了親情的完整，他寧可選擇大方地把繼承權讓出去㉙。這樣的解決方式也許有點鄉愿，而勸說別人大方放棄財產的舉動也有點「何不食肉糜」的味道，但這正也表明了辜顏碧霞把感情看得比什麼都重要的價值觀。

　　面對敬原的提議，阿嚴當然一時之間無法接受。對大部分人而

㉙　所以與其說辜顏碧霞主張的是長子繼承制度，倒不如說她主張的是單人繼承制度——以此來躲避掉兄弟們為了金錢惡言相向的難堪場面。

言，父母百年之後分配財產，本是理所當然的行為。此時的辜顏碧霞，就利用敬原「男性」和「知識份子」雙重身份發言的合法性，為長子繼承制度找到了個冠冕堂皇的解釋：

> 「你想，台灣有多少公司是真的用幾千萬在經營？」
>
> 「沒有吧？」
>
> 「你想過為什麼沒有嗎？這就是因為財產分配所引起的。因為兄弟都可以得到財產，所以，像你弟弟即使只有一點兒也緊握不放。但若是長子繼承制度，你弟弟或許就死了心，自己去奮鬥，而免於分財產的爭奪。你即使擁有百萬圓，兄弟五人分一分，一人不過二十萬圓罷了。這能成就什麼大事業嗎？」（辜顏碧霞：1999：112）

關於相同的家庭財產糾紛，同樣的「長子繼承制度」的解決方案，但在此卻以國家民族經濟利益的說法包裝推出，這是以二叔仔敬原身份發言，才得以得到的公領域效果。這個大義凜然的理由，顯然說服了象徵國家公權力的警察阿嚴，原先支持長子繼承制度的感情層面，至此已然被提升到國家利益的公領域層面：

> 敬原君，你說的一點也沒錯。我現在才懂支那為什麼會滅亡。支那就是我們的前車之鑑。因為他們缺乏團隊精神，自私利己，而且一夫多妻。我深切感謝自己身為日本國民。我們一定要成為堂堂正正的日本國民。（辜顏碧霞：1999：111）

「支那缺乏團隊精神，自私利己，而且一夫多妻」、「我深切感謝自己身為日本國民。我們一定要成為堂堂正正的日本國民。」……這種說法，雖然如今看來相當傷害民族自尊，但在大東亞戰爭如火如荼的 1942 年❸⓿，這種皇民思想卻是非常激勵人心、具有鼓舞士氣的作用。值得玩味的是，辜顏碧霞雖然使用了這些國家至上的官方理由，但這只是支撐她所提長子繼承方案的最佳藉口，她真正關心的，其實仍是如何避免掉感情的傷害。試看敬原對於上段阿嚴的體認的回答：

> 我很高興你能了解。我們是天皇陛下的子民，絕不可貪圖表面的和平，一定要為國家盡點心力。敬敏大哥還在世時，我常對他說「這個家的產業應全部由你繼承」，但我哥很了不起，還罵我是笨蛋，因為這麼做的話，父親會很難過的。
> （辜顏碧霞：1999：111）

透過大義凜然的國家角度包裝，敬原表明了對於長子繼承制度的支持。但在這段話的話尾，他卻還是露餡了：「……但我哥很了不起，還罵我是笨蛋，因為這麼做的話，父親會很難過的。」在敬原的價值觀中，雖然長子繼承制度可以避免財產分散、對國家的經濟利益才有長足的發展，但只有任何會讓父親難過的可能性，這種大義凜然的說法就不成立。對於指責他是笨蛋的大哥，敬原的說法是「我哥很了不起」，雖然敬原主張不分家產才對國家有益，但最

---

❸⓿　《流》的初次刊行年代。

終還是為了怕父親難過而作罷。

當國家利益遇上感情衝突，敬原毫不考慮地讓國家的經濟利益靠邊站，由於太容易放棄，讓人不由得懷疑：「長子繼承制度才有利於國家經濟發展」不過是個官方藉口，真正的理由，該還是怕財產分配制度會對手足親情造成傷害。於此我們可以看出辜顏碧霞從親情角度出發的兩難：她一方面認為該由單一繼承，才可以避免骨肉相殘的家庭悲劇；但一方面她又矛盾於長輩的古老觀念，怕父親傷心而讓步。這種擺盪於新式改革和傳統孝道間的衝突，不單只在繼承議題，而是貫穿了《流》的全文。

總之，辜顏碧霞在《流》中所欲批判的的議題，主要集中在一夫多妻家庭制度、浮華不實的婚喪喜慶等的傳統陋規。她反對的主要原因，是這些浮華的陋習，會傷害最珍貴的、真心的骨肉親情。既然「感情」是她批判陋習時的最高指導原則，那麼在付諸行動從事改革時，長輩的親情自然也是她耿耿於懷的重點。從下列這段瑞珠和美鳳關於改革的辯論，我們可以清楚地看出辜顏碧霞對於改革的態度和對於感情的堅持。

在敬原結婚前夕，新娘啾啾桑驚人的嫁妝運到家中時，瑞珠就直言批評了啾啾的虛榮和不切實際，並提出她自己將來結婚時的改革方案。在一旁清點的美鳳淡淡地回應：「當今的時代已經很難按照我們的理想來生活了。……與其說一朝推翻根深蒂固的風俗，倒不如說人去適應風俗是困難的。到頭來只讓老人家傷悲，自己也痛苦而已。」（辜顏碧霞：1999：67）

對於改革表現出不積極態度的美鳳，其實只是怕讓老人家傷悲，擔心短期推翻古老風俗時他們會無法適應，但這種瞻前顧後的

想法，卻換來瑞珠激烈的反駁：

> 阿嫂，妳真自私！我們受過教育的人，凡事不積極地付諸實
> 踐，永遠也脫不出古老的窠臼。這樣一來，不是會被時代文
> 明淘汰，永遠無法提升文化水準嗎？（辜顏碧霞：1999：68）

　　性格激烈的瑞珠，主張要由受過教育的人積極地一舉打破陋
習。但美鳳深知這件事在執行層面的困難度。要人們接受全新風
俗，本來就是件困難的事，更何況對於年事已高的長輩而言，之前
的傳統習俗形塑了他們自幼以來的思想，真要激進的實行改革，恐
怕只會冠上不孝的罪名。「孝順是東洋獨特的美德之一」（辜顏碧
霞：1999：68）為了不讓老人家傷心，美鳳寧可選擇暫時忘卻自己改
革的理想，以避免家庭悲劇的發生。因此她給瑞珠的回答是：

> 「瑞珠，我在少女時代也跟妳的想法一樣，不過那終究是理
> 想，一種不可能實現的空想罷了。真要積極地付諸實踐的
> 話，一定是悲劇收場」。
> 「依妳這麼說，最後只是一場空想嘍？」
> 「不，我們還年輕。理想是不會死滅的，它永遠是我們的寶
> 藏。要是老人家能理解、配合我們的理想還好，但情況相
> 反，這是困難所在。等我們獨立當上家庭主婦，再朝理想的
> 目標邁進吧。我們有孩子啊，即使自己勢單力薄，也要教育
> 下一代，等他們的世代時，我們再以最理解他們想法的母親
> 的角色給予幫助，那時候，台灣的風氣不是會煥然一新

　　嗎？」（辜顏碧霞：1999：67-9）

　　年少時也是激進改革派的美鳳，後來被老人家感情所牽制，所以批判性格雖在，但行動上卻和緩得多。「孝順是東洋獨特的美德」，對辜顏碧霞而言，知識份子的改革理想如果會讓老人家傷心，那就先擺一邊、等待最佳的時機吧！理想是不會死滅的，實際的行動可以等到下一代再來改革，但喚起意識，讓社會大眾認知到這些陋俗對人性、對親情所造成的傷害，卻是辜顏碧霞在小說中所努力達成的目標。

　　諷刺的是，辜顏碧霞雖然小心翼翼地不談激進改革、不去傷害老人家的感情，但可惜她的低調並沒有得到太多正面回應。《流》不但在 1942 年一推出就被家族長輩收回銷毀，戰後她還受到莫名其妙的牽連，吃了好幾年的政治牢飯。即使辜顏碧霞已經很小心地抽離具體現實，把各房糾紛和財產爭奪歸究到傳統家庭結構的缺失，但對辜家長輩而言，家醜外揚也許是件難以忍受的事吧！

　　總而言之，辜顏碧霞的批判性，集中於扼殺真心感情的傳統陋俗。而她從事改革的前提，也是以「感情」作為一切事件的最高處理原則。出於對感情的重視，她在《流》中關於迷信的討論時的態度就沒這麼負面，正因為迷信在很大程度上傳達了溫情，她這麼一個在瑞珠口中「受過教育、該積極脫離古老的窠臼」的新式知識份子，卻彷彿有點陶醉於這個透過種種禁忌來傳達關愛的、充滿人情的世界❸。

---

❸　根據楊翠的研究，日據當時的進步人士，主辦了許多啟迪民智、打破迷信的

　　以一個受過現代科學教育的女學校學生而言，辜顏碧霞對於種種「迷信」，自是沒有太多不切實際的實質期待。如在敬原結婚時，當媒人的校長夫婦的遲到，差點就耽誤了新娘進房的時間，在此事件中，辜顏碧霞透過敬原之口，就清楚地表明科學文明對於種種迷信付諸一笑的基本態度：

> 十二點是新娘進房的時間，這是擇日師配合新郎和新娘一家的生辰年月時辰算出最不會犯沖的時刻，因此絕不能更改。瑞香和瑞雲便開始擔心誤了時辰，瑞香問了敬原一句：
> 「校長夫婦怎麼了？快趕不上進房的時間了。」
> 敬原本來想這麼說：「稍遲一下沒關係吧，不要太迷信。」後來作罷，沒講出來。
> 「剛才打過電話，說已經出門了，就快了吧。」（辜顏碧霞：1999：72-3）

　　做為婚禮的當事人，敬原雖然知道這種擔心很無稽，但面對關懷自己的大姐瑞香，他還是把這種批判吞下去，而只是領受大姐真心的關愛和呵護。

---

演講：如高月否於台北維新會會館（1930.4.19）講「陋習迷信之弊害」、於萬華民眾講座（1930.5.30-6.12）講「反對迎城隍掛枷、妝八將」、王女士於台北大眾講座（1931.6.28）講「反對迎城隍」、吳素貞於霧峰（1932.4.1）講「打破迷信」……等（楊翠：1993：239-249）。此外，如「大溪革新青年會」，也是個積極反對迷信的團體。在其《革新》雜誌中，內容幾乎盡皆是對婚姻、喪葬、宗教迷信等社會風俗之批判（楊翠：1993：202）。

同樣的情形，在家族中的老祖母身上更明顯：這位老祖母極在意各種迷信，全部信以為真，就算被年輕人嘲笑，她便會認真地加以反駁和告誡。對辜顏碧霞來說，這種迷信雖然狀似無稽，卻傳達了老人家天真的善意和溫情。如她看見親朋好友爭先恐後想擠進新娘房時，老祖母就著急地站在房門外，大聲提醒來客：

> 「服喪的、懷孕的、結婚未滿四個月的人，不可以進來。這
> 也是積德。」老祖母反覆叮嚀道。即使在喧鬧聲中，這番話
> 語仍有幾分威嚴。美鳳嫁進王家時，也被她叮嚀過好幾次。
> （辜顏碧霞：1999：76）

只有老祖母這樣天真公平，才會對任何人都加以親切的照顧。既使她親切照顧的方式讓人付諸一笑，但這種迷信卻在不太友善的大家庭中為美鳳帶來一絲溫暖。她每次一來便叫住美鳳，殷切細心地給予叮嚀：「美鳳，妳絕不可以搬動房裡的衣櫥和床台，運氣差一點的話，會流產，尤其不能拿鎚敲釘，這會傷到眼睛，要是生出瞎眼的小孩就慘了。也不可以把衣櫥抽屜裡的布料拿出來剪。會生出缺嘴的嬰兒……」（辜顏碧霞：1999：77）十九年華的美鳳，雖然知道這全都是迷信，但仍滿心溫暖地領受老祖母無邊的呵護與關懷。

對於種種奇怪的迷信，辜顏碧霞雖流露出「不信」的科學態度，但卻沒有全盤否定迷信的價值，正因為迷信後頭傳達了深深的溫情，作為新知識份子的辜顏碧霞，還是相當沉醉於這透過種種禁忌來傳達關愛的古老世界。

總括來說，辜顏碧霞對於感情的重視，可以解釋辜顏碧霞在面

對「迷信」這種科學文明抨擊最烈的社會陋俗時，她的態度何以如此保留。由此，我們隱隱可見她背後的價值運作體系：即一切皆以自然感情為最高處理原則。雖然走的是憂國憂民的批判寫實主義路線，辜顏碧霞的批判性，卻是處處圍繞著「感情」而展開。沒有尖銳的性別議題，也沒有小說中傳達聲嘶力竭的婦女解放見解，但辜顏碧霞從女性角度出發的批判寫實主義，卻有著和男性全然不同的特色的和主要關懷。這個饒富興味的問題，將在下段討論之。

　　作為具有社會使命的批判寫實主義作家，男女作家在批判時的差異性，往往表現在關於傳統陋習改革時的題材擇選。大體言之，走批判寫實路線的文學創作都有經世濟民的企圖，作家抱持著強烈使命感、透過書寫來執行其社會責任。但除了大量表現殖民殘暴、反映資本入侵下之農村困境的思想內容外，處於新舊交替時代的作家們，他們還得面對的一個重要議題，便是對於傳統社會習俗的種種反思和改革。

　　隨著殖民政府的現代化，中國傳統農村社會的種種習俗和規約，都在新時代面臨了挑戰，成為亟待破除的島國陋俗。但男作家在批判傳統陋習時，卻主要集中在幾個具體可見的社會現象，而較少出現從制度層面的結構性探討。比如針對「迷信」這個對新知識份子而言務必除之而後快的陋習❷，一般在小說中的討論，多呈現在下列幾個特定的社會現象：

---

❷　《台灣民報》上的文章對迷信的批判甚烈，如；此外，彼時也有相當數量之演講講題是針對迷信，如「宗教是人民的阿片」、「城隍之由來，迷信之深刻」等（許俊雅：1995：376）。

1. 表現宗教的鋪張。如賴和的〈鬥鬧熱〉、蔡秋桐的〈島
   都〉、朱點人〈王爺豬〉、蔡德音〈補運〉、謝萬安〈五谷
   王〉、楊守愚〈移溪〉等。
2. 表現風水迷信。如呂赫若的〈風水〉、楊守愚〈美人照鏡〉
   等。
3. 呈現巫覡密醫的草菅人命。如邱福〈大妗婆〉、朱點人
   〈蟬〉、賴和〈蛇先生〉、楊逵〈無醫村〉等。

透過這些現象的書寫，男作家們在小說中具體呈現了迷信這一
陋俗給社會大眾帶來的傷害。但迷信何以形成？背後的結構性因素
為何？該如何破除？改革時有何技術層面的考量？這些進一步的論
述，男作家們很少試圖在文學創作中呈現，但女作家辜顏碧霞卻呈
現了較為全面的檢討。雖說她的《流》是長篇小說體裁、能容納較
豐富的內容也可能是原因之一，但她的小說創作所表現出的一種夾
述夾議的論述風格，卻是許多也寫長篇小說的男作家所沒有的特
色。

而關於舊時代的種種陋俗批判，辜顏碧霞的議題也環繞著「舊
有家庭制度」，而非如風水迷信、宗教建醮等社會陋規。無論是她
對於一夫多妻家庭制度的批判、還是對於財產分配制度的批判，這
些用以支撐一個傳統父系家族運作的制度，都是身歷其境且深受其
害的她所欲批判改革的重點，而舊有家庭制度的改革，正是男性作
家較少觸及的批判領域。難道是父系家庭中既得利益者的身份，讓
男性於此較不敏感？還是隱藏在每個家庭中的精神苦痛，比起受殖
民蹂躪、受資本鐵蹄侵略的民族恥辱來說太過於微不足道？箇中複
雜原因，正可提供性別思考的重點。

　　男作家們對舊有家庭制度的批判，其實主要集中在「封建婚姻」和「養女制度」兩方面。事實上，日據時期對於舊有婚姻制度的批判言論，一直居於相當強勢地位。根據楊翠的研究，在婦女運動萌發之二○年代初期，憑父母之命媒妁之言的傳統婚姻制度，一直是《台灣民報》上的新知識份子猛烈攻擊的對象。彼時新派人士所鼓吹的焦點，除了批評傳統婚姻所造成的不幸，多集中在戀愛自由、婚姻自主、男女社交公開等議題上，而身為這一不合理制度下直接受害者，無分男性女性，都對此提出了猛烈攻擊（楊翠：1993：179）。

　　同樣的，在文學作品中，這種對傳統婚姻的批判性亦沒有男女作家的性別界限，關於婚姻自主的爭取，日據男作家有所觸及的篇章多如繁星❸❸。此外，男作家們對於傳統家庭制度的批判還呈現在「養女制度」上。由於養女有許多是自幼抱來準備給兒子作妻子的「媳婦仔」，男作家對於養女制度的批判，其實可說是另一層面關於婚姻自主權的追求❸❹。

---

❸❸　從追風〈她要往何處去〉、施榮琮〈最後的解決如何〉、楊守愚〈瘋女〉、瘦鶴〈出走的前一夜〉、吳濁流〈泥沼中的金鯉魚〉、徐瓊二〈婚事〉、廖毓文〈玉兒的悲哀〉……等等，都或多或少地提到了封建婚姻所帶來的不幸和家庭悲劇。其中，吳天賞的〈龍〉可說是最激烈的代表，事件中的男主角龍終究屈服於傳統社會輿論，和父母決定的未婚妻結婚，但婚後一個月他即帶著妻子雙雙投海自盡，以屍諫對傳統婚姻制度提出最深沉的抗議。

❸❹　陳華培〈豬祭〉、楊華〈薄命〉、龍瑛宗〈不知道的幸福〉等篇章，都訴說了養女與「頭對」（預備「送作堆」的丈夫）感情不睦的家庭悲劇。此外，也有許多對養女制度的批判是出於人道關懷，批判婦女人身買賣對女性造成的人權踐踏，但這是從悲天憫人的層面出發，關懷那些被賣到富戶人家為

　　總體來說，走批判寫實路線的男作家們，他們所批判的主題多聚焦在具體的社會現象，而在舊有家庭制度的改革上，他們的批判性就較侷限於婚姻自主權的爭取。一些除了專制婚姻以外的傳統陋習，如辜顏碧霞所批判的「一夫多妻制度」和「財產分配制度」等，在男性作品中，其實並不算常出現❸❺。

　　也許在此我們可以看看兩篇以「納妾制度」作為主題的小說：賴慶〈納妾風波〉和陳華培〈王萬之妻〉，從書寫事件時字裡行間所透顯出來的態度，也許我們可以知道男性作家對於舊有家庭制度何以不太關注的原因。

　　賴慶發表於 1933 年的〈納妾風波〉是少數論及一夫多妻制度的日據短篇小說。故事述及有錢的大爺東桂看上了村內的美人秀鳳，在媒婆和養母的通力合作下打算納她作妾。但另一方面，東桂的妻子關口由於不滿丈夫的行徑而背地有外遇，在迎親之日，不但秀鳳在情人進德的協助下逃跑，就連妻子關口也趁東桂出外迎親的空檔和情人銀壽私奔。好色的東桂最後兩頭落空，得到大快人心的報應。

　　這樣的故事結構，其實趣味性要高於批判性。但正在這種嬉笑怒罵的情節安排中，我們卻可看出作者對於納妾制度所抱持的態度。透過篇首農村青年乙聽甲說東桂要娶秀鳳作妾時的反應，我們

---

婢、或被賣到娼家為妓的女性，於此男作家對於社會不公不義的指責，已經超越了他們對於家庭制度的批判。

❸❺　提及財產分配問題的男作家，以呂赫若為代表。〈財子壽〉中周海文、周海山兄弟和〈風水〉中的周長乾、周長坤兄弟都經歷過分家這一環節。但他對遺產分配一事沒有特別提出批判。

可以了解賴慶之所以反對納妾制度的原因：

> 哼！有錢的人真混帳！像我們這個年紀都還沒能力娶太太，
> 而那傢伙卻又想娶標緻的小老婆了。（賴慶：1981：348）

　　從這句話，我們可以得到兩項訊息：第一，賴慶對於納妾制度的批判主要來自「社會公平」，即一夫多妻制度會霸佔掉待婚女性的名額，讓很多在婚姻市場上的單身男性娶不到老婆。第二，賴慶把納妾制度看做是好色有錢人的性犯罪，而不是傳統父權秩序的罪惡。所以青年聽到消息的第一反應是：「哼！有錢的人真混帳！」。事實上，雖然有能力納妾的家庭多具備一定經濟能力，但不容否認的，是「納妾」這件事絕對不具備階級性。正如日人片岡巖的觀察，就當時社會狀況來說，就算家庭不富裕，但只要正室沒有男嗣，以生子為由娶妾進門，亦是很普遍的現象❸⑥。這種在不良婚制的源頭於論文第一章中已多著墨，在此不論。要再度提及的，是這種一夫多妻制度的問題源由，除了有錢男性的好色心態，還有父系社會結構中對於「生子」的要求。但是在此，賴慶筆下的一夫多妻制度卻仍是以「富人納妾」這種強調財富階級的方式出現，把傳統父權體系中家庭制度的罪惡，和有錢人的罪惡和墮落畫上等

---

❸⑥　此外，卓意雯《清代台灣婦女的生活》論及妾在夫家的地位時亦有言：「妾要受妻管束，其所生子嗣亦屬庶出，和嫡子的待遇不同。但妾若生有男嗣，她的地位便能提高。」（卓意雯：1993：48）可見生有男嗣不但是妾被娶進門的目的之一，她還可能因目的達成而在家中佔有高位。

號❸❼。

　　賴慶對納妾制度的解釋，可以從正妻關口在和情人銀壽討論外遇時的自辯作代表，為了報復丈夫討小老婆，關口也理直氣壯地追求自己性的快樂。關口自辯背後的預設，便是男人納妾純粹只是為了個人性慾的滿足，可見賴慶認為：一夫多妻制度的罪惡，都是出於好色卑鄙的有錢大爺把女人買來作性玩物。在此，他似乎把一夫多妻制度過於簡化，只當作是男性對於性慾追求的個人意志，而不是將其視作一種舊時代的家庭制度來批判改變。

　　對於賴慶來說，一夫多妻制度的不合理，在於有錢大爺佔據了過多資源，而在 1936 年的〈王萬之妻〉，作者陳華培更是在筆下透過王萬那潑辣蠻橫、不明事理的正妻阿香，來點明家庭內所以會糾紛不斷的原因。故事一開始，陳華培就給了阿香一個聲勢驚人的開場：一聽聞向來溫馴的丈夫王萬在外頭有了女人想帶進門來，正妻阿香馬上當街大鬧、以哭泣、吼叫和咆哮來爭取左鄰右舍的同情心，並要在場圍觀的群眾評評理：

> 有辦法的人娶兩三個老婆，我們是這種人家嗎？不瞞各位說，這個小雜貨鋪可是慘澹經營，全靠結算帳尾才能勉強打發，他竟想和別人一樣娶小老婆，各位鄉親評評理吧！如果家裡寬裕點也就罷了，平白增加一個吃飯的人手，可怎麼

---

❸❼　對一夫多妻制度的相同態度也出現在〈泥沼中的金鯉魚〉。吳濁流在文中解釋納妾制度時有言：「只要有錢就可以擁有三妻五妾。而且社會風氣又以姨太太表示身份，華麗的社交世界也以姨太太的多少來競相驕傲。」同樣，也是把一夫多妻陋習當作貧富差距下的社會現象。

好 ？（陳華培：1981：230）

在此，陳華培創造了唯唯諾諾、害怕惹事生非的王萬，和作風強勢、當眾罵街的潑婦阿香作為對照，已然暗示了他對於這場家庭糾紛的態度。極度不悅的正妻阿香，雖然強烈地抗拒這件事，但由於一開始就被陳華培套上了不識大體的潑婦形象，似乎也注定了她的憤怒將會無處宣洩。她去找娘家設法，卻得到至親叔父「世間不如意事十常八九，『逆水行舟則沉』的話妳聽過嗎?事情到了這個地步，還是讓那個女人進門來吧!」的勸說；她去向丈夫的朋友求助，但沒有人願意得罪王萬，所以什麼底細也問不到。最後還莫名其妙地冒出了說客：一個自稱是丈夫好友妻子的傢伙，對她軟硬兼施曉以大義。就是在這種四面楚歌的情形下，阿香的抗拒終究是徒勞，最後她還是讓小妾阿銀進門。當所有人（包括小說中的娘家親戚和作者）全都不同情她時，她終究只能扮演一個狹量、善妒、不識大體的罵街潑婦。

反觀陳華培給予小妾阿銀的形容，卻是一個美麗溫順又楚楚可憐的形象，她對阿香的虐待逆來順受，日以繼夜地工作想討取阿香的歡心。在此，陳華培以阿銀的溫順形象來和母夜叉般的阿香作對照，暗示了一切家庭糾紛的來源全都是阿香的無理取鬧。在結局的瘋狂場面中，被阿香鞭打的阿銀哭叫著：「殺了我吧!從早到晚的工作，還不能得到妳的歡心」。而平日溫順的王萬也氣極了，連續毆打阿香的面頰，這樣的結局，完全把制度所帶來的家庭糾紛，轉嫁到阿香個人壞脾氣的帳上。

比起賴慶的〈納妾風波〉，陳華培注意到了一夫多妻家庭的永

無寧日，正視了納妾制度對家庭親情所造成的傷害，可是他卻把一切罪過推給正妻阿香的不明事理，同樣迴避掉了制度層面的討論❸。一個值得思考的問題是：男性作家在書寫到「納妾」制度時，他們真的是從結構層面去試圖反省批判？還是純粹幸災樂禍，以看八卦的心情書寫女人間的戰爭❸？從賴慶〈納妾風波〉到陳華培〈王萬之妻〉，這兩篇聚焦討論納妾問題的小說，都看不出一絲檢討傳統制度的企圖心。也許是性別經驗的限制，讓男作家較看不到一個屋簷下的妻妾們隱藏在充沛物質生活表象下的精神痛苦。男作家中，只有呂赫若對〈財子壽〉中的後妻玉梅和〈前途手記〉中的小妾淑眉流露出高度的同情，但她們都有個惡魔般的冷血丈夫來承擔讀者所有的指摘，在此迴避掉了制度層面的檢討。

而女作家辜顏碧霞關注的角度便不同了：她針對家庭制度的批判，主要集中在一夫多妻這不合理的家庭制度，還有造成兄弟反目的財產分配制度，在《流》中的王醫師家中，沒有人是快樂的。就連妻妾成群、「理論上」是既得利益者的王醫師，都得站在闇暗的

---

❸ 對於納妾制度的提及，其實還有個更負面的例子：謝萬安在〈五谷王〉中，透過鄉野傳奇的筆調，以理所當然的口吻說出第一人稱的主角和二個兒子納妾、強暴婢女的經過：老大老二相繼「扛第二號的回來了」（按：指二太太），買個便宜的丫頭想來玩玩，丫頭後來肚子大了，我正暗喜著多了兒子，但大兒子卻跳出來說這種是他下的，「我詳細查問那賤婢，她流淚求我赦免她」，原來早就被大兒子給強暴了：「唉！我好苦呀！」……等。

❸ 如陳清葉在〈寄生蟲〉中敘述小妾和大太太的惡鬥時，也是以女性受騙失身的奇情小說的角度來書寫這個故事：二太太玉桂原是個美貌的藝旦，當保護自己的丈夫死後，她想爭取一些遺產來撫養女兒。但在大太太和律師巧妙的串通下，玉桂不但被騙失身、還連自己的份都分配不到。

廳堂中回首前塵往事，暗自流淚。在此，王家的問題已經不是家中有個麻木不仁的色魔丈夫或有個唯恐天下不亂的姨太太所能解釋的，正如同三子敬志面對家庭糾紛時提出問話：「唉，令人鬱卒，這到底是誰的罪過？」而同父異母的長兄敬敏回答：「任何人都沒有罪過，這是時代的錯誤。」（辜顏碧霞：1999：29）把問題提升到家庭制度結構性的探討，而不是個人罪愆的承擔，在此，辜顏碧霞的視野，的確和男作家書寫納妾事件時的角度有所出入。

事實上，針對婚姻、家庭制度的批判，是當時婦女解放議題中一個很大的主題。無論是質量都佔了四大婦解言論之首的婚姻自主言論，還是當時由文化協會、農組等單位主辦的進步演講，都有很大部分是在討論舊有家庭制度的弊端。從楊翠統計《台灣民報》上出現的演講表得知：光就題目上來看，在 80 人次的演講講題中，初步統計就有 21 個人次是針對家庭制度的檢討（楊翠：1993：230-8）。而由其他相關題目所論及家庭制度批判，實際的數量更是難以計數。

而關於一夫多妻制度批評和檢討的聲浪，則是從二〇年代早期就一直不斷，而且主要環繞著「女性人權」、「違反人道」等層面展開。早在 1920 年《台灣青年》，就有署名「陳崑樹」的言論是針對婚姻家庭制度而來。在言論中，陳崑樹直接點明蓄妾制度之所以產生，很大的一部份因素來自於祖先崇拜和香火存續觀，即「不孝有三，無後為大」，但此一夫多妻制卻造成許多社會問題，使國家社會受損無窮，必須利用法律使其漸進廢除。總之，面對這社會積累已久的弊端，陳崑樹呼籲台灣島民儘早廢除這些社會進展的障礙物。相同的論調在 1920 年年底也再度出現，范志義也大力批判

蓄妾行為，認為是違反人道的惡習。隔年，陳崑樹再度發表了一篇一萬七千餘言的專論，分項討論傳統婚姻家庭制度的弊害，可視為這一波對於家庭制度改革的總結（楊翠：1993：182-5）。

　　早在 1920 年初期，社會言論便注意到了納妾制度的弊端，而且把問題的根源回溯到了中國人「不孝有三，無後為大」的傳統宗祧觀念。但是，這種家庭制度層面的檢討，在向來反映人生、救國救民的批判寫實主義文學中卻找不到相應的篇章，直到辜顏碧霞1942 年發表《流》一書，才算填補了新文學運動在「家庭制度檢討」方面和二〇年代進步言論間的落差，儘管時序落後了二十餘年，但終究比以男性視角、沾沾自喜地看人爭風吃醋的八卦心態好得太多。

　　此外，關於辜顏碧霞小說中其他幾項的批判主題：如婚喪喜慶的鋪張浪費和聘金制度，其實也是當時社會上家庭制度改革言論中的重心。如在 1931 年四月十日午後四時，台灣民報社曾於新竹支局主辦了「家庭制度婚姻問題研討會」，會中檢討了舊家族制度的缺陷，如家長專制子女無自由、子女沒培養獨立的精神、以翁姑作本位、蓄養女、父母專掌經濟權等不良陋習，其中尤其挑明了聘金制度，指出聘金制度是絕對要廢止的，妝奩也不過是滿足虛榮心的產物❹。而關於聘金廢止問題，《台灣民報》的社說❹便有專文討論，而在社說「實行新式結婚──廢除虛禮！節省冗費！」一文

---

❹　詳見《台灣新民報》360 號（1931.4.18）。

❹　標題為「聘金廢止問題──要矯正根本思想，希望民眾黨努力」。見《台灣民報》256 號（1929.4.14）。

中，更是對舊式婚禮的虛華不實作出了言簡意賅的批評：

> 結婚是人生最重要的一事，古例相承的陋習自是不少。聘金的弊風，老早就有人道破，文教局的社會課也在準備要改良。可是聘金之害是婚姻儀禮中的一端而已，其他說送定、插簪、完聘禮物的行列、祝天謝神、廟見……種種的繁文縟禮是不遑枚舉的。因此而消耗的冗費，較之聘金更多。我們不敢信僅廢止聘金，就可給其他的儀禮合理化。所以更提倡：與廢止聘金同時要實行新式結婚，才有文化向上之可言。
>
> ……試看完聘的禮物、出閣的妝奩之遊街行列，除起誇張兩家的門風─家資而外，還有什麼意義呢？若非徹底的推翻這好虛榮的根本觀念，雖然廢止聘金，終是打不破因襲的陋習。❷

　　廢除聘金、實行新式結婚、節省冗費……比起二○年代初《台灣青年》社說中問題的提出和制度層面的反省，三○年代關家庭制度改革的批判性，已經進化到「提出解決方案」這些技術性問題。如在社說「聘金制度要如何改善？」一文中，作者提出的方法林林總總，如普及教育、女子覺醒、女權確立、由輿論造就社會制裁等。但他主張在過渡期，應設立「聘金廢止同盟會」，還有打倒職業媒人：

---

❷　見《台灣民報》260 號（1929.5.12）。

> 各地方組織聘金廢止同盟會，更斟酌各地方的特別事情，制定婚娶簡單的儀式，以革除在來的陋習俗套。……其次是打倒職業的媒人。妝奩的豐儉，聘金的厚薄，基因於媒人的作弄者，其實不少。❹

上述這些冰山一角的零星資料，就足以代表當時社會上對於傳統家庭制度的強大的改革聲浪。然而，這些家庭制度層面的題材，在男性作家的作品中不易發見，但女作家辜顏碧霞的批判性，卻是直接針對這些家庭陋規而來。

作為一名對社會現象具有批判企圖的寫實主義文學創作者，何以辜顏碧霞在題材的擇選上，和男性產生了如此不同的面貌？基本上，父權社會結構的運作是以家庭為基本單位，因此，最貼近婦女的壓制力量就是家庭。要破除父權的運作體系，就非向傳統的婚姻家庭制度宣戰不可。而正如楊翠的研究，對於一個生活主要被限制在家庭中的女性而言，婦女與家庭的關係，遠較其與社會的關係來得密切。社會對女性的束縛力，往往也得透過「家庭」這個最小單位來執行。所以一個極思納入社會有機運作的女性，她得先取得進出家庭的自由（楊翠：1993：181）。正在這種情形下，女作家辜顏碧霞在小說中書寫了傳統家庭制度所造成的重重弊害，了解女性的困境，再對照她日後在社交生活上的活躍，也許我們得重新評估這乍見之下仿如溫和、柔性的家庭陋習批判，得重新審視她參予公領域的企圖心。

---

❹ 見《台灣民報》301 號（1930.2.22）。

# 第三節　小　結

　　同樣是憂國憂民的批判寫實主義，女作家的批判寫實傳統，正在性別意識的觀照下，呈現出一種異於男性的精神風貌。不但在面對相同的性剝削議題時，黃寶桃呈現出極大的觀點差異；在關懷社會改革時，辜顏碧霞也針對「家庭制度改革」的題材而來，這種批判對象的擇選充滿了性別意涵。在她們筆下，一個充滿性別意識的、女性的批判寫實主義傳統，其實正在成形，女作家們雖然承擔了激烈社會使命，同樣具有滿腔正義和改造世界的企圖心，但是和男作家不同的，是她們把這種強大的批判精神和戰鬥力，直接攻擊了封建家庭制度，攻擊了父權秩序的偽善。

　　總之，黃寶桃對性剝削議題的大膽直陳，開啟了台灣女性文學中關於身體和職場中性別歧視的討論；而辜顏碧霞關於舊有家庭制度的檢討，不但可視為當時《台灣民報》上婦解言論落實到文學作品中的實踐，同時也填補了日據新文學在「家庭制度改革」議題上二十餘年的空白。於此，她們兩位，確實具有深厚的文學史上的意義。

# 第五章
# 日據時期女性創作的時代特色

## 第一節　形式特徵：不受拘束的女性文體

　　日據時期新文學運動中女性創作，最為評論者所垢病的，便是形式上的鬆散。從文類而言，「散文」「隨筆」佔了當時報刊上女性創作的大宗❶；而從小說結構來看，結構隨意、情節散漫也是個共通的特色。若以固有文學成規來衡量，這說明了女作家對「典律形式下的創作」掌握不足，無法控制需要高度技巧的文類；但從心理分析的角度來看，隨筆散文這樣比較不受拘束的文體，卻也是女性心靈的一種呈現。

　　深受精神分析學派影響的法國女性主義學者，對於女性文體和女性話語，別有一番繁複細密的解釋。相對於強調陽具優勢、抱持男性觀點的佛洛依德，露絲・依蕊格萊（Luce Irigaray）持女性觀

---

❶　以目前掌握的資料來看，新詩計有 27 首，小說計有 18 篇，而散文隨筆和雜文卻有 85 篇，約佔了全部女性創作的 65.4%。而曾發行三本單行本、被譽為少女作家的黃鳳姿，其大量的創作也是以散文為主。

點，從女性身體複數的快感區和無所不在的愉悅出發，強調女性具有的多元非一、消泯二元對立的多重優勢❷。由於生理快感上的根本差異，依蕊格萊認為，女性的語言文體也因此會不同於男性❸。正如同女人的性是無所不在、不斷往鄰近之處傳導的，「在女性的語言中，『她』往所有的方向出發，以致『他』找不到任何統合的意義。……她一旦說了什麼，就不再等同於她想說的。她所說的永遠不等同，而是鄰近。」（劉毓秀：1996：167）相較於尋求固定秩序、萬法歸一的父權語言，依蕊格萊從性心理角度出發，認為女性文體是開放、多重、變化多端且富於節奏感，充滿了無限可能的。

　　除了從性心理角度探討外，從女性弱勢的社會處境，同樣可以解釋女性在文體風格上的特色。在父權中心的社會中，處於從屬地位的女性，在意識上普遍呈現著邊際、顛覆、離心的性質。伊蕊格萊曾以恍惚忘形（ecstasy）來形容女性思維，並認為這是因為女人在現實生活中找不到立足點。而「ecstasy」這字的希臘文原意，正是

❷　依蕊格萊著重女性的性器官在觸覺上以及融合精神與物質、文化與自然的功能上的優勢，依蕊格萊指出，女人的性側重撫觸和傳導。此性非一，女人的性是複數的。這種性特質有著重大的倫理內涵。「女人始終是多數……他者原本就已經在她內裡，以自體快感的方式為她所熟悉。」然而她不同於男性，她不會為了自己而挪用、佔據他者；相反地，她的性特質令她不斷地融合她自己和他者（劉毓秀：1996：166-7）。

❸　關於女性語言，精神分析女性主義學派認為其運作法則異於男性語言，而是一種「液態文體」，它是「連續的、可壓縮的、具膨脹性的、有黏性的、可傳導的、會擴散的」。正如同女性性快感的多元流動，女性的語言也是不固定、混融一切的。「它會隨溫度而改變，它的物質狀態取決於相鄰個體或體系之間的摩擦，它受傳導，它會混融於他物。」（劉毓秀：1996：168）

「無處可歸」。這種現實中無所依歸、孤立弱勢的心理狀態，反應在女性創作上，便是不定於一尊、不拘小節、不重修飾、隨性所致的書寫風格，及對於穩固意義的抗拒和封閉體系的突破。從弱勢地位出發，亦說明了女性創作在體裁上的邊緣性格❹。

　　當然日據新文學的女作家們，不可能在創作上刻意自覺地以流動書寫來對抗封閉的父權體系。但上述理論著重的，其實在於女性言談和文字所表現出來的「不安定」、「離心」性質。由此入手，或許可把日據女性不拘形式的創作，視為一種女性在社會上無所歸依的心理反映。正由於父權語言無法深入女性經驗，女性在創作時傾向意識上的隨興所致和結構上的無所拘束，對女性而言，不拘泥於固定創作成規，似乎更能發揮女性風格，書寫女性經驗。

　　楊千鶴的隨筆〈買東西〉❺，正可作為這種不拘一格、方便書寫女性經驗的例子。從文章中，我們可以確切地感受到何謂意識上的破碎流動和結構上的不受拘束。文章從楊千鶴在「現實時空」中聽到賣布商人的波浪鼓聲開始，之後就跌入了聯翩的回想：想起四歲的姪兒如何吵著買東西；懷想四五歲時用五彩絲線綁著兩邊頭髮的自己如何向母親要東西；當年的母親對於小販是如何地寬大仁

---

❹　關於女性地位與文體的相互關係，大陸學者有相似意見：「女性創作的一個顯著區別就表現在對文學體裁的不同選擇上。這些都與婦女在現實中和藝術中所處的地位有關。對於文體的選擇，不是婦女有一種先在的對文體進行選擇的本質，而是她們的政治、經濟、文化地位使她們不自覺地做了相同的選擇。」（張岩冰：1998：96-7）

❺　此篇未有中文翻譯，見楊千鶴《花開時節》頁 53-59，台北，南天書局，2001年。

慈；而在事務所捉弄布販的哥哥，如今卻是兩個孩子的父親等等。受惠於不受情節拘束的隨筆，在聽到波浪鼓聲、出門跑向布車的下一步具體動作之前，楊千鶴的書寫逸出現實時空的直線思維，在幾個記憶中的斷面跳躍著，隨心所欲順著意識流動，記錄下幾個成長歷程中的剪影，以及對布販「亦敵亦友」的曲折感情。而之後「選布」歷程，楊千鶴又提及了早先的大拍賣過程和被高中生揶揄的經過，同時也順帶檢討了自己對於衣服無可救藥的偏執。混亂耶？豐富耶？分隔往往只是一線之間。

對於這種書寫形式上的特色，楊千鶴本人並非沒有自覺。她曾自謂：「我寫作喜歡偏重內心的感受，不同於當時其他作家注重故事的結構與發展；也沒像其他前輩們以台灣鄉下生活為題材來描述社會種種的不合理現象。不過，在那時代環境下，以一位台灣年輕女性能以日文寫出注重心理的問題，可能被認為比較鮮有而特出。」（楊千鶴：2001：344）可見，她是為了捕捉女性心靈層面的流動，而寧可捨棄當時其他作家所慣用的傳統線性故事結構，意到筆隨，「把往事的斷片，一片又一片地以文學表達方式去嚐試寫作」（楊千鶴：2001：(44)）。

相同的情懷，在她另一篇隨筆〈長衫〉❻中表現得更加明顯。在這篇文章中，她讓思緒不斷地從現實時空（佔領新加坡的盛大慶典）逸出漫遊，以一個「本島女性」的身份，細細書寫了對於旗袍（長衫）充滿耽溺愛戀、卻又蘊含著民族矛盾的複雜情結：她忠實

---

❻　此篇未有中文翻譯，見楊千鶴《花開時節》頁 47-52，台北，南天書局，2001年。

書寫了一個女人對於衣著質料款式的執著和耽溺，更值得注意的，是她還以殖民地的本島女性身份，書寫了對於衣服「本身帶來的感官滿足」和「民族象徵意義」的衝突：她讚嘆和服的優雅清新，但也批評只為皇民化而改穿和服的女性是「不重視和服本身的生命美感」；她耽溺於旗袍的華麗，但遇到他人責備目光時，卻也故意用流暢日語嚷著：「別因為衣服而瞧不起我啊！」楊千鶴這兩篇作品，正從女性的角度出發，說明了當時台灣女性於衣飾文化的小小衝突。

　　用邊緣文體，書寫邊緣情結。這種細微矛盾的心理，大概很難以什麼結構嚴整、重視因果邏輯的方式來呈現吧！但採取了隨筆形式，卻使得這種呈現成為可能。因此，若要書寫種種被邊緣化的小情小思，向來被父系文壇視為文學性不高的隨筆、雜文，正是女作家得以發揮的場域。從這種邊緣文體入手，也許更適宜於女性經驗的書寫和女性風格的開創。

　　再來閱讀當時就讀於台北第三高女的黃鳳姿，在《民俗台灣》上連載六回的隨筆〈往事〉。〈往事〉一文分成二十個段落❼，其實並沒有個一以貫之的主題。可以說：她把日常生活的吉光片羽綴集成文，故段落間並沒有太多的關聯。這種綴斷性（episodic），是黃鳳姿文章的一個重要特色。看似漫無主題，但在叨叨絮絮的綿密訴說中，卻又透露了豐富的女性經驗，全方位呈現了日據女性的生

---

❼　每個段落各有一小標題，在此將二十個小標題羅列如下：(一)種牛痘(二)美麗的衣服(三)量身高(四)母親的娘家(五)曾祖母之死(六)清明節(七)續清明節(八)烏九粥(九)上元夜(十)廟會(十一)耳飾(十二)後花園(十三)中元(十四)洗澡(十五)做客(十六)看戲(十七)玩具(十八)殺生(十九)過年(二十)藏棺。

活圖向。

　　要特別說明的是，雖然這二十個段落都各有小標題，但這小標題，其實並無法完全概括全段的內容。比如在「清明節」小標題下，一開始黃鳳姿記述了清明掃墓的經過，但後來看到附近小川中的烏龜，她又想到台灣人對生命的尊重，思緒一轉，又漫流到祖父所述螞蟻報恩的故事，之後又陳述了童年迷路的經驗。

　　「離題」了的書寫，卻忠實呈現了女性的童年回憶。黃鳳姿所下的小標題，與其說是文章的主要內容，倒不如說是每一個段落的「起始點」，之後會流向何處，時到才知分曉。但這種鬆散的形式和無拘無束的風格，卻包含了許多珍貴特質，原先在父系文學成規中無法呈現的種種經歷，卻在這種隨筆雜文的「掩護」下以零碎、流動的方式呈現出來。

　　透過隨筆形式，黃鳳姿得以拋開束縛，把這些零碎的斷簡殘篇集結成文。也許正受惠於這種非線性思維的跳接形式吧！〈往事〉是我們了解日據女性生活經歷的極佳文本。當然在父系文學成規中的評價標準，黃鳳姿不但「離題」又「顧影自憐」，汲汲於書寫個人生活中的芝麻小事。但正在芝麻小事的敘述中，女性經驗以它特有的方式傳承下來。

　　這種自由隨意、非線性的文體風格，在隨筆散文之外的小說形式中，亦有相同的呈現。許俊雅在導讀楊千鶴小說〈花開時節〉時，便曾針對其語言風格有如下的闡釋：

　　　　就語言風格來看，這篇小說的創作手法與初期白話小說中自
　　　　然主義的態度相似，即採取似乎是不加剪裁的白描手法，將

生活形態原原本本地記錄下來。這樣的生活場景，讓人感覺非常真實，本來即如此的。比如小說裡出現了許多人物，大多是招之即來，揮之則去，就好像是生活中本來就存在的人物一樣，沒有一點虛構。（許俊雅：2001：97）

　　許俊雅已經注意到，楊千鶴作品中的語言風格往往不加剪裁，而能直接呈現女性的生活形態，不落入經營的窠臼。而小說的結構也較隨性所致，在單線的情節安排之外，往往又任意地歧出或插入❽，文本中的時空充滿了綴斷和跳接，於此許俊雅的解釋是：

這樣的小說結構典型地表達了初期小說的審美觀念：文學表現人生的美學特點，即認為文學是對人生狀態的真實描寫和對人生問題的提出，而後者是通過前者來表現的。或許當時的作家對西方「小說」的結構要求與技巧不特別著意，他們創作時沒有很多「小說作法」的限制與束縛，只是流暢地按生活的本來樣子寫下來，傾訴他們內心的情感。（許俊雅：2001：97-8）

---

❽　如許俊雅對於〈花開時節〉小說結構的觀察和陳述：「小說的結構也較隨意，如有一段寫主人公被父親叫去談話，於是她聯想了一大段父女關係的舊事，其中又插入了一段對母親的回憶；還有小說開始寫了主人公有個『三人小組』，都強調友情勝過婚嫁，對結婚不熱心，結果其中一個朱映做了新娘，主人公自己也經歷了一番抗爭，而還有一個翠苑卻沒有故事，始終是陪襯，這其間卻又插入了另一個謝同學的婚事。」（許俊雅：2001：97）

　　的確，形式上的素樸，正是小說發展初期的審美觀。但在女作家筆下，這種隨意自在的風格，不但反映了女性離心、邊緣的社會心理、也額外承載了原始、豐富的女性經驗。

　　這種隨意、流動、不時逸出原有情節的不安定結構，在張碧淵〈羅曼史〉、葉陶〈愛的結晶〉、賴雪紅〈夏日抄〉等作品中也如出一轍。儘管在文類上已是非得鋪陳情節發展、讓故事說得下去的「小說」，但女作家們卻仍不時地逸出文本時空，對於聯想到的種種情思加以補充說明。既使是關於小說人物雙方的對談描述，女作家們仍在等待對方回答前的空檔插進大段的回憶旁支或心理描寫，可以說，這種隨意自在、不拘形式的語言風格，是跨越文類的、女性特質的共同表現。

　　此外，從歷史事實來說，我們亦得回到當時情境，考慮日據女性在文學條件上的客觀限制：她們被允許受到的文學訓練，亦很難掌握需要高度技巧的文類。廖詩文《傳記書寫與女性自覺》❾在解釋為何日本古代女性多採用「隨筆」創作時，曾從社會歷史事實的角度，說明女性在掌握父系文學成規時的客觀限制：

　　　　無論是日本國學還是俳諧，在技術上都屬於男性專屬的文學語言，這與古代日本女子鮮有機會熟悉或操演這種需要高度技巧與國學知識的語言有關。基於這個歷史事實，女性若要表達內心的思想與意見，採用不受任何形式上的約束，能自

---

❾　此為廖詩文碩士論文，原題：《傳記書寫與女性自覺：試論《伸子》與《放浪記》中的新女性形象》，輔大日研所碩論，1999年6月。

　　由將自己的見聞、體驗、感想寫出來讓人家閱讀的「隨筆」

（essay）體裁也就成為不二的選擇。（廖詩文：1999：39）

　　古代日本女性所面臨的困境，在日據台灣女性創作時依稀可見。從物質條件上來看，殖民政府以「涵養婦德」為目標的高等女子教育，並不曾安排操習高深的文學技巧的訓練課程；而比起男性，文學女性可以自由運用的時間也相對零碎得多。所以，當女學校學生、待嫁女兒或撫育遺孤的寡婦等無法自外於家庭結構的女性試圖把見聞、體驗表達成文字時，她們多採取容易入手、不受創作時間拘束的散文隨筆❿體裁，這也是很合理的選擇。

　　一個更尖銳的解釋是，當從報刊編輯部門、評論等文學運作機制都操控在男性手中時，想獲得發表機會的女作家們，自然也得策略性地接受性別角色派定，安份書寫指定給女性的邊緣文類，而少去碰觸高雅精緻的父權制話語。正如同第三章所言，西方女性在染指用以言志的「詩」文類時往往遭遇到男性批評家的巨大壓力，這種父系文學傳統的派定，也許可以從外部的限制來說明女作家何以集結在散文隨筆等文類中。

　　此外值得注意的，是「日據女性文學」和「日本社會文化」的關聯性。除了文學生態的相似，不容輕忽的，是這些日文創作的隨

---

❿　在日本古典文學傳統中，「隨筆」（essay）是個文人愛用的文類：「隨筆它不受任何形式上的約束，能自由地將自己的見聞、體驗、感想寫出來讓人家閱讀，且具備與人家談家常、無所不談的本質，與對事物有某種程度的自己的看法。」（廖詩文：1999：76）這些特質合乎女性氣質，故廖詩文認為這是日本古代只有女性隨筆文學家、而沒有女性古文家的原因之一。

筆散文，和日本內地女流文學的傳承。當殖民地的台灣女性有系統
地接受現代教育和文明洗禮時，「日本文化」正是她們接觸世界的
窗口。不管是殖民政府在語言政策上的全面同化，還是對「大和撫
子」溫婉優雅形象的強調，日據中後期才湧現的新文學女作家，她
們的文化認同和歸屬感絕大部分來自日本，卻也是個不爭的事實。
楊千鶴在〈花開時節〉中對優雅莊重大和女性的孺慕；及其對於當
時內地女性讀物的熟稔，都是例證。而當女作家們有意無意受到內
地文壇的影響時，日本固有的女流文學傳統，就是個探討日據台灣
女性文體的途徑。

　　有關日本內地二、三〇年代的「女性文學」於古典文學的傳承
與開創，廖詩文有言：

> 日本二、三〇年代的女性作家，與平安朝以降的女作家最大
> 的差異，在於大正／昭和的女性文學家是以群起的姿態，透
> 過自身的女性經驗，運用文字與寫作的方式，將自己的中心
> 思想以及女性意識，透過對女性問題的觀察與省思。完整的
> 將個人理念呈現在大眾面前。這種以自己的生命經驗為藍本
> 的所寫成的文學作品稱為自傳體文學，自傳體文學又是二、
> 三〇年代日本女作家最常使用的文類。（廖詩文：1999：64）

　　隨著社會現代化，日本當時的女性創作也在激變當中。當時內
地的知識婦女，將她們親身經歷的「內在革命」過程以文字的方式
記錄下來，形成一股傳記文學的風潮（廖詩文：1999：37-8）。相對於
台灣起步較晚的新文學運動，日本內地近代文學的發展向來具有一

定程度的指引作用⓫。在此要探討的，是採用「私小說」形式背後
的性別意涵。廖詩文在解釋「私小說」源流時，把女性文學創作的
形式，上溯到日本文學的隨筆和物語傳統：

> 自傳體小說之所以會成為日本近代女作家普遍採用的文體與
> 書寫方式，這不僅如前一章探討的與近代歐洲思想的傳入等
> 都有所相關，也和日本古典的隨筆與物語文學傳統密不可
> 分。（廖詩文：1999：38）

在日本古典文學傳統中，「隨筆」和「物語」可以說是個專屬
於女性的文類。非但盛極一時的「物語」多為女性創作⓬，在平安
朝的女性文學盛世漸弱後，「隨筆」亦成為女性文學的代表文體。
既然在日本古典文學中已存在著明確的女性傳承，二、三〇年代日
本的新知識女性在提筆創造新文學時，自然會優先使用「具有自然
主義平坦寫實技巧」又「細密書寫身邊瑣事等女性經驗」、「承繼

---

⓫　無論是內地文壇初期的左翼文學或後期的自然主義文學，殖民地台灣都看得
　　見明顯影響。關於日本內地文化對台灣文壇的影響，可見梁民雄《日據時期
　　台灣新文學運動研究》（台北，文史哲，1996）第三章第一節〈世界潮流的
　　衝擊〉和莊淑芝《台灣新文學觀念的萌芽與實踐》（台北，參田，1994）第
　　二章第三節〈島外近代文藝思潮的介紹〉。由於本書擬以女性文學傳承的角
　　度來觀察當時女性創作，故於文壇大環境不予細論，而把關懷重點聚焦於日
　　本內地女流文學的影響。

⓬　所謂「物語」，是基於虛構的意識，以作者的見聞、想像為主，描述人物或
　　事情的文學作品。「物語文學」的最高代表作，正是由古代日本女性紫式部
　　（978-1016）獨立寫成的《源氏物語》（1004-1010）。

平安朝物語文學傳統」又「加入西方新式觀點與前衛女性視野」的「自傳體小說」或「私小說」了（廖詩文：1999：39）。

這種文學形式的傳承，同樣影響了深受日本文化薰陶的台灣女作家。從楊千鶴〈花開時節〉和日後回憶錄《人生的三稜鏡》中，我們都可清楚感受到透過日文所接觸到的文學世界，是如何滋潤著少女的心靈：由楊千鶴作品中提到的日文版莫洛亞的《人生、友情、幸福》、大迫倫子描寫未婚少女情感的《娘時代》（少女時代）、岡本可能子的《人生論》等著作，我們可以推測，日本內地大量出現「私小說」形式的女性創作，在台灣已然成形的讀書市場中具有一席之地，並在讀者投身創作時產生作用，讓台灣女性嘗試書寫時有所依循，得以汲取她們的養分，選擇「具有自然主義平坦寫實技巧」又「適合用於細密描寫身邊瑣事等女性經驗」的形式來加創新，書寫本地台灣女性的生活經驗⓭。

檢視現有資料，台灣女性以「私小說」形式出現的創作數量雖不算多⓮，但具有自傳性質的各種創作卻不少。從形式上加以內台比較，與其說日據新文學女性創作的代表文體是「私小說」，也許

---

⓭　楊千鶴在〈花開時節〉中雖力讚《娘時代》對未婚少女無可名狀的心情刻畫讓人心有戚戚，但她顯然思考過日本內地和殖民地台灣女性的生活差異：「再怎麼說，這一本書是出自於日本人之手，畢竟與我們這些生長在台灣的姑娘也有多處不盡相吻合。」（楊千鶴：2000：15）

⓮　目前較無問題的是楊千鶴〈花開時節〉、葉陶〈愛的結晶〉和辜顏碧霞的長篇小說《流》。張碧華的〈上弦月〉和賴雪紅的〈夏日抄〉，由於無法得知她們的生平，無由比對其小說作品和現實生活中的重疊部分。但從大量細緻的心理轉折描寫和圍繞年輕女性愛情婚姻的內容上來看，應可說是「具有私小說樣貌」的作品。

更該說是一種「私人體雜文」（Personal Essay）：是一種非正式的雜文，採用具私人性質的文體、自傳體的內容或情趣，以及溫文爾雅的對話風格❻。異於日本內地女流文學的形式，台灣女性多以一種具有自傳性質的、非正式的隨筆雜文，來從事新文學創作。推測應是殖民地台灣的女性文學起步晚於日本內地，所以只具備了基本雛型。不過，這種形式上的素樸也有意外的收穫，即如前所述：得以自由捕捉吉光片羽，不受文學成規的拘束，傳達各式各樣的女性經驗。

總之，綜觀日據時期台灣女性創作的文學實踐，我們可以發現出一種隨意自在、不受拘束的女性風格，這種女性的文體風格，不但表現在數量上居於壓倒性優勢的散文、隨筆體裁，就連在「小說」這種需要情節鋪陳和結構安排的文類，我們還是可以看出這種自由、恍惚、邊際、離心的文字特質。這種特質，不但可以從女性無所依歸的社會心理溯源，還可以從現實生活的物質條件、父系文學環境的期許和日本女流文學傳統的承續來探討之，這種表面上的限制，在女作家們的運用和轉化下，卻暗暗承載了被主流傳統擠壓的女性真實經驗，連綴起在父系文化中斷裂的片羽飛鴻。

# 第二節　內容特徵：在小我與私情間徘徊

儘管可以從文學創作的主要潮流，把日據時期的台灣新文學女

---

❻　見《西方文學批評術語辭典》頁 324，林驥華主編，上海，上海社會科學院出版社，1989 年。

性創作分成三個傳統，但無論是女性寫實路線、抒情路線或批判寫
實路線，這三個日據新文學女性創作的支流，其實在內容上都共同
指向一個特色，即對於女性「自我」的追求。也許是以女性生活點
滴書寫自身經驗，也許是在書寫中建立強大女性主體，對於「自
我」的書寫和再確認，似乎是日據時期台灣女性的一個創作基調。

　　總括來說，女作家們對於自我的追求和堅持，可說表現在下列
幾點：

# 一、女作家的自我呈現慾望

　　正如同內地文壇在二、三〇年代所湧現的大批女性自傳小說，
深受內地文化養份所影響的殖民地台灣女性，在首度提筆從事新文
學創作時，也同樣對「自傳」這種用以自我定位的最佳體裁投以熱
烈注視。如前節所述，嚴謹意義下的「女性自傳」雖在日據時期的
創作中並不多見，但假小說之名、行作家自我呈現之實、具有強烈
自傳色彩的女性作品，在當時卻委實不少——如楊千鶴〈花開時
節〉中的文學少女惠英；辜顏碧霞筆下的豪門未亡人美鳳；還有葉
陶筆下那拋下教員工作、和愛人一起投身社會運動的素英等等。把
這些小說中的女主角和女作家生平作對照，我們可以發現其中驚人
的一致性。

　　似乎不介意這種安排會造成的暗示和混淆，日據時期台灣女作
家們孜孜不倦地書寫，用一種讀者一望即知、毫不避諱的方式，在
文學作品中創造自我的替身，不但奪回了她們現實生活中不被許可
的詮釋權，也抵抗了時代對於個人自我的消音。可以說，透過「提
筆書寫」，而且是「書寫自身」、「自我詮釋」等方式，日據時期

女作家們，在作品中構作了心目中理想的自我形象投射。而這種自我呈現，也恰恰說明了女作家們對於女性自我的斤斤護衛。

## 二、「反客爲主」的女性形象安排

即使是在和女作家生平毫無相干的虛構文本中，女作家筆下的女性，也往往和父系文學傳統中的女性刻板印象，呈現出大異其趣的風貌。不同於男性常常書寫的被動、溫馴、等待的美麗戀人，也不同於寬容堅忍、包容一切的大地之母，這些新女性所創造的文本女性，多半具有獨立自主的性格，在心靈和現實生活層面，從事著對於自我的追尋——無論是張碧淵筆下冒險逃亡的三名少女；楊千鶴筆下抗拒婚姻、出外工作的惠英；還有張碧華描寫的對抗父權、追求戀愛的女兒玉惠；黃寶桃筆下付出高昂代價追求真愛的母親……這些積極主動、爭取婚姻自主和自我實現的文本女性，成功翻轉了父系文化中的美麗客體，而在本文中塑造了女性的能動主體。

根據 Judith Kegan Gardiner（茱狄絲·柯根·伽德納）的說法，女性往往利用自己的文本，尤其是書寫女性的文本，作為自我界定過程中的一部分。即使作家將人物創造成自己自戀的、理想化的投射，她還是必須依照文學的慣例、社會現實和保持距離的美學判斷來寫這一人物。Gardiner 進一步認為，女作家通過文本來界定自我，她創作女主人翁的過程，類似於學做母親的過程，在創作的過程之中，她也在學習著體驗自己（陳引馳譯：1995：124）。而正在這種對於「新」女性形象的創作之中，作為第一代台灣新女性的她們，不但翻轉了父系文學傳統中的女性規劃，也逐步建立了自我的

主體性。

　　女作家有關女性的寫作，可視為一種母女關係的象徵性再現，在某種程度上是再造自身❿。正是透過這種反客為主的文本形象安排，這些處於新舊時代夾縫中的第一代台灣新女性，抒發了她們內心所萌發的、對於自我的種種追尋。

## 三、對於抒情詩歌的偏好

　　抒情詩歌預設了強大的自我主體，向來就對女性具有強大的誘惑力。儘管西方文學傳統中這塊男性的聖地不容干預，但仍有一些女詩人寧可冒著觸怒主流文化的危機、投身抒情詩的創作。同樣情形也在殖民地台灣的女性詩作中出現。女詩人們在詩中大肆地書寫自我、不但證明女性在心智上的感知能力和理性運用能力，也喁喁訴說了自我的主體存在，這種異於社會寫實詩歌的另類書寫，正可看出台灣女性在書寫自我一事上的執著與堅持。

　　用種種不同的方式，日據時期的台灣女作家們，想透過「書寫」這個動作，來建立起女性的自我。她們書寫現實生活中的自己、書寫文本中的虛構女兒、也書寫一切可以證明自我存在的題材。正如同 Gilbert 和 Gubar 的認定，女性文學傳統中的共通處即尋找解放的自我：「我們注意到，在女性文學中驚人的一致可說是一種共同的女性衝動，通過對自我、藝術、社會的策略性再界定來

---

❿　根據 Bell Gale Chevigny（貝爾‧蓋爾‧切夫吉尼）的觀點，作者和人物實際上是互為母親，給對方提供「母性」的看顧，在這個相互關係的幻想中，「兩個『母親』都努力著、看顧的不僅是嬰孩，且是少女或女人，對雙方而言，看顧是對她們自主性的認可支持。」（陳引馳譯：1995：125）

努力擺脫社會和文學的束縛。」（陳引馳譯：1995：53）透過種種策略，處於不同時空脈絡的女作家們試著擺脫社會控制、展開自我的追尋。

但這種自我認定、自我發展的歷程，卻和男性的自我很不相同。在三〇年代初伴隨著時代風氣所興起的、台灣新女性的自我追尋之旅，絕非浪漫奔放的快樂旅程，而是一路受到「感情」的重重影響和限制。這些新文學女作家們，或是在自我建構的歷程中不斷尋求女性情誼的支持；或是在追求自我之際頻頻回首、思考這種追求是否讓感情產生質變……出於對人際關係和家人朋友感情的重視，她們無法任性瀟灑地朝著「自我」拔步奔去，而在追尋中有了更加曲折迂迴的心路歷程，而這種自我發展所受到感情的細微牽扯。在楊千鶴、張碧淵、張碧華、辜顏碧霞的作品中，看得額外明顯。

文學中女性的自我追求，確實和男性有所區隔，若從男女性別養成初期的心理分析來解析，也許可以看出一絲端倪。作為一種女性角度的校正，Nancy Chodorow（南西‧邱德蘿）的心理分析理論改寫了早期佛洛依德關於男女自我分化的概念。她認為，男女的自我形成歷程是很不一樣的。早在伊底帕斯情境出現前，男孩、女孩並沒有性別上的自覺。他們和母親的親密無間的關係，使他們認同了母親的性別，無法分別自己和母親的差異。

但當男孩意識到自己和母親在生理上的不同時，他就面臨了自我的斷裂。他必然要努力將自己與她分離開、壓抑最初的依戀，戰勝它吞沒性的親密。後來努力成為像父親一樣的人，以獲得作為男性的自我意識（陳引馳譯：1995：120）。但女性不是，由於女孩並沒

有經歷過這種情感上的緊張和突然絕斷，直到進入象徵秩序前，女性一直和母親保持著一種親密無間的、延長的共生狀態。從日據新文學女作家數量龐大的母親書寫，從她們成年後仍對生命源初投注的深沉愛戀，我們可以看出這種這種完滿的母女關係，對於她們日後性格產生的影響。而這種生命最初的親密情感，讓女性的自我意識一直保持著與世界他人的聯繫，讓女性重視具體、切身的感情，而非抽象意義的權利、道德。

　　由於自我形成初期男女就有相當大之性別差異，故當新文學女作家日後以文學追求自我時，她們的表現是和男性大相逕庭的：文本中的女性在從事自我追尋時，往往從同性團體、從女性聯結中得到強大的力量。如楊千鶴筆下的學校少女三人組；張碧淵筆下末路狂花般的逃亡少女……用著不同的模式，新文學女作家們書寫同性團體對於女性從事自我追求的強大支持。就連張碧華所描寫、不顧家人反對和長工進原戀愛的富家女玉惠，她在女性之自我戀愛追求時，也仍一心只想得到母親的信任與支持。通過所知的親密、感情和友誼成為女性自我界定的工具，不同於男性自我意識形成時的孤立，母女性別上的同一性和連續性，往往讓渡過完滿童年的女性自我在日後能夠重視和他人的人際關係互動。「通過與別人的關係澄清個性，別人包含、反映了自我的一個基本方面」（陳引馳譯：1995：123）。

　　日據新文學中的女作家們，往往是通過親密關係來界定自我，但要特別提出說明的是，這種追求自我時流露出來的對於感情的重視，不應被視做日據女性新文學創作的侷限，而應被視作一種女性創作的優勢。「女人重視感情」、「男人重視理性」是向來對於性

別氣質二元對立的刻板印象❶，而這種感情上的優勢卻反成為父系
文化打壓女性「無理性」的最佳藉口。但這種對於感情的重視和堅
持，卻能讓女性較能避開意識形態的思想控制，站在具體事件中感
受女性所謂的真實。在楊千鶴《人生的三稜鏡》中，日人台人間具
體融洽的情感，往往超越了對於抽象的種族主義的堅持。如當她從
女學畢業時，校方在畢業典禮上的差別待遇，曾經激起台籍女學生
的憤慨，但在情感的牽制之下，這種種族間的尖銳對立，卻馬上消
失無形：

> 　對學校不屑一顧地把臉轉過去，頂多以此表示反抗。「這樣
> 的學校早一天畢業還叫人舒暢些，畢業典禮絕不掉一滴眼
> 淚，領了畢業證書就把它撕破！」大家忿忿的說。
> 　但當我們唱起驪歌，大家不禁淚下；好友也三三五五成群手
> 拿畢業證書合照記念相片。……原本學生之間並沒有台灣
> 人、日本人的對立。（楊千鶴：1995：101）

　　雖然楊千鶴對於當局的差別待遇感到不平，但對她而言，最重
要的卻還是具體的感情。在她的作品中，我們也看不到強烈的民族
仇恨，也無所謂異族統治下的漢民族意識。我們看得到的，是她與
回去日本的市川純子通信，互訴多感的思春期的苦惱；是她在畢業

---

❶　但正如同給登斯（M. Gatens）（1991）所指出，其實男性並非沒有情感或是
　　較不感性，而是父權社會的性別分工體系使得男性是情感的消費者與享用
　　者，而女性則成為提供男性情感滿足的情感服務員與勞動者（林芳玫：
　　1996：20）。

旅行中，和班長裕多子的親密相依；是她和文代兩人合謀，一起進冰果室品嚐「不良少女」的氣氛（楊千鶴：1995：91-2）。並非無視於日台政策的不合理，但楊千鶴從來不曾把政策和種族混合一談，不曾把仇恨拋給身邊所有的內地人。

在反帝、反封建、反資本主義的社會寫實主流中，民族意識和種族情結往往被無限上綱，成為一種抽象化的意識形態。這種姿態作為一種標示和象徵，可以激發台灣人的抵抗精神，時時提醒島國被殖民的傷痛。但女作家黃寶桃卻在〈感情〉中告訴我們，在這種家國種族的思想大旗下，女性最具體、最珍貴的感情，是如何在空泛的大敘述下被犧牲被誤解。黃寶桃的敘述策略異於楊千鶴，但殊途同歸地點出相同的事實：即這種空泛抽象的大敘述，會對於女性的真實感情造成嚴重的傷害。

Carol Gilligan（卡蘿·吉力根）在《不同的話音》中曾經為女性的道德運作模式提出自己的見解，她認為，女性典型地發展出了一種不同於男性的道德語言和決定方式。男性理論家將抽象的權利作為道德的最高手段；但女性拒絕將任何行為從其具體的原由和結果中抽象出來（陳引馳譯：1995：111）。承續著女性向來對於情感的重視，Gilligan 認為，女性所看到的世界，是個由人際關係所組成的世界；維持這個社會運作的，是具體的人際關係而不是抽象的法律條文❶。若把這種「女性」的道德感延伸到她們對於皇民文學的態度，或可說明她們的意興闌珊。她們對於皇民文學的不熱衷，並非

---

❶　見顧燕翎、鄭至慧主編《女性主義經典》頁 153-164，台北，女書文化，1999年。

是種站在民族本位的神聖抗拒姿態，而是女性向來就對這種抽象的家國大敘述不感興趣。由於拒絕將任何具體行為從抽象的權利中抽出，因此女性較不易受到空泛抽象的「皇民精神」的編派和鼓舞。為皇國光榮地犧牲的武士道的精神，這種思想也許可以鼓動男作家熱血沸騰地投身皇民文學，但卻不易鼓舞台灣女性作家義無反顧地主動參予皇民書寫❶。從女性拒絕抽象的心理因素來看，這正是因為女性在發展自我時重視感情和人際網絡之故。

關於女性對於感情的重視，Jean Baker Miller（珍・貝克・米勒）在《女性新心理學》中，曾試著以正面的角度，來翻轉父系文化對於「重感情」歧視和打壓，她說：

> 女性發展有一項基本特色，即她們發展並維持人際關係，在人際關係脈絡網中求自我發展，並藉維護人際關係來肯定自我。……女性這種心理將使人類發展有新而進步的方向。因為它突破了優勢文化的若干盲點。女性不但重視自我發展，而且更關心別人，更強調人際關係的協調。不僅於此，它也披露新的訊息：人類社會惟有互相關心、互相扶持，才有可態使每一成員的自我發展愈來愈臻於理想。（鄭至慧、劉毓秀、葉安安合譯：1997：95）

---

❶　儘管有少數響應皇民的女性創作篇章，但比例來說不算多，而且在皇民文學的標題下這些內容往往「離題」，而決戰時期《民俗台灣》上大量的女性民俗創作，雖說是當局一種對於殖民地南方的呈現，但在這南方的表象下，台灣女性正是以一種雙聲敘述偷渡著女性文化。

　　正如同 Miller 對於父系文化的批評，男性「應該」要重視權術、侵略成性等的氣質強調，往往在惡性循環之下波及國家政策、導致人類的戰爭和自相殘殺（鄭至慧、劉毓秀、葉安安合譯：1997：99）。從這點性格上的特質來看日據時期的台灣女性新文學創作，亦可從女性重視人際聯結、注重和他人情感互動的心理狀態，來說明她們對響應皇民化文學的不夠積極。辜顏碧霞在《流》中的皇民話語多是透過敬原之口說出，但細察之下卻往往只是策略性的運用，以冠冕堂皇的理由來包裝和美鳳相同的、關於家庭內部改革的意見；楊千鶴「應該要」響應時局的〈台灣的孩子們〉，卻用了大半篇幅討論教養小孩的方法，最後才帶到革新孩童教育對於皇民養成的重要性。相較於意識形態層面的皇國千秋大業，她們顯然更有興趣的是身邊真實的存在。女性的心理特質，讓她們重視身邊點滴甚於對於大東亞共榮圈的不切實際的憧憬。

　　總之，從女性的心理發展歷程看來，或可解釋日據時期台灣女性新文學創作何以反其道而行、在社會寫實主義的大潮流下，發展出「小我」與「私情」的共同基調。不分享男性前期對於民族抵抗精神、後期對於皇國千秋大業的狂熱，在童年初期受到親密母女關係終身銘刻的女性，日後便發展出重視具體感情和人際關係、拒絕抽象意義的道德觀。而作為台灣第一代呼吸新文明的現代女性，她們在以書寫追尋「自我」的歷程中，卻同樣受到感情和親密關係的層層牽制。但我們無需以負面角度看待這種情感牽絆，因為這種在擴張女性自我時、人際關係的細微拉扯，往往能超越抽象的意識形態衝突，成為人類和平的制衡力量。

# 結　論

　　本書從日據時期的報刊、文藝雜誌中挖掘整理台灣女性的新文學創作，試圖在有限文本中歸納出女性文學的共通性。並以性別角度解讀，從女性的創作心理、社會位階、生活經驗和文學傳承等層面出發，以期釐清日據時期台灣女性文學的內部脈絡。

　　透過一種「女性中心批評」（gynocritics），本書希望能在批評父系文學偏頗的修正論道路外，另外開展出女性自己的文學傳統❶。這種女性文學傳統的試圖建立，絕對不是一種生物學上的預設，也不是長期被壓抑後的賭氣姿態，而是兩性在社會化歷程中的不同結果。正如 Showalter 所言，「女性文學傳統來自於女作家和她們的

---

❶　根據 Showalter 的分野，傳統女性主義批評主要走的是修正論道路，以女性主義的閱讀來重新評價男性經典、如批判男作家筆下的女性形象等。但這種批評方式在修正男性批評時，卻往往延遲了自身理論的進展。換言之，就算明確地「指出」父系文學對於女性的誤解和醜化，但對於女性文學的建立和文學典律的翻轉，卻沒有積極的效果。但「女性中心批評」不同於修正論的「女性主義批評」，為女性文學提供了理論化的機會。只有把女性作品視為首要課題，才能開始研究女性作品的歷史、主題、文類、結構，以及女性創造力的心理動因、個人或集體女性經歷的運作軌道等等，如此就不必局限於修正論的框架，而可以從根本上的性別差異來討論問題（張小虹譯：1986：77-114）。

社會始終發展的關係」，「我不準備去看女性天生的性別態度，而是要看女作家的自我意識如何在一特定的空間和時間跨度中表達於文學形式」（陳引馳譯：1995：53）。

這種獨立的女性文學傳統，絕非象徵式的烏托邦幻夢，而是長期以來女性的社會心理、性別位階和氣質派定，都的的確確讓她們於創作之際顯現出迥異於男性的精神風貌❷。尤其在性別秩序還相當僵化的日據時期，女作家在創作時受到性別機制的影響，自然也比後期的女性創作鮮明得多。

為了便於呈現與論述，本書先依日據時期新文學女性創作的題材傾向，將其歸納出三大創作潮流：即建立小我敘事的女性寫實路線、強調女性主體的抒情路線、以及具有強烈性別意識的批判寫實路線。這三個路線所運用的書寫策略各有千秋，但目的卻極其相近：即以書寫來強化女性的自我，在文本中實現作家的自我追尋。

處於新與舊的夾縫間，日據時期的台灣女性面臨了史無前例的矛盾衝突。在殖民政府推行的新文明衝擊下，她們得以逸出儒漢社會中傳統婦女的陝小天地，而有一番全新的視界。在新式女子教育和社會主義下的婦解思潮的激盪影響下，這些台灣女性的自我得到了啟蒙，成為第一批在心靈上擺脫禮教束縛、積極參予社會的新女

---

❷　Gilbert（吉爾伯特）和 Gubar（庫柏）認為，女性文學傳統中共同的一點即尋找解放的自我：「我們注意到，在女性文學中驚人的一致可說是一種共同的女性衝動，通過對自我、藝術、社會的策略性再界定來努力擺脫社會和文學的束縛。」即使這些女作家在地理、時代和心理上的差別頗大，但她們卻在這些女作家的主題、形象中發現一致性（陳引馳譯：1995：53）。

性。但儘管如此，父權環境的鬆動還是極其有限，在總督府沿用舊慣的保守政策下，社會性別結構的安排，還是期望她們好好作個輔助者，扮演賢妻良母和皇國母親的角色，而不太期許她們做個有主體意識的、真正的獨立的人。

這種自我期許和外在現實的認知落差，想必造成了日據時期台灣知識女性的內心衝突。文本中大量書寫自我、強調女性主體的題材，點明了她們以文學確立女性自我的企圖心。儘管大環境要求女性要為了時局犧牲小我、完成男性的千秋大業，但這批新文學女作家們卻不甘放棄對於自我的追尋。在辜顏碧霞、楊千鶴、黃鳳姿、葉陶等生平明朗的女作家作品中，我們可以輕易發現她們以文學「現身」「強化自我形象」的強烈意圖。不願響應大我的論述而執迷於小我書寫，女作家們以此抗拒父權秩序對女性自我的消音。

但在日據新女性以書寫追求自我的同時，我們卻感受得到一股溫柔細微的牽扯。對於身邊情感的珍視，可說是所有日據女性文學中共通的面向。對於母親的深深戀慕、對於親情的依戀、對於女性情誼的重視、對於愛情生活的書寫……這些都是當時女性創作中極其重要的主題。這種珍視，強大到讓她們在開步奔向浪漫的自我追尋之旅時，不斷地回眸身畔，擔憂這種奔放的自我追求會讓感情產生質變。無論是對於自我實現的堅持，還是對於改革家庭制度的壯志，作為台灣第一代新女性的她們，在追求心目中的理想自我之際，往往對身邊的家人投以憂心的注視❸；相對的，若是自我追求

---

❸ 這種猶疑不是出於對強大父權制度的恐懼，而是害怕傷害家人間的感情。從辜顏碧霞接受暫緩改革時透露出的落寞，我們可以感受到她壯志未酬的情

能得到感情作後盾，她們因愛而生的勇氣卻也相當巨大，這時文本中的她們，就會是帶著母親支持、挺身對抗父權的女兒，或是發過生死與共誓言、結夥浪跡天涯的少女。

從性別心理的角度來看，重視人際關係、避免孤立無援的女性自我發展歷程，正說明了日據時期台灣女作家於此的創作特色。正因女性重視感情，所以女性自我發展和他人的互動息息相關。這種深受感情牽制的自我發展歷程，也連帶影響到她們對大敘述的無動於衷。由於重視具體的人際網絡和情感互動，女作家們較少被抽象的種族主義和家國大敘述所鼓舞，而能夠以從超然角度抽離意識形態的限制。這種女性心理特質，讓楊千鶴得以坦然書寫和日本友人的親密情誼；而在激進昂揚的黃寶桃筆下，則轉化成對種族認同造成人性傷害的嚴詞批判。

對於小我與私情的重視，可說是日據時期台灣女性文學創作的最大特色。處於無所不在的父權象徵秩序內，在種族、性別、階級的多重壓迫下，這些女性開出屬於自己的文學潮流，在一片具有抵抗意識、討論種族議題或皇國大業的大敘述外，書寫著對於女性自我和女性主體的私語執著。

不願響應犧牲小我的論述，也無心書寫抽象的家國大愛，這些日據時期的新女性們，以文字書寫來抵抗父權環境的性別規劃，她們的創作也許沒有太過進步激昂的婦女解放論述，但在灼身的父權

---

緒。與其說辜顏碧霞是對父權體制屈服，不如說她是向感情妥協，「感情」不但在當時女性文學的題材中佔了很大比重，也是女作家們在面臨衝突時的最高指導原則。

秩序下，這種關注女性自我、關注女性主體建構的書寫暗潮，卻在島國平靜的表面下波濤洶湧，成為一股騷動不安的私語潛流。

　　而另有一些新文學女作家，表面上似乎相當臣服於主流秩序的編派。她們或是安份地走著合乎性別氣質的浪漫抒情路線；或是和大多數的男性作家一樣，從事著反映人生苦難、批判社會現狀的批判寫實主義路線。但透過抽絲剝繭的解讀，我們卻發現這種合乎主流秩序的書寫，其實只是策略性的運用。在合法的包裝之下，浪漫抒情路線的女作家們抒發的是強調女性自我主體的、不合法的情思；批判寫實路線的女作家們，也往往在冠冕堂皇的論述之下寓託了強烈的性別意識。

　　從書寫策略來看，日據新文學的女作家們可說是徘徊於私語與秩序之間，但她們卻絕非屈服於父權象徵秩序，而是在合乎秩序的書寫路線之中暗藏玄機❹。

　　對於身受種族、階級、性別多重壓迫的台灣女性而言，她們雖然開出了完全不同的書寫策略，但背後的呼聲卻相當一致。然而，這種在強大象徵秩序之下的女性書寫暗潮，卻在戰後面臨巨大的斷裂。形式上的隨性所致和題材上的私語性質，讓這些女性創作在日據當時文壇上就不受重視；而隨著文學生態的轉變和語言隔閡，戰後連曾居主流的男性文學大家都被迫噤聲，遑論居於多重弱勢的日據時期台灣女作家。直到七〇年代後，台灣文學研究才重新沸沸揚

---

❹　這裡的「秩序」，不是說她們服從父權秩序下女性氣質、女性聲腔的編派，而是說她們在書寫策略上模擬、僭越了男性位置，以期被當作一個完整的人。

揚地被提起、但在特定意識形態的限制之下，學院卻只對某些可以凝聚集體意識、召喚台灣認同的題材投以特別關注，在這種文學風潮下，走個人路線的、關注內在情感的日據時期創作，自然無法受到青睞、無法被納入文學生產的再製過程❺。

　　日據時期的台灣新文學女性創作，就是在這種歷史情境下被淡化和遺忘。等到被張良澤發現的女作家楊千鶴終於在台出版其自傳《人生的三稜鏡》、而葉石濤也著手翻譯部分日據女性小說❻，時序已經到了九〇年代中期，距離她們在日據時期文壇上活動的三〇年代，已經匆匆流逝了一甲子。

　　耆老凋零，加深了研究困難。正在文學典律的排斥和語言轉換的隔閡之下，戰後台灣女作家極難從日據時期的文學母親身上汲取養分，形成相互連續的女性文學傳統，但正如同 Showalter、Gilbert 和 Gubar 的認定，女性的文學特質往往能超越時空向度，呈現出驚人的一致性。「這是一種共同的女性衝動，即通過對自我的策略性再界定來努力擺脫束縛」（陳引馳譯：1995：53）。只要能夠重新被歸位、被閱讀、被聆聽。重新被納入文學生產的再製脈絡，

---

❺　這種個人路線創作被遺忘、最具代表性的例子，是由楊熾昌（水蔭萍）所主導的風車詩社，作為台灣現代主義詩歌的開山始祖，他們早在三〇年代便把超現實主義、象徵主義詩歌引進島內，但卻直到八〇年代以後，台灣文學研究才注意到他們。「在台灣，最近對超現實主義的重新注視，提起一些我的詩與活動，但是我已不感興趣，怎麼現在才要論起超現實？有點膩了。」1980 年、當時七十三歲的楊熾昌在給友人信中如此說。見《水蔭萍作品集》頁 301，台南，台南市立文化中心，1995 年。

❻　葉石濤在《台灣文學集》中一口氣翻譯了張氏碧華、賴氏雪紅、黃氏寶桃、葉陶等五篇女作家創作，可能是他驚覺向來對女作家的忽視而做的努力。

這種尋求自我的女性文學特質，仍然能夠在六十年後的今日，激盪起台灣女性胸口的共鳴。

　　本書的研究目的即在於此。希望能在可能的範圍內力挽狂瀾，為這股烈日下潛伏的書寫暗潮留下記錄。在新與舊的夾縫間，島內的台灣女性曾有如此騷動不安的心靈風貌，她們有些受到主流秩序牽扯，在循規蹈矩的框架內暗渡陳倉；有些向注目自身的小我書寫靠攏，試圖重新取得女性的發言位置。作為首批受到新文明啟蒙的台灣新女性，她們汲汲營營地強調著女性自我。在讓人窒息的父權象徵秩序下，她們正以截然不同的方式喁喁訴說，以書寫奪回詮釋權，在文本中建構著台灣女性的自我和主體。

# 附表：
# 日據時期新文學女性創作篇目

（標注★號者，為本書引用之中譯版本）

## 詩歌部分

| 篇　　名 | 作者 | 原始出處 | 日　　期 | 中譯版本 |
|---|---|---|---|---|
| 我的心思 | 月珠 | 先發部隊第一號 | 1934.07.15 | 中文創作 |
| 病兒 | 葉陶 | 台灣新聞文藝欄 | 1935 | 月中泉譯，見《光復前台灣文學全集 11——森林的彼方》（台北，遠景，1982年）頁 349-350。 |
| 春 | 陳茉莉 | 台灣文藝第二卷第四號 | 1935.04.01 | 羅淑薇譯（未刊稿） |
| 憶起 | 陳茉莉 | 台灣文藝第二卷第四號 | 1935.04.01 | 羅淑薇譯（未刊稿） |
| 別離 | 靜眸 | 台灣文藝第二卷第四號 | 1935.04.01 | 羅淑薇譯，見《中國女性文學研究室學刊》第四期（台北，2002 年），頁 1。 |
| 我的詩人 | 董氏琴蓮 | 台灣文藝第二卷第七號 | 1935.07.01 | 羅淑薇譯，見《中國女性文學研究室學刊》第四期（台北，2002 年），頁 2。 |

| 桂的香味 | 董氏琴蓮 | 台灣文藝第二卷第七號 | 1935.07.01 | 羅淑薇譯,見《中國女性文學研究室學刊》第四期(台北,2002年),頁3。 |
|---|---|---|---|---|
| 疑問 | 董氏琴蓮 | 台灣文藝第二卷第七號 | 1935.07.01 | 羅淑薇譯,見《中國女性文學研究室學刊》第四期(台北,2002年),頁4。 |
| 秋天的女人聲音 | 黃氏寶桃 | 台灣新聞文藝欄 | 1935.10 | 月中泉譯,見《光復前台灣文學全集 11——森林的彼方》(台北,遠景,1982年)頁201-4。 |
| 幸福 | 董氏琴蓮 | 台灣文藝第三卷第二號 | 1936.01.28 | 羅淑薇譯,見《中國女性文學研究室學刊》第四期(台北,2002年),頁5。 |
| 菊 | 董氏琴蓮 | 台灣文藝第三卷第二號 | 1936.01.28 | 羅淑薇譯,見《中國女性文學研究室學刊》第四期(台北,2002年),頁6。 |
| 無題 | 趙氏靜睟 | 台灣文藝第三卷第二號 | 1936.01.28 | 羅淑薇譯,見《中國女性文學研究室學刊》第四期(台北,2002年),頁7。 |
| 憶起 | 黃寶桃 | 台灣新文學第一卷第四號 | 1936.05.04 | 陳俐雯譯,見《中國女性文學研究室學刊》第四期(台北,2002年),頁9。 |
| 離別 | 黃寶桃 | 台灣新文學第一卷第四號 | 1936.05.04 | 陳俐雯譯,見《中國女性文學研究室學刊》第四期(台北,2002年),頁9。 |
| 中秋夜寄S生 | 月女士 | 台灣新文學第一卷第七號 | 1936.08.05 | 中文創作 |

| 詩手 | 黃氏寶桃 | 台灣新文學第一卷第七號 | 1936.08.05 | 陳俐雯譯，見《中國女性文學研究室學刊》第四期（台北，2002 年），頁 10。 |
| 故鄉 | 黃氏寶桃 | 台灣文藝第三卷第七、八號 | 1936.08 | 月中泉譯，見《光復前台灣文學全集 11——森林的彼方》（台北，遠景，1982 年）頁 205-6。 |
| 黎明的海邊 | 吳瓊蘭 | 台灣新文學第一卷第八號 | 1936.09.19 | 羅淑薇譯（未刊稿） |
| 我們的道路 | 趙氏靜晔 | 台灣文藝 | 1936 | 羅淑薇譯（未刊稿） |
| 相剋 | 柯劉氏蘭 | 華麗島創刊號 | 1939.12.01 | 羅淑薇譯，見《中國女性文學研究室學刊》第四期（台北，2002 年），頁 12。 |
| 後髮 | 陳綠桑 | 台灣文學創刊號 | 1941.05.27 | 陳俐雯譯，見《中國女性文學研究室學刊》第四期（台北，2002 年），頁 13。 |
| 路邊屍首 | 陳綠桑 | 台灣文學第一卷第二號 | 1941.09.01 | 月中泉譯，見《光復前台灣文學全集 12——望鄉》（台北，遠景，1982 年）頁 227-8。 |
| 艋舺 | 李氏月雲 | 文藝台灣第四卷第二號 | 1942.05.20 | 羅淑薇譯，見《中國女性文學研究室學刊》第四期（台北，2002 年），頁 14。 |
| 病葉 | 林氏百合子 | 文藝台灣第四卷第三號 | 1942.06.20 | 羅淑薇譯，見《中國女性文學研究室學刊》第四期（台北，2002 年），頁 14。 |

| 稻江宵 | 許氏月霞 | 文藝台灣第四卷第四號 | 1942.07.20 | 羅淑薇譯,見《中國女性文學研究室學刊》第四期(台北,2002 年),頁 15。 |
|---|---|---|---|---|
| 寧靜的下午 | 陳綠桑 | 台灣文學第二卷第二號 | 1943.07.31 | 月中泉譯,見《光復前台灣文學全集 12——望鄉》(台北,遠景,1982 年)頁 229-230。 |

## 小說部分

| 篇　　名 | 作者 | 出　處 | 日　期 | 中譯本 |
|---|---|---|---|---|
| 回憶小時的她 | 張淚痕 | 台灣民報一百六十號 | 1927.06.05 | 中文創作 |
| 新月(上弦月) | 張碧華 | 福爾摩沙第三號 | 1934.06.15 | 陳曉南譯,見《光復前台灣文學全集 3》(台北,遠景,1979 年)頁 331-343。★葉石濤譯,見《台灣文學集 1》(高雄,春暉,1996 年)頁 167-178。 |
| 羅曼史 | 張碧淵 | 台灣文藝創刊號 | 1934.11.5 | 邱香凝譯,見《文學台灣》45 期,2003 年 1 月。 |
| 人生 | 黃氏寶桃 | 台灣新文學創刊號 | 1935.12.28 | 葉石濤譯,見《台灣文學集 1》(高雄,春暉,1996 年)頁 185-188。 |
| 愛的結晶 | 葉陶 | 新文學月報第一號 | 1936.02.06 | ★葉石濤譯,見《台灣文學集 1》(高雄,春暉,1996 年)頁 179-184。向陽譯,見邱貴芬《日據以來台灣女作家小說選讀 |

| | | | | （上）》（台北，女書，2001 年）頁 54-59。 |
|---|---|---|---|---|
| 感情 | 黃氏寶桃 | 台灣文藝第三卷第四五期 | 1936.04.20 | 葉石濤譯，見《台灣文學集 1》（高雄，春暉，1996 年）頁 189-194。 |
| 官有地 | 黃氏寶桃 | | | 未刊稿，至今未獲 |
| 花開時節 | 楊氏千鶴 | 台灣文學第二卷第三號 | 1942.07.11 | 陳曉南譯，見《光復前台灣文學全集 8》（台北，遠景，1979 年）頁 175-198。鍾肇政譯，見施淑《日據時代台灣小說選》（台北，前衛，1992 年）頁 289-311。林智美譯，見范銘如、江寶釵《島嶼妏聲》（台北，巨流，2000 年）頁 4-33。★林智美譯，見楊千鶴《花開時節》（台北，南天，2001 年）頁 142-172。林智美譯，見邱貴芬《日據以來台灣女作家小說選讀（上）》（台北，女書，2001 年）頁 66-93。 |
| 夏日抄 | 賴氏雪紅 | 台灣文學第二卷第四號 | 1942.10.19 | 葉石濤譯，見《台灣文學集 1》（高雄，春暉，1996 年）頁 195-216。 |
| 流 | 辜顏碧霞 | 自費出版 | 1942 | 中長篇小說，台北，草根出版社，1999 年重新出版。 |

# 散文部分

　　《民俗台灣》有一系列署名李氏杏花之文章,據女作家楊千鶴說法,「李氏杏花」乃當時日人作家池田敏雄筆名之一,故未收錄。

| 篇　　名 | 作　　者 | 原始出處 | 日　　期 | 中譯版本 |
|---|---|---|---|---|
| 指腹為婚 | 朱氏櫻子 | 民俗台灣第四號 | 1941.10 | 民俗台灣第一輯 |
| 蛇十一章 | 楊玲秋 | 民俗台灣第五號 | 1941.11 | |
| 嫁娶 | 林氏幸子 | 民俗台灣第五號 | 1941.11 | 民俗台灣第一輯 |
| 「鄭一家」讀後 | 黃氏瓊華 | 民俗台灣第五號 | 1941.11 | |
| 待嫁女兒心 | 楊氏千鶴 | 民俗台灣第七號 | 1942.1 | 《民俗台灣》第四輯 |
| 做月內 | 黃氏鳳姿 | 民俗台灣第七號 | 1942.1 | 《民俗台灣》第四輯 |
| 掠猴 | 黃氏鳳姿 | 民俗台灣第八號 | 1942.2 | 《民俗台灣》第四輯 |
| 員外娘 | 賴氏金花 | 民俗台灣第八號 | 1942.2 | |
| 大人國 | 徐氏碧玉 | 民俗台灣第八號 | 1942.2 | |
| 帝爺公 | 游氏阿蘭 | 民俗台灣第八號 | 1942.2 | |
| 艋舺的少女（往事） | 黃氏鳳姿 | 民俗台灣九－十七號 | 1942.3-12 | 《民俗台灣》第四輯 |
| 食姐妹桌 | 徐氏青絹 | 民俗台灣第九號 | 1942.3 | 民俗台灣第三輯 |
| 蘭陽俗信 | 陳氏照子 | 民俗台灣第九號 | 1942.3.5 | 民俗台灣第三輯 |
| 台灣的家居生活 | 長谷川美惠（張美惠） | 民俗台灣第十一－十二號 | 1942.4-6 | 九五年版《民俗台灣》收錄 |
| 長衫 | 楊氏千鶴 | 民俗台灣第十號 | 1942.4 | 陳俐雯譯（未刊稿） |
| 漬豆乳 | 徐氏青絹 | 民俗台灣第十號 | 1942.4 | 民俗台灣第三輯 |

| 買東西 | 楊氏千鶴 | 民俗台灣第十三號 | 1942.7 | 陳俐雯譯（未刊稿） |
|---|---|---|---|---|
| 台灣農村的廣東族 | 謝氏春枝 | 民俗台灣第十四號 | 1942.8 | |
| 葬式的民俗 | 洪氏串珠 | 民俗台灣第十七號 | 1942.11 | |
| 祖母逝世感言 | 長谷川美惠（張美惠） | 民俗台灣第十八號 | 1942.12 | 九五年版民俗台灣收錄 |
| 台灣的孩子們 | 楊千鶴 | 台灣公論第八卷第一號 | 1943.01.01 | 張良澤譯 |
| 花 | 黃鳳姿 | 民俗台灣第十九號 | 1943.1 | 《民俗台灣》第四輯 |
| 台南的迎春 | 劉氏淑慎 | 民俗台灣第二十一號 | 1943.3 | |
| 佃農的家 | 黃鳳姿 | 民俗台灣第二十三號 | 1943.5 | 《民俗台灣》第二輯 |
| 暖日 | 賴雪紅 | 台灣文學第三卷第三號 | 1943.07.31 | 未見 |
| 香香(香包) | 陳氏董霞 | 民俗台灣第二十六號 | 1943.8 | 民俗台灣第二輯 |
| 扒龍船 | 吳氏嫦娥 | 民俗台灣第二十七號 | 1943.9 | |
| 本島婦人的服飾 | 黃氏鳳姿 | 民俗台灣第二十八號 | 1943.10 | 民俗台灣第二輯 |
| 女人的命運 | 楊氏千鶴 | 民俗台灣第二十九號 | 1943.11 | 《民俗台灣》第二輯 |
| 教養小孩的方法 | 黃氏鳳姿 | 民俗台灣第三十二號 | 1944.2 | 《民俗台灣》第四輯 |
| 蔭豉 | 陳氏董霞 | 民俗台灣第三十八號 | 1944.8 | 民俗台灣第五輯 |

| 蘭陽俗信 | 陳氏照子 | 民俗台灣第九號 | 1942.3.5 | 民俗台灣第三輯 |
|---|---|---|---|---|
| 蘭陽民話 | 賴氏金花 | | | 民俗台灣第四輯 |
| 台灣女性觀與希望 | 辜顏碧霞 | 台灣藝術第五卷第六號 | 1944.06.01 | 張良澤譯，1998，〈台灣皇民文學作品拾遺〉，民眾日報，1998年5月10日。 |

# 參考書目

## 一、女作家作品

（以作家姓名筆劃排序，並以本書中譯之引文出處為主，原始發表
年代及出處請見前附表。）

月　珠，1982，〈我的心思〉，見羊子喬、陳千武主編《光復前台灣文學全
　　　集10──廣闊的海》頁 117-118。台北，遠景出版社，1982 年。

朱氏櫻子，1990，〈指腹為婚〉，林川夫編審《民俗台灣》第一輯頁 142，台
　　　北，武陵出版社，1990 年。

林氏幸子，1990，〈嫁娶〉，林川夫編審《民俗台灣》第一輯頁 168，台北，
　　　武陵出版社，1990 年。

徐氏青絹，1990a，〈咒咀〉，林川夫編審《民俗台灣》第三輯頁 123-124，
　　　台北，武陵出版社，1990 年。

─────，1990b，〈婚禮習俗──食姐妹桌〉，林川夫編審《民俗台灣》第
　　　三輯頁 130-131，台北，武陵出版社，1990 年。

─────，1990c，〈漬豆乳〉，林川夫編審《民俗台灣》第三輯頁 119-
　　　120，台北，武陵出版社，1990 年。

─────，1990d，〈擲筶（擲杯筊）〉，林川夫編審《民俗台灣》第三輯頁
　　　121-122，台北，武陵出版社，1990 年。

張美惠，1995a，〈台灣的家居生活〉，林川夫編審《民俗台灣》（九五年
　　　版）頁 26-43，台北，武陵出版社，1995 年。

———，1995b，〈祖母逝世感言〉，林川夫編審《民俗台灣》（九五年版）頁 292-294，台北，武陵出版社，1995 年。

張碧華，1979，〈上弦月〉，陳曉南譯，葉石濤、鍾肇政主編《光復前台灣文學全集 3——豚》頁 331-343，台北，遠景出版社，1979 年。

———，1996，〈新月〉，葉石濤《台灣文學集(1)》，頁 167-178，高雄，春暉出版社，1996 年 8 月。

張碧淵，2003，〈羅曼史〉，邱香凝譯，見《文學台灣》45 期頁 233-243，高雄，文學台灣雜誌社，2002 年。

陳氏照子，1990，〈蘭陽俗信〉，林川夫編審《民俗台灣》第三輯頁 147-148，台北，武陵出版社，1990 年。

陳氏董霞，1990a，〈香香(香包)〉，林川夫編審《民俗台灣》第二輯頁 115-6，台北，武陵出版社，1990 年。

———，1990b，〈蔭豉〉，林川夫編審《民俗台灣》第五輯頁 114-117，台北，武陵出版社，1990 年。

陳綠桑，1982a，〈路邊屍首〉，羊子喬、陳千武主編《光復前台灣文學全集 12——望鄉》頁 227-8，台北，遠景出版社，1982 年。

———，1982b，〈寧靜的下午〉，見羊子喬、陳千武主編《光復前台灣文學全集 12——望鄉》頁 229-230，台北，遠景出版社，1982 年。

辜顏碧霞，1998，〈台灣女性觀與希望〉，張良澤輯譯〈台灣皇民文學作品拾遺〉，民眾日報，1998 年 5 月 10 日。（原載於《台灣藝術》第五卷第六號，1944 年 6 月 1 日）

———，1999，《流》，台北，草根出版社，1999 年。

黃氏寶桃，1982a，〈秋天的女人聲音〉，羊子喬、陳千武主編《光復前台灣文學全集 11——森林的彼方》頁 201-204。台北，遠景出版社，1982 年。

———，1982b，〈故鄉〉，羊子喬、陳千武主編《光復前台灣文學全集 11——森林的彼方》頁 205-206。台北，遠景出版社，1982 年。

————，1996a，〈感情〉，葉石濤譯，《台灣文學集(1)》，頁 189-194。高雄，春暉出版社，1996 年 8 月。

————，1996b，〈人生〉，葉石濤譯，《台灣文學集(1)》頁 185-188。高雄，春暉出版社，1996 年 8 月。

黃鳳姿，1940a，《七娘媽生》，台北，東都書籍株式會社台北支店，1940 年。

————，1940b，《七爺八爺》，台北，東都書籍株式會社台北支店，1940 年。

————，1943，《台灣的少女》，台北，東都書籍株式會社台北支店，1943 年。

————，1990g，〈台灣婦女服飾〉，林川夫編審《民俗台灣》第二輯頁 59-62，台北，武陵出版社，1990 年。

————，1990a，〈佃農的家〉，林川夫編審《民俗台灣》第二輯頁 222-226，台北，武陵出版社，1990 年。

————，1990b，〈往事（艋舺的少女）〉，林川夫編審《民俗台灣》第三輯頁 194-224，台北，武陵出版社，1990 年。

————，1990c，〈做月內（坐月子）〉，林川夫編審《民俗台灣》第四輯頁 58-60，台北，武陵出版社，1990 年。

————，1990d，〈掠猿（捉猴子）〉，林川夫編審《民俗台灣》第四輯頁 69-71，台北，武陵出版社，1990 年。

————，1990e，〈教養小孩的方法〉，林川夫編審《民俗台灣》第四輯頁 92-95，台北，武陵出版社，1990 年。

————，1990f，〈花〉，林川夫編審《民俗台灣》第四輯頁 261-264，台北，武陵出版社，1990 年。

楊千鶴，1979，〈花開時節〉，陳曉南譯，葉石濤、鍾肇政主編《光復前台灣文學全集 8——閹雞》頁 175-198，台北，遠景，1979 年。

————，1990a，〈女人的命運〉，林川夫編審《民俗台灣》第二輯頁 25-

28，台北，武陵出版社，1990 年。

——，1990b，〈待嫁女兒心〉，林川夫編審《民俗台灣》第四輯頁 49-52，台北，武陵出版社，1990 年。

——，1992，〈花開時節〉，鍾肇政譯，施淑編《日據時代台灣小說選》頁 289-311，台北，前衛出版社，1992 年。

——，1995，《人生的三稜鏡》，台北，前衛出版社，1995 年 3 月。

——，1998，〈台灣的孩子們〉，張良澤輯譯〈台灣皇民文學作品拾遺〉，《聯合報》副刊，1998 年 2 月 10 日。

——，2000，〈花開時節〉，林智美譯。江寶釵、范銘如主編《島嶼妏聲——台灣女性小說讀本》頁 4-30。台北，巨流出版社，2000 年。

——，2001，〈花開時節〉，林智美譯，邱貴芬《日據以來台灣女作家小說選讀(上)》頁 66-93，台北，女書文化，2001 年。

——，2001，《花開時節》，台北，南天書局，2001 年。

葉　陶，1982，〈病兒〉，羊子喬、陳千武主編，《光復前台灣文學全集 11——森林的彼方》頁 349-350。台北，遠景出版社，1982 年。

——，1996，〈愛的結晶〉，葉石濤譯，《台灣文學集(1)》頁 179-184。高雄，春暉出版社，1996 年 8 月。

——，2001，〈愛的結晶〉，向陽譯，邱貴芬《日據以來台灣女作家小說選讀(上)》頁 54-59，台北，女書文化，2001 年。

賴氏金花，1990，〈蘭陽民話〉，林川夫編審《民俗台灣》第四輯頁 11-18，台北，武陵出版社，1990 年。

賴氏雪紅，1996，〈夏日抄〉，葉石濤譯《台灣文學集(1)》頁 195-215。高雄，春暉出版社，1996 年。

## 二、日據時期雜誌、報刊

《南音》，南音半月刊刊行，昭和七年一月至九月（1932）。

《人人》，人人雜誌發行所刊行，大正十四年（1935）。

《福爾摩沙》，台灣藝術研究會刊行，昭和八年至九年（1933-1934）。

《先發部隊》、《第一線》，台灣文藝協會刊行，昭和九年至十年（1934-1935）。

《台灣文藝》，台灣文藝聯盟刊行，昭和九年至十一年（1934-1936）。

《台灣新文學》，台灣新文學社刊行，昭和十年至十一年（1935-1936）。

《台灣文學》，啟文社刊行，昭和十六年至十八年（1941-1943）。

《文藝台灣》，台灣文藝家協會刊行，昭和十五年至十八年（1940-1943）。

《華麗島》，台灣詩人協會刊行，昭和十四年（1939）。

《台灣文藝》，台灣文學奉公會，昭和十九年至二十年（1944-1945）。

（以上刊物見東方文化書局「景印中國期刊五十種」之「新文學雜誌叢刊」）

《台灣青年》，蔡培火編輯，東京台灣雜誌刊行，（1920-1922）。

《台灣》，《台灣民報》，《台灣新民報》，台灣新民報社刊行。

（以上刊物見東方文化書局之婁子匡輯集「景印中國期刊五十種」）

《三六九小報》，三六九小報社刊行，昭和五年至昭和十年（1930-1935）。今據版本為成文出版社印行。

《風月報》，風月俱樂部刊行，昭和十二年至昭和十七年（1937-1942）。

《民俗台灣》，東都書籍台北支店發行，昭和十六年至昭和二十年（1941-1945）。今據中譯版為林川夫編譯《民俗台灣》（共七冊），台北，武陵出版社，1995 年。

## 三、文集

葉石濤、鍾肇政主編《光復前台灣文學全集》，台北，遠景出版社，1981 年9 月再版。

一、《一桿稱仔》，台北，遠景出版社，1981 年 9 月。

二、《一群失業的人》，台北，遠景出版社，1981 年 9 月。

三、《豚》，台北，遠景出版社，1981 年 9 月。

四、《薄命》，台北，遠景出版社，1981 年 9 月。

五、《牛車》，台北，遠景出版社，1981 年 9 月。

六、《送報伕》，台北，遠景出版社，1981 年 9 月。

七、《植有木瓜樹的小鎮》，台北，遠景出版社，1981 年 9 月。

八、《鬥雞》，台北，遠景出版社，1981 年 9 月。

羊子喬、陳千武編，《光復前台灣文學全集》

九、《亂都之戀》，台北，遠景出版社，1982 年 5 月初版。

十、《廣闊的海》，台北，遠景出版社，1982 年 5 月初版。

十一、《森林的彼方》，台北，遠景出版社，1982 年 5 月初版。

十二、《望鄉》，台北，遠景出版社，1982 年 5 月初版。

李南衡主編，《日據下台灣新文學（明集）》

一、《賴和先生全集》，台北，明潭出版社，1979 年。

二、《小說選集一》，台北，明潭出版社，1979 年。

三、《小說選集二》，台北，明潭出版社，1979 年。

四、《詩選集》，台北，明潭出版社，1979 年。

五、《文獻資料選集》，台北，明潭出版社，1979 年。

呂赫若，1995，《呂赫若小說全集》，林至潔譯，台北，聯合文學出版社，
1995 年。

葉石濤，1996，《台灣文學集 1〔日文作品選集〕》，高雄，春暉出版社，
1996 年。

## 四、專著

### (一)中文專著

尹章義，1995，《台灣開發史研究》，台北，聯經出版社，1995年8月。

文　訊，1996，《台灣現代詩史論》，台北，文訊出版社，1996年。

片岡巖，1981，《台灣風俗誌》，原作於大正十年（1921年）由台灣日日新報社發行。今據版本由陳金田、馮作用合譯。台北，大立出版社，1981年1月。

王乃信等譯，1989，《台灣社會運動史 1-5》（台灣總督府警察沿革誌第二篇），台北，創造出版社，1989年。

古繼堂，1997，《台灣新詩發展史》，台北，文史哲出版社，1997年。

司馬嘯青，1998，《台灣世紀豪門——辜振甫家族》，台北，玉山社，1998年。

成令方，1991，《戰爭‧文化‧國家機器》，台北，唐山出版社，1991年。

李元貞，2000，《女性詩學——台灣現代女詩人集體研究》，台北，女書出版，2000年。

孟悅、戴錦華合著，1993，《浮出歷史地表—中國現代女性文學研究》，台北，時報出版社，1993年。

卓意雯，1993，《清代台灣婦女的生活》，台北，自立晚報，1993年5月。

邱貴芬，1997，《仲介台灣‧女人》，台北，元尊文化，1997年。

施　淑，1997，《兩岸文學論集》，台北，新地出版社，1997年。

施叔青、蔡秀女編，1999，《世紀女性‧台灣第一》，台北，麥田出版社，1999年。

范麗卿，1993，《天送埤之春》，台北，自立晚報出版社，1993年10月。

張岩冰，1998，《女權主義文論》，濟南，山東教育出版社，1998年12月。

梁明雄，1996，《日據時期台灣新文學運動》，台北，文史哲出版社，1995

年。

梅家玲編，2000，《性別論述與台灣小說》，台北，麥田出版社，2000 年。

淡江中文系主編，1999，《中國女性書寫國際學術研討會論文集》，台北，學生書局，1999 年。

莊永明，2000，《台灣心女人》，台北，遠流出版社，2000 年。

許俊雅，1995，《日據時期臺灣小說研究》，台北，文史哲出版社，1995 年。

曾秋美，1998，《台灣媳婦仔的生活世界》，台北，玉山社，1998 年 6 月。

陳其南，1980，《家族與社會——台灣與中國社會研究的基礎理念》，台北，聯經出版社，1980 年 3 月。

———，1987，《台灣的傳統中國社會》，台北，允晨出版社，1987 年。

陳明台，1997，《台灣文學研究論集》，台北，文史哲出版社，1997 年。

陳東原，1994，《中國婦女生活史》，台北，商務印書館，1994 年。

陳昭瑛，1999，《台灣與傳統文化》，台北，台灣書店，1999 年。

———，2000，《台灣儒學：起源、發展與轉化》，台北，正中書局，2000 年。

陳益源，1997，《民俗文化與民間文學》，台北，里仁書局，1997 年。

———，1999，《台灣民間文學採錄》，台北，里仁書局，1999 年。

彭小妍編，1996，《認同、情慾與語言——台灣現代文學論集》，台北，中研院文哲所籌備處，1996 年。

———編，1999，《文藝理論與通俗文化》，台北，中研院文哲所籌備處，1999 年。

黃重添，1992《台灣新文學概觀》，黃重添、莊明萱、闕豐齡、徐學、朱雙一合著。台北，稻鄉出版社，1992 年。

黃普凱、張秉真、楊恆達主編，1989，《象徵主義·意象派》，北京，中國人民大學出版社，1989 年。

楊　翠，1993，《日據時期台灣婦女解放運動》，台北，時報出版社，1993年。

楊熾昌，1995，《水蔭萍作品集》，台南，台南市立文化中心，1995年。

楊威理，1995，《雙鄉記》，陳映真譯，台北，人間出版社，1995年。

葉石濤，1998，《台灣文學史綱》，高雄，文學界，1998年。

葉渭渠，1997，《日本文學思潮史》，北京，經濟日報出版社，1997年。

劉登翰編，1991，《台灣文學史》，福建，海峽文藝出版社，1991年。

顧燕翎編，1996，《女性主義理論與流派》，台北，女書文化，1996年。

## (二)外文專著及譯作

Beauvoir, Simone de（西蒙‧波娃），1999，《第二性》，陶鐵柱譯，台北，貓頭鷹出版，1999年。

Chodorow, Nancy J, 1989, *Feminism and Psychoanalytic Theory*, Yale University Press, 1989.

Eagletyon, Mary（瑪麗‧依格頓），1989，《女權主義文學理論》，胡敏、陳彩霞、林樹明譯，長沙，湖南文藝出版社，1989年。

Gardiner, Judith Kegan（朱狄絲‧柯根‧伽德納），1995，〈心智母親：心理分析和女權主義〉。Gayle Greene（格蕾‧格林）、Coppelia Kahn（考比里亞‧厙恩）合編，《女性主義文學批評》陳引馳譯，頁99-126，台北，駱駝出版社，1995年。

Greene, Gayle（格蕾‧格林），Kahn, Copplia（考比里亞‧厙恩），1995，《女性主義文學批評》，陳引馳譯，台北，駱駝出版社，1995年。

Miller, Jean Baker（珍‧貝克‧米勒），1997，《女性新心理學》。鄭至慧、劉毓秀、葉安安合譯，台北，女書出版，1997年。

Moi, Tori（托里‧莫以），1995，《性別／文本政治——女性主義文學理論》，陳潔詩譯。台北，駱駝出版社，1995年。

Showalter, Elaine（伊蘭‧修華特），1986，〈荒野中的女性主義批評〉。張

小虹譯，《中外文學》第十四卷第十期，1986 年 3 月。

Tong, Rosemarie（羅思瑪莉·佟恩），1996，《女性主義思潮》，刁筱華譯，台北，時報出版社，1996 年。

Woolf, Virginia（維金尼亞·吳爾芙），1979，《自己的屋子》。張秀亞譯，台北，純文學出版社，1979 年 9 月。

Woolf, Virginia（維金尼亞·吳爾芙），2001，《三枚金幣》王蕆真譯，台北，天培出版社，2001 年。

## 五、單篇論文

王昶雄，1999，〈序「流」——貼心之作，其流淙淨〉，見辜顏碧霞《流》，台北，草根出版社。1999 年 4 月。

史書美，1994，〈中國當代文學中的女性自白小說〉，《當代》第 95 期（1994.3.1），頁 108-127。

羊子喬，1982〈光復前台灣新詩論〉，見羊子喬、陳千武主編《光復前台灣文學全集 9——亂都之戀》頁 1-37。台北，遠景出版社，1982 年 5 月。

沈乃慧，1995，〈日據時代台灣小說的女性議題探析〉（上）（下），《文學台灣》，第十五、十六期，1995 年 7 月、10 月。

周芬伶，1999，〈龍瑛宗與杜南遠的自傳書寫〉頁 78-99，《中國文化月刊》第 231 期，1999 年 6 月。

周婉窈，1994，〈從比較的觀點看台灣與韓國的皇民化運動（1937-1945）〉，《新史學》，五卷二期，1994 年 6 月。

林至潔，1996，〈悲哀的浪漫主義者——龍瑛宗的另一個面貌〉，《聯合文學》十二卷十二期，頁 118-121，1996 年 10 月。

林芳玫，1997，〈自由主義女性主義——自由、理性與平等的追求〉，見顧燕翎編《女性主義理論與流派》頁 3-25。台北，女書出版，1997 年。

邱貴芬，1995，〈「發現台灣」：建構台灣後殖民論述〉，收於張京媛編，《後殖民理論與文化認同》，台北，麥田出版社，1995 年。

————，1999，〈台灣（女性）小說史學方法初探〉。《中外文學》27 卷 9 期，1999 年 2 月。

洪郁如，2000，〈日本統治初期士紳階層女性觀之轉變〉，《台灣重層近代化論文集》頁 255-281，台北，播種者文化，2000 年。

徐秀慧，1997，〈陰鬱的靈視者——從龍瑛宗小說的藝術表現看其在台灣文學史上的歷史意義〉，《台灣新文學》第 7 期，頁 296-307。1997 年 4 月。

許俊雅，1997，〈日據時期台灣小說中的婦女問題〉，《台灣文學論——從現代到當代》頁 29-60，台北，南天書局，1997 年。

————，2001，〈《花開時節》導讀〉，邱貴芬編《日據以來台灣女作家小說選讀（上）》頁 94-99，台北，女書文化，2001 年。

陳秀喜，1984，〈陳秀喜自傳〉，收於陳秀喜、李魁賢合編《陳秀喜全集八——資料集》，頁 3-8。新竹，新竹市立文化中心出版，1997 年。

陳明台，1995，〈楊熾昌・風車詩社・日本詩潮〉，呂興昌編訂《水蔭萍作品集》頁 307-336。台南，台南市立文化中心出版，1995 年。

陳建忠，1997，〈殖民地小知識份子的惡夢與脫出——龍瑛宗小說「黃家」析論〉，《文學台灣》23 期，頁 87-102。1997 年 7 月。

陳昭如，2000，〈日本時代台灣女性離婚權的形成——權利、性別與殖民主義〉，收於若林正丈、吳密察、王慧芬合編《台灣重層近代化論文集》頁 210-253，台北，播種者文化，2000 年。

楊　翠，1995，〈海的女兒「烏雞母」——革命女鬥士葉陶〉。江文瑜編《阿媽的故事》頁 36-49，台北，玉山社，1995 年。

楊千鶴，1995，〈我對日據時代台灣文學的一些看法與感想〉，《文學台灣》，第十五期，1995 年 4 月。

————，1996，〈呂赫若及其日文小說之剖析〉，發表於「第二屆台灣本土文化學術研討會：台灣文學與社會」，1996 年 4 月 20、21 日。

————，1997，〈給葉石濤先生的一封公開信〉，《文學台灣》，第二十二期，1997 年 4 月。

楊雅慧，1993，〈日據末期的台灣女性與皇民化運動〉，《台灣風物》，第四十三卷第二期，1993 年。

葉　笛，1995，〈日據時代台灣詩壇的超現實主義運動──風車詩社的詩運動〉，《台灣現代詩史論》頁 21-34。台北，文訊出版社，1996 年。

───，2000，〈中外小說上「多餘的人」系譜之探索──龍瑛宗的「植有木瓜樹的小鎮」和「羅亭」「貴族之家」「奧勃洛莫夫」「浮雲」的比較〉，《文學台灣》33 期頁 102-115，2000 年 1 月。

葉石濤，1979，〈光復前「台灣文學全集」總序〉，鍾肇政、葉石濤主編，《光復前台灣文學全集》。台北，遠景出版社，1979 年 7 月。

───，1990a〈「台灣文學史」的展望〉，葉石濤《台灣文學的悲情》頁 97-100，高雄，派色文化，1990 年 1 月。

───，1990b〈台灣文學史的抗議精神〉，葉石濤《台灣文學的悲情》頁 101-104，高雄，派色文化，1990 年 1 月。

───，1990c〈台灣的寫實主義文學〉，葉石濤《台灣文學的悲情》頁 137-9，高雄，派色文化，1990 年 1 月。

劉紀蕙，2000a，〈變異之惡的必要──楊熾昌的「異常為」書寫〉，見《孤兒‧女神‧負面書寫》頁 190-223，台北，立緒出版社，2000 年 5 月。

───，2000b，〈銀鈴會與林亨泰的日本超現實淵源與知性美學〉。《孤兒‧女神‧負面書寫》頁 224-259，台北，立緒出版社，2000 年 5 月。

───，2000c，〈超現實的視覺翻譯──重探台灣五十年代現代詩「橫的移植」〉，《孤兒‧女神‧負面書寫》頁 260-295，台北，立緒出版社，2000 年 5 月。

───，2000d，〈前衛的推離與淨化運動：論林亨泰與楊熾昌的前衛詩論以及其被遮蓋的境遇〉，見《書寫台灣：後殖民、後現代與文學史》頁 141-167，台北，麥田出版社，2000 年。

劉毓秀，1996，〈精神分析女性主義──從佛洛依德到依蕊格萊〉。顧燕翎主編《女性主義理論與學派》頁141-178，台北，女書文化，1996 年 9 月。

———，1998，〈肉身中的女性再現〉，張小虹主編《性／別研究讀本》頁
　　215-238，台北，麥田出版，1998 年。

魏愛蓮（Widmer Ellen），1993，〈十七世紀中國才女的書信世界〉，劉裘蒂
　　譯，《中外文學》22 卷 6 期頁 55-75，1993 年 11 月。

## 六、學位論文

王昭文，1991，《日治末期台灣的知識社群（1940-1945）：「文藝台灣」、
　　「台灣文學」及「民俗台灣」三雜誌的歷史研究》，國立清華大學歷
　　史研究所碩士論文，1991 年。

沈靜萍，2001，《百餘年來台灣聘金制度之法律分析——兼談台灣女性法律
　　地位之變遷》，台大法學所碩士論文，2001 年 6 月。

柳書琴，1994，《戰爭與文壇——日據末期台灣的文學活動》，台大歷史所
　　碩士論文，1994 年 6 月。

許芳庭，1995，《戰後台灣婦女運動與女性論述之研究》，東海大學歷史研
　　究所碩士論文，1995 年。

陳雅惠，2000，《日據時代台灣文學的童年經驗》，清大中文所碩論，民國
　　八十九年六月。

游鑑明，1988，《日據時期台灣的女子教育》，國立台灣師範大學歷史研究
　　所專刊，台北，1988 年 12 月初版。

———，1995，《日據時期台灣的職業婦女》，師大歷史所博士論文，1995
　　年 5 月。

楊雅慧，1994，《戰時體制下的台灣婦女：日本殖民政府的教化與動員》，
　　清華大學歷史所碩士論文，1994 年。

廖詩文，1999，《傳記書寫與女性自覺——試論《伸子》與《放浪記》中的
　　新女性形象》，輔大日文所碩論，1999 年 6 月。

蔡玫姿，1998，《發現女學生—五四時期通行文本女學生角色之呈現》，清
　　大中文系碩士論文，1998 年 6 月。

國家圖書館出版品預行編目資料

徘徊於私語與秩序之間：日據時期台灣新文學女性創作研究
呂明純著. – 初版. – 臺北市：臺灣學生，2007.09
面；公分
參考書目：面
ISBN 978-957-15-1370-6(精裝)
ISBN 978-957-15-1369-0(平裝)

1. 臺灣文學史
2. 女性文學
3. 日據時期

863.09                                        96017250

徘徊於私語與秩序之間：
日據時期台灣新文學女性創作研究

著　作　者：呂　　　　明　　　　純
主　編　者：國　立　編　譯　館
　　　　　　10644 臺北市和平東路一段一七九號
　　　　　　電　話：(02)33225558
　　　　　　傳　眞：(02)33225598
　　　　　　網　址：www.nict.gov.tw
著作財產權人：國　立　編　譯　館
印　行　者：臺灣學生書局有限公司
　　　　　　10610 臺北市和平東路一段一九八號
　　　　　　郵政劃撥帳號：00024668
　　　　　　電　話：(02)23634156
　　　　　　傳　眞：(02)23636334
　　　　　　E-mail：student.book@msa.hinet.net
　　　　　　http：//www.studentbooks.com.tw
本書局登
記證字號　：行政院新聞局局版北市業字第玖捌壹號

定價：精裝新臺幣四二○元
　　　平裝新臺幣三四○元

西元二○○七年十月初版

86301　　　　ISBN 978-957-15-1370-6(精裝)
　　　　　　ISBN 978-957-15-1369-0(平裝)
　　　GPN：精裝 1009602674　平裝 1009602675